U0083861

古典詩歌研究彙刊

第一輯

龔鵬程 主編

第 19 冊

清代詩話中格律論研究

陳柏全 著

國家圖書館出版品預行編目資料

清代詩話中格律論研究／陳柏全 著 — 初版 — 台北縣永和市：
花木蘭文化出版社，2007〔民 96〕

目 1+234 面；17×24 公分（古典詩歌研究彙刊 第一輯：第 19 冊）

ISBN-13：978-986-7128-92-8（全套：精裝）
ISBN-13：978-986-7128-90-4（精裝）
1. 中國詩－歷史－清（1644-1912）2. 中國詩－評論

820.9107　　　　　　　　　　　　　　　　96003153

ISBN　986712890-4

9 789867 128904

古典詩歌研究彙刊
第一輯　第十九冊　　　　ISBN：978-986-7128-90-4

清代詩話中格律論研究

作　　者　陳柏全
主　　編　龔鵬程
出　　版　花木蘭文化出版社
發 行 所　花木蘭文化出版社
發 行 人　高小娟
聯絡地址　台北縣永和市中正路五九五號七樓之三
　　　　　電話：02-2923-1455／傳真：02-2923-1452
電子信箱　sut81518@ms59.hinet.net
初　　版　2007 年 3 月
定　　價　第一輯 20 冊（精裝）新台幣 28,000 元

清代詩話中格律論研究

陳柏全 著

作者簡介

陳柏全，1971 年生。現為東海大學中文系博士候選人、兼任講師。

提　　要

　　今日，吾人「格律」的觀念，大多承自民國初王力、啟功等人的《漢語詩律學》、《詩文聲律論稿》而來。其實，「格律」觀念的形成，並非一朝一夕可以完備的，也非僅經由一二人手可以成定論的。現在我們所熟知的「平仄譜」在清代是否就已然如此？前代學者對於整個詩界的「聲律」、「韻律」、「對仗」等「格律」中的觀念，是否有一固定的看法，抑或仍有不同的見解？本文以清代詩話作為研究的對象 從中抽絲剝繭 擬將目前台灣可以見到的清代詩話逐一翻檢（保守估計約有一百七十餘種），把其中談論到詩歌格律的條目記錄下來，並予以分類。企圖從這樣原始的方法中，歸納分析出清代詩話家（或詩人）對於詩歌「格律」的看法。

　　論文章節簡介：第一章「緒論」。對於「格律」在詩歌中的地位與比重，「格律」的定義、形成過程及其要素作一說明。第二章「清代詩話中的聲律論」。本章針對「格律」中最為令人重視的要素「聲律」作一探討。根據本人檢視至少近百種清代詩話之後所得到的資料，予以分類，有古體詩聲律論、近體詩聲律論兩大分類，各類之下，具分為若干條。同時，亦將與今日之「聲律」觀念做一比較。第三章為「韻律論」。此處「韻律」乃是專指詩歌押韻規律而言。同樣地，本章將與前章分類一樣，討論詩歌的「韻律」。第四章為「對仗說」。對仗似為修辭學之屬，然而「近體詩」中要求其第二、第三聯須對仗，這已是學詩者無人不知、無人不曉的近體詩歌要件之一，而且亦有所謂「律對」，即是除了在字面屬性上要求對仗之外，同時在聲音上，更要求其平仄必須互相對仗。這種嚴格的對仗例子，近體作品中，歷歷可見。本章將以資料為本，先歸納出「詩話」中所論及的對仗種類之後，再佐以日人遍照金剛空海和尚所著之《文鏡秘府論》中的二十八種對仗說證之。第五章為結論 對於本人研究成果作一完整的結束。〔附錄一〕為「清代詩話檢索書目」，〔附錄二〕為「清代詩話中格律論資料選編」，此二部分皆為本文寫作過程中所整理的資料，對於相關領域研究應有些許助益。

目錄

第一章　緒　論

一、近人成果檢討

　　中國素有「詩國」的美譽。在中國文學史上，詩歌佔有絕大多數的份量，歷代流傳至今的作品，在質、量上都是非常令人驚喜、讚賞的。而在中國詩歌演變過程中最令人重視的焦點之一，即是律體詩的出現。自南朝梁沈約提出聲律說，所謂：

> 五色相宣，八音協暢，由乎玄黃律呂，各適物宜。欲使宮商相變，低昂互節。若前有浮聲，後須切響。一簡之內，音韻盡殊；兩句之中，輕重悉異，妙達此旨，始可言文。〔註1〕

詩歌格律即已開始受到詩人的重視。自此之後，無論是在實際作品的討論，抑或是詩歌理論的建立，格律都是歷朝詩論中不可或缺的一環。

　　近代對於格律的研究，更是不遑枚舉，大抵以實際作品作為討論對象。如王力《漢語詩律學》〔註2〕是我們現在研究、學習古典詩歌格律最重要的參考書之一，其書對於古、近體詩的句數、字數、聲調、用韻、對仗、語法皆有相當深入的分析探討，並從唐人作品中淬取出實際例證，使後輩學者有例可證，有理可循。然而，畢竟是就實際作

〔註1〕《宋書》（台灣：鼎文書局）列傳二七，卷六七，頁1779。
〔註2〕王力《漢語詩律學》（《王力文集》第十四卷，山東教育出版社）。

品來論格律，並且亦有不足之處，如其對「孤平」的定義不明〔註3〕以及其主張「『絕』截『律』半說」的錯誤〔註4〕，不過，此書對格律的說明詳盡，稱得上是一部集大成之作。

其餘如啓功的《詩文聲律論稿》，則是專論詩歌聲律，對於詩歌用韻及對仗少有論及，只有在其第二章「韻部和四聲平仄問題」、第三章「律詩的條件」、第七章「古體詩」略微提到古近體詩的用韻及對仗，亦不曾提到前人對格律的看法。

今人張夢機先生之《近體詩發凡》對於近體詩的作法從「論鍊意」、「論含蓄」、「論摹擬與鎔成」、「論裁對與用典」、「論鍊字與造句」、「論拗句與救法」、「論絕句謀篇」、「論律詩謀篇」等八部份作了相當仔細的討論〔註5〕，然對於格律的探討，卻唯有「論拗句與救法」，似乎稍嫌過簡。

簡明勇先生之《律詩研究》對於律詩格律的三大要件：「聲律」、「韻律」、「對仗」有精闢的分析〔註6〕，亦時引用前人格律論之說。然而，也只是引前人之說來證明己論，並無對前人格律論加以批評討論。

總的而言，近人對於詩歌格律的討論，皆從實際作品中歸納，雖亦有引自前人格律之論，卻極少對前代格律論作一全面具體的研究。然而，任何一種理論都不可能憑空產生，詩歌格律的討論當然也不是到近代才開始，除了直接從唐人實際作品得到證明之外，在理論的歷史傳承上應該也是有所沿續的，清人之論格律的觀念爲何？是否正確？與今人又有那些異同？這些都是我們急欲解決的疑惑。近人郭紹

〔註3〕見李師立信〈論近體律絕「犯孤平」說〉(《古典文學》第五集，頁113至125，台灣：學生書局)。

〔註4〕見王力《漢語詩律學》(《王力文集》第十四卷，山東教育出版社)，頁40。「『絕』截『律』半說」之誤可詳見李師立信〈從詩歌發展史立場看「絕」截「律」半說〉(《古典文學》第九集，頁151至168，台灣：學生書局)。

〔註5〕張夢機《近體詩發凡》(台灣：中華書局)。

〔註6〕簡明勇《律詩研究》(台灣：文史哲出版社)，第二篇爲「律詩之聲律研究」，第三篇爲「律詩之韻律研究」，第四篇爲「律詩之對仗研究」。

虞於《清詩話》前言云：

> 詩話之體，顧名思義，應當是一種有關詩的理論的著
> 作。〔註7〕

今人蔡鎮楚先生於其《中國詩話史》一書中亦言：

> 何謂詩話呢？詩話，是中國古代一種獨特的論詩體
> 裁。〔註8〕

劉德重、張寅彭合著的《詩話概說》，開宗明義就說：

> 詩話是我國古代詩歌理論批評特有的一種形式，在宋
> 以後的文學理論批評史上占有重要的地位。〔註9〕

無論是「理論著作」、「論詩體裁」或是「理論批評的形式」，「詩話」在中國詩學理論的重要地位是不容忽視的。正因為如此，所以當我們欲重建清人的格律論，並與今人之說作一比較時，清代詩話就成為最直接有力的資料來源。

　　於是乎，本文擬從清代詩話中將清人論及格律的資料一一挑檢出來，再以拼圖的觀念，把這些散見於各詩話中的資料歸類，加以論析，試圖依此建構清人格律論之大觀，並與今人所論相互參照，以進一步對詩歌格律論建立更完整的理論。

二、本文格律範疇

　　近人王力《漢語詩律學》一書，從聲調、韻律、對仗、字數、句數及語法等方面對古、近體詩作討論，其中語法乃是加入語言學的知識來探討詩歌，並不見得必然為詩歌格律之一。今人對格律的研究皆以近體詩為主，絕少論及古體格律，而本文所關注的焦點既然是清人對於古、近體詩格律論的討論，所以應當就兩者之間找出其共同可論之處。於是，本文將「格律」的範疇定在聲律、韻律以及對仗三方面。主要的原因在於：就狹義律詩而言，「五、七言八句，依平仄譜寫作，

〔註7〕見郭紹虞寫於清丁福保《清詩話》之前言（台灣、木鐸出版社）。
〔註8〕見蔡鎮楚《中國詩話史》，頁5，大陸、湖南文藝出版社。
〔註9〕見劉德重、張寅彭《詩話概說》，頁1，台灣、學海出版社。

一韻到底，不可換韻，中二聯對仗」的格律限制，雖包括字、句、聲、韻及對仗等五方面，然而，就廣義律詩而言，則是包括絕句、律詩、排律、小律、雜律、詞以及在某種格律規範下所作的雜言詩，皆可稱之為律詩﹝註10﹞。無論是狹義律詩，或是廣義律詩，其之所以為「律」，都不能缺少聲律、韻律、對仗三方面的要求，這也是近體詩最重要的三種規律。其次，從這三方面來論古、近體詩的異同，是最直接可行的方法。所以本文以聲律、韻律、對仗作為重建清人格律論的大方向，應是比較客觀的。

三、研究方法

本文以格律三要件作為論述重心，以清代詩話中之資料作為依據，將所能蒐集到的清代詩話（見附錄一）作一全面檢索，把有關格律的資料逐一挑選出來，並予以分類（見附錄二），把清人格律論分成聲律論（第二章）、韻律論（第三章）及對仗論（第四章）三個部分來探討，並時與今人所論作相互論辨，在重建清人格律論的同時，亦希望能對詩歌格律得到更清楚明確的定義。

﹝註10﹞見李師立信《「律詩」試釋》，中正大學〈六朝隋唐文學研討會〉論文抽印本。

第二章　清代詩話中之聲律論

第一節　前　言

　　聲律者，乃中國古典詩歌區分「古體詩」（古詩）與「近體詩」（律詩），最為重要的因素。梁・沈約提出四聲說，所謂「欲使宮商相變，低昂互節。若前有浮聲，後須切響。一簡之內，音韻盡殊；兩句之中，輕重悉異。妙達此旨，始可言文。」〔註1〕其中「前有浮聲，後須切響」、「一簡之內，音韻盡殊」、「兩句之中，輕重悉異」等說法，雖然未能給人一個明確的概念，但卻是後人聲律論的主要依據來源。其中「對」的觀念與律句、律聯的形式似乎已隱然出現，不過。卻也沒有更進一步的說明。

　　唐以至於清代，聲律之學已發展得相當完備。清代詩話中專論聲律者不在少數，而散見在各本詩話中對聲律有所討論者，雖然相當地零碎雜亂，但是如能將其集中，也是可以從此見微知著、觀其大要。清代詩學對於聲律的研究，可說是集唐以來之大成，影響今日聲律觀念不可謂不大，其中又以王漁洋《律詩定體》、趙執信《聲調譜》、李瑛《詩法易簡錄》、翁方綱《小石帆亭著錄》、董文煥《聲調四譜》、

〔註 1〕《宋書》（台灣鼎文書局）列傳二七，卷六七，頁 1779。

許印芳《詩譜詳說》等著作，論聲律最為精微深入。

今日，我們對於「近體詩」的聲律概念，一般而言都離不開「平仄譜」。所謂「平仄譜」，也就是創作「近體詩」的一個固定的平仄規範。這是不論學習或是研究「近體詩」者，都應該具備的常識。相對於「古體詩」而言，似乎就沒有如此清楚明確的規定，反而有時會出現，只要不合於近體聲律者便是「古體詩」的觀念。到底清人的聲律觀究竟如何？與近人之說是否完全相同，抑或是有所差異？本章就以清代詩話中討論詩歌聲律的資料為本，企圖由這樣的整理過程，勾勒出有清一代，詩界對聲律的看法，即所謂的聲律格式。並隨時佐以近人之說，相互對證，以釐清對聲律的一些模糊觀念。

第二節　近體詩聲律論

清代詩話中專論聲律者，大致以王漁洋《律詩定體》、趙執信《聲調譜》為宗，之後，李瑛《詩法易簡錄》、翁方綱《小石帆亭著錄》、李光地《律詩四辨》、董文煥《聲調四譜》、許印芳《詩譜詳說》等著作亦相繼而出，其中又以董文煥《聲調四譜》論述最為詳盡。這些專論聲律的著作，已將整個「近體詩」聲律觀念闡釋得相當完備，對於黏對、拗救等方法也都作了非常細密的探討。本節不擬贅述各家之論，只是將其論綜合起來，並與其它詩話中散見之聲律論相互配合，以期能略見清人近體詩聲律論之麤貌。

一、平仄譜

論述近體詩聲律，必先論「平仄譜」。就清人而言，近體詩「平仄譜」是家喻戶曉的觀念，自王漁洋而下，「平仄譜」就沒有可更動之處，各家所論亦大同小異。大體上分為五言仄起首句不入韻、五言仄起首句入韻、五言平起首句不入韻、五言平起首句入韻、七言仄起首句入韻、七言仄起首句不入韻、七言平起首句入韻、七言平起首句不入韻等八譜。茲圖列如下：

表　一

五言仄起首句不入韻	五言平起首句不入韻
仄 仄 平 平 仄	平 平 平 仄 仄
平 平 仄 仄 平	仄 仄 仄 平 平
平 平 平 仄 仄	仄 仄 平 平 仄
仄 仄 仄 平 平	平 平 仄 仄 平
首句入韻則爲「仄仄仄平平」	首句入韻則爲「平平仄仄平」
七言仄起首句入韻	七言平起首句入韻
仄 仄 平 平 仄 仄 平	平 平 仄 仄 仄 平 平
平 平 仄 仄 仄 平 平	仄 仄 平 平 仄 仄 平
平 平 仄 仄 平 平 仄	仄 仄 平 平 平 仄 仄
仄 仄 平 平 仄 仄 平	平 平 仄 仄 仄 平 平
首句不入韻則爲「仄仄平平平仄仄」	首句不入韻則爲「平平仄仄平平仄」

　　實際上，以五言仄起首句不入韻圖爲本，便可引申出此八譜，這也是「平仄譜」最基本的架構。清人在談論近體詩平仄時，並不常有如此鮮明具體的圖譜，他們往往例舉唐人作品爲範本，再加注言，論其平仄黏對格式。

　　對於「平仄譜」的起源，清人極少論及，唯有在董文煥的《聲調四譜》中，對於五律的平仄就談到其由來：

　　　　五律平仄，人皆知之，初無待論。然其源亦所宜究，否則只知其當然而已。今略論之，其法大抵與五古同出四言。五古於四言中加一字，律詩亦然。但古加平者，律易以仄；古加仄者，律易以平。此即判然古律之界。而黏對、拗救由之以生，絕無出入之嫌矣。如四言「平平仄仄」，古加中仄，爲「平平仄仄仄」，律加中平，即爲「平平平仄仄」；四言「仄仄平平」，古加中平，爲「仄仄平平平」，律加中仄，即爲「仄仄仄平平」；四言「仄仄平仄」，古加中仄，爲「仄仄仄平仄」，律加中平，即爲「仄仄平平仄」；四言「平平仄平」，古加中平，爲「平平平仄平」，律加中仄，即爲「平平

仄仄平」矣。蓋古於單句中必加仄,雙句中必加平。律則單
句中必加平,雙句中必加仄。此其較然異者。……〔註2〕

就董氏此段所言,我們可以將之歸納如下圖:

	四　言	五言古	五言律
第一句	平平仄仄	平平(仄)仄仄	平平(平)仄仄
第二句	仄仄平平	仄仄(平)平平	仄仄(仄)平平
第三句	仄仄平仄	仄仄(仄)平仄	仄仄(平)平仄
第四句	平平仄平	平平(平)仄平	平平(仄)仄平

　　董氏此論,可從其書前之聲調源流表觀之〔註3〕。其對於五言近
體、古體平仄的源頭皆推源自四言平仄,其加平加仄之說與近人王力
之說相同〔註4〕,然而我們卻不知其為何將平仄加於四言之中?果真
五言平仄從四言而來的嗎?此處令人相當不解。反倒是近人啓功之
論,則較爲合理。

　　我們知道五七言律詩以及一些詞曲文章,句中的平仄大部是雙疊
的。因此,試將平仄自相重疊排列一行如下:

　　　　1　2　3　4　5　6　7　8　9……………………
　　　　平　平　仄　仄　平　平　仄　仄　平　平　仄　仄　平　平……

這好比一根長竿,可按句子的尺寸來截取它。五言的可以截出四種句
式:

　　　　仄仄平平仄(今稱爲 A 式句)　即 3 至 7 或 7 至 11;
　　　　平平仄仄平(今稱爲 B 式句)　即 1 至 5 或 5 至 9;
　　　　仄平平仄仄(今稱爲 C 式句)　即 4 至 8 或 8 至 12;
　　　　平仄仄平平(今稱爲 D 式句)　即 2 至 6 或 6 至 10。

七言句是五言句頭上加兩個字,在竿上也可以截出四種句式:

〔註2〕清,董文煥《聲調四譜》(台灣:廣文書局)卷十一,頁415。
〔註3〕同上,卷首「源流表」,頁39。
〔註4〕王力《漢語詩律學》(山東,山東教育出版社),《王力文集》第十四
　　　卷,頁87。

平平仄仄平平仄（Ａ式句）　即 1 至 7 或 5 至 11；

仄仄平平仄仄平（Ｂ式句）　即 3 至 9 或 7 至 13；

平仄仄平平仄仄（Ｃ式句）　即 2 至 8 或 6 至 12；

仄平平仄仄平平（Ｄ式句）　即 4 至 10 或 8 至 14。〔註5〕

啓功以「雙疊」的觀念來論平仄譜的形成，其五言Ｃ式句「仄平平仄仄」、Ｄ式句「平仄仄平平」及七言Ｃ式句「平仄仄平平仄仄」、Ｄ式句「仄平平仄仄平平」，顯然與近代平仄譜的句式有所差異。近代平仄譜中的五言Ｃ式句以「平平平仄仄」、Ｄ式句以「仄仄仄平平」；七言則是在其上加「仄仄」、「平平」。兩者在五言首字及七言一、三字的平仄正好是相反的。這是很奇怪的。然而清人亦有如啓功之說，王漁洋的《律詩定體》第一格「五言仄起首句不入韻」其所舉詩例如下：

粉署依丹禁，城虛爽氣多。

好風天上至，涼雨曉來過。

翠鳥浮香靄，瑤池澹綠波。

九重閒視草，時復幸鸞坡。

在此詩例旁，王氏又加注其平仄為：

⊙●☆○●　　☆○●●○

⊙○☆●●　　◎●★○○

⊙●☆○●　　☆○●●○

⊙○☆●●　　◎●★○○

「○」為平；「●」為仄。

「◎」表平可以換仄者；「⊙」表仄可以換平者。

「☆」表平必不可易者；「★」表仄必不可易者。〔註6〕

　　值得注意的是，王氏所注的第二聯及第四聯平仄，與啓功所論相同，以「仄平平仄仄」、「平仄仄平平」為定式。惟有在兩句的第一字，

〔註5〕啓功《詩文聲律論稿》（台灣：明文書局），頁12。

〔註6〕清，王漁洋《律詩定體》（《清詩話》本，台灣：木鐸出版社），頁113。
　　因「平可以換仄者」、「仄可以換平者」，王氏所用的符號於排版中無法得到，所以在此暫用「☆」、「★」兩符號替代之。

王氏認為「仄可以換平者」、「平可以換仄者」，此亦代表王氏以「仄平平仄仄，平仄仄平平」為固定的常態，所以才會有：上句首字原是仄聲，然亦可用平聲；下句首字原應平聲，亦可換仄聲的看法出現。「七言仄起首句不入韻」詩例亦同。可見王氏是以「仄平平仄仄」、「平仄仄平平」為五言句式的定體。

另外，冒春榮的《葚原詩說》卷三亦有同樣的論述：

> 五言排律以聲調為上，先求平仄無訛。如起句以「仄平平仄仄」，對以「平仄仄平平」，下即接「仄仄平平仄，平平仄仄平」。總以句中第二字為紐，首句平，次句仄，三句次字用仄，四句次字又用平，五句次字又以平接。如此類推，可無失黏之慮。〔註7〕

冒氏所提到的句式中，居然不見近人熟悉的「平平平仄仄」、「仄仄仄平平」兩種句式，其亦稱此為「平仄無訛」者，顯然其論以王漁洋之說為宗。

由此看來，近人啓功所謂「雙疊」之說，並非憑空而來，應是與清人王漁洋、冒春榮同出一源，而且如此一說並無失當之處，反而更具理論性。比起清人董文煥由四言平仄而生之說是較具說服力的。今人之所以以「平平平仄仄」、「仄仄仄平平」為五言定式，或許是一種口耳相傳之後的誤解。董氏之說，雖有令人無法接受之處，但也能從而得知，清人為平仄譜起源曾經作過的努力。

二、「一三五不論」

其次，我們談論所謂的「一三五不論」。此說一直流傳在學詩者口耳之間，如游藝《詩法入門》中即有解釋：

> 一三五不論　為謂詩句中第一字、第三字、第五字或當用平，而用仄亦可；或當用側，而用平亦可，不必拘定。〔註

〔註7〕清，冒春榮《葚原詩說》（《清詩話續編》本，台灣：藝文印書館），頁1600。

〔註8〕清，游藝《詩法入門》（台灣：廣文書局），卷一，頁26。

8〕

但是從清代論詩聲律的資料中，我們可以明顯的發現，清人對這個說法是非常不贊同的。《師友詩傳錄》即曰：

> ……彼俗所云「一三五不論」，不惟不可以言近體，而
> 亦不可以言古體也。……〔註9〕

《然燈記聞》中亦有：

> 律詩只要辨一三五。俗云「一三五不論」，怪誕之極，
> 決其終身必無道理。〔註10〕

所謂「一」、「三」、「五」，指的是七言每句之第一、第三、第五字，若五言，則只有第一字與第三字。七言的第一字通常是可以不論的，王漁洋《律詩定體》「七言平起首句不入韻」中就說：

> 凡七言第一字俱不論。……〔註11〕

李瑛《詩法易簡錄》中七言律平起式也有此論，不過卻加上一則但書：

> ……唯各句第一字，前人有通可不論之說。查唐人詩
> 間有第二字用單平者，不似五律對句第二字之必不可用單
> 平。但第一字不可犯八平、八仄耳。……　〔註12〕

如此看來，雖然七言第一字是可以不論其平仄，但仍須避免八句首字通爲平聲，或通爲仄聲的缺失。

　　再來是七言的第三字（即五言的第一字）。既然，七言平仄乃五言平仄上加「平平」，或「仄仄」〔註13〕。那麼我們從五言平仄來討論，應該較爲清楚（七言第五字亦同樣以此角度觀察）。就清人而言，

〔註 9〕清，王士禎等《師友詩傳錄》（《清詩話》本，台灣：木鐸出版社），頁135。

〔註10〕清，何士璂《然燈記聞》（《清詩話》本，台灣：木鐸出版社），頁120。

〔註11〕清，王漁洋《律詩定體》（《清詩話》本，台灣：木鐸出版社），頁114。

〔註12〕清，李瑛《詩法易簡錄》（台灣：蘭臺書局），頁155。

〔註13〕前文對於平仄譜的起源曾作過討論，以爲近人啓功的「雙疊」觀念應該是比較正確的說法。然而，對於七言平仄，清人一般皆以七言第一字不論平仄爲論，清人是以五言句式爲主上加「◎平」，或「◎仄」（「◎」表可平可仄），只要造成七言第二、第四字不同聲即可。此處爲便於行文，以現今一般對七言平仄的說法。

五言中第一字的平仄，在《律詩定體》中即言：

> 五律，凡雙句二四應平仄者，第一字必用平，斷不可
> 雜以仄聲。以平平只有二字相連，不可令單也。其二四應
> 平者，第一字平仄皆可用，以仄仄仄三字相連，換以平韻無
> 妨也。大約，仄可換平，平斷不可換仄。第三字同此，若單
> 句第一字可勿論。〔註14〕

此說參照五言仄起首句不入韻譜（見上表）可知。王氏所說，除第二
句以外，第一、三、四句的第一字，其平仄是可不論的；而第二句第
一字則非用平聲不可。因為，其句式為「平平仄仄平」，第二字平聲，
如果第一字亦不論平仄的話，用仄聲，此句就變成了「仄平仄仄平」，
那麼第二字就是單平，也就是所謂的「犯孤平」，這是非常嚴重的〔註
15〕。李瑛《詩法易簡錄》中也持此論：

> 至對句第二字用平者，第一字必須用平，以平不可單
> 行故也。出句第二字用平者，第一字可以不拘，以第三字必
> 係平聲故也。若第二字用仄者，第一字皆可不拘。〔註16〕

因此，五言第一字（即七言第三字）的平仄就不是完全不論的了。至
少，為了不致「犯孤平」，雙句（即對句）的第一字是要嚴格把關的。
若是「平平仄仄平」句，那麼第一字是絕對不可換為仄聲的（七言則
是「仄仄平平仄仄平」句之第三字必可易為仄聲。），若非此句式，
第一字的平仄才屬不論的範圍。

事實上，單句亦有可能出現「孤平句」的情形。只要是首句入韻，
那就有可能用到「平平仄仄平」的句式為首句，此時其第一字也不可
以易為仄聲，這與雙句避免「孤平」是一樣的道理〔註17〕。

〔註14〕同註6。
〔註15〕「犯孤平」說可詳見近人王力《漢語詩律學》（《王力文集》第十四卷
　　　　大陸山東教育出版社），頁 119，及李師立信〈論近體律絕「犯孤平
　　　　說」〉（《古典文學》第五集）。
〔註16〕同註12，頁 152。
〔註17〕見李師立信〈論近體律絕「犯孤平說」〉（《古典文學》第五集），頁 119
　　　　至 120。

　　五言第三字（即七言第五字）的平仄，似乎就不像五言第一字（七言第三字），那麼有選擇性。雖然，王漁洋《律詩定體》中說過：

　　　　大約，仄可換平，平斷不可換仄。第三字同此。〔註18〕

不過，這也只是點出五言第三字，如應爲仄，則亦可用平聲；應爲平，則不可換仄而已（換作七言第五字也是如此）。與五言第一字（七言第三字）的用法大抵相同。但是，李瑛《詩法易簡錄》就並非如此含渾，而是非常明確地說：

　　　　每聯出句第三字必用平，以出句第五字必仄故也。對
　　句第三字必用仄，以第五字押韻必係平聲故也。〔註19〕

在此，李瑛所據，也是以五言仄起首句不入韻式爲討論對象。其中一、三爲出句，二、四爲對句。出句第三字必平，因爲出句不押韻，第五字必爲仄聲。對句因爲第五字押韻，必定是平聲，所以第三字必定用仄。如此看來，李瑛是主張五言第三字（即七言第五字）是有一定之平仄，不可易動的。劉熙載《詩概》中講得更清楚：

　　　　五言第二字與第四字、第三字與第五字，七言第二字
　　與第四字、第四字與第六字、第五字與第七字，平仄相同則
　　音拗，異則音諧。講古詩聲調者，類多避諧而取拗，然其間
　　蓋有天籟，不當止以能拗爲古。〔註20〕

「二四六分明」之說，在此不擬深論。然而，本段特別提到五言第三字與第五字（即七言第五字與第七字）的關係，劉氏認爲五言第三字與第五字，平仄相同者爲「拗」，平仄相異者爲「諧」。很顯然的，劉氏認爲拗者是接近古體的，諧者才確屬律體（古體部份我們在下一節會論及此處不論）。既然諧者爲律體，那麼五言律體的第三字與第五字之平仄，自當是互異的。第三字爲平，則第五字即爲仄；第三字爲仄，則第五字即爲平（七言第五字與第七字關係亦同）。再與前舉李

〔註18〕同註6。
〔註19〕同註16。
〔註20〕清、劉熙載《詩概》（《清詩話續編》本，台灣：木鐸出版社），頁2436。

－13－

瑛之論相參酌，我們可以得到五言第三字（七言第五字）的平仄是不可以不論的，一旦不論就變成「拗句」了。

由前文所作過的討論，我們可知整個五七言的奇數字的平仄，只有七言第一字是可以完全不論的，當然還是要避免八平、八仄的出現。而七言第三字（即五言第一字），那就沒有完全不論的道理了。至少，限定在偶數句中第四字與第六字（即五言第二字與第四字）為平仄的關係時，則七言第三字（即五言第一字）就必定用平聲，這是沒有例外的；同樣地，當「平平仄仄平」的句式出現在首句時，也是要避免「孤平」的出現。此時首句的第一字又是非論不可的了。近人王力於《漢語詩律學》中曾言：

1. 五言的「平平仄仄平」，不得改為「仄平仄仄平」；
2. 七言的「仄仄平平仄仄平」，不得改為「仄仄仄平仄仄平」。

　　如果近體詩違犯了這一個規律，就叫「犯孤平」。……。
由此看來，「一三五不論」的口訣是靠不住的；在這種情形之下，五言的第一字和七言的第三字的平仄非論不可。〔註21〕

此亦證明了「一三五不論」的看法，並非完全合用於近體聲律。

七言第五字（即五言第三字）就比七言第三字（即五言第一字）來得更嚴格了，該平者就用平，該仄者就用仄。一旦該平而用仄，該仄而用平，此時就牽涉到「拗救」的關係。如此一來，可以與【表一】融合，歸納出以下圖表：

〔註21〕王力《漢語詩律學》（《王力文集》第十四卷，山東教育出版社），頁101。

表　二

七言平起首句不入韻
（五言仄起首句不入韻）

	四	三	二	一	
◆　1	◎	◎	◎	◎	
七　2	平	仄	仄	平	
言　3	◎	◎	平	◎	壹　◆
式　4	仄	平	平	仄	貳　五
5	仄	平	仄	平	參　言
6	平	仄	仄	平	肆　式
7	平	仄	平	仄	伍

七言仄起首句不入韻
（五言平起首句不入韻）

	四	三	二	一	
◆　1	◎	◎	◎	◎	
七　2	仄	平	平	仄	
言　3	平	◎	◎	◎	壹　◆
式　4	平	仄	仄	平	貳　五
5	仄	平	平	仄	參　言
6	仄	平	平	仄	肆　式
7	平	仄	平	仄	伍

七言平起首句入韻
（五言仄起首句入韻）

	四	三	二	一	
◆　1	◎	◎	◎	◎	
七　2	平	仄	仄	平	
言　3	◎	◎	平	◎	壹　◆
式　4	仄	平	平	仄	貳　五
5	仄	平	仄	仄	參　言
6	平	仄	仄	平	肆　式
7	平	仄	平	平	伍

七言仄起首句入韻
（五言平起首句入韻）

	四	三	二	一	
◆　1	◎	◎	◎	◎	
七　2	仄	平	平	仄	
言　3	平	◎	◎	平	壹　◆
式　4	平	仄	仄	平	貳　五
5	仄	平	平	仄	參　言
6	仄	平	平	仄	肆　式
7	平	仄	平	平	伍

凡「◎」者表示此字不論平仄

　　從上表可知，七言平起首句不入韻式中，只有七個字（五言則只有三個字）可以不論平仄。其第 1 字（註22）不論平仄是沒有異議的，只要注意不要形成八平，或八仄，就可以了。七言第 3 字與五言第壹字的情形相同，在雙句出現「仄仄平平仄仄平」或「平平仄仄平」的句式時，第 3 字（即五言第壹字）的平聲是絕對不能更動的。其餘三句的第 3 字（即五言第壹字）則是可以不論。不過，值得一提的，在七言仄起入韻式中，其第一句第 3 字（即五言第壹字）是絕對要用平

〔註22〕此段爲行文說解便利，其中之阿拉伯數字皆表七言句中之字序；國字數目表五言句中之字序，與【表二】中所標示者相同。

聲的，這是唯一在單句中的第 3 字（五言第壹字）必定不可不論者，其原因與雙句忌「孤平」的情形一樣。到了七言的第 5 字（即五言第參字），那就非固定不可。一旦更動，必然要採取補救的措施。

我們，由上文，至少可以證明「一三五不論」之說並不是完全正確的。不過，也不是說「一三五不論」之說就完全不可取，因為，當不得不更動其不可變之處，而必須使用補救的方法時（即「拗救」），此說又似乎相當合理了。

三、拗　救

詩人在創作時，為了字面上的要求，逼不得已、不得不更動平仄譜中既定的平仄聲律時，那麼他就必須對此更動有所補救。因為，他已經打破了近體平仄的對襯性及規律性。

清人對於「拗救」，是非常地在意的。董文煥《聲調四譜》中就有「五言律詩拗體圖」，七言律詩又分「單拗」、「雙拗」、「拗黏」、「拗對」四個圖〔註23〕，可說已盡拗體之極致。然而到底何者謂「拗」？在怎樣的情形下稱「拗」？從上文，我們討論了近體的平仄譜及其一、三、五字平仄運用的限制之後，對於五七言中固定的平仄已經掌握得相當清楚了。按理說，以【表二】而言，固定平仄的字，如有所異動，就應算是「拗」。事實上，也是如此。然而，所謂「拗」，並非隨便任何字皆可通用，大多只有五言第一、三字，七言第三、五字，才可論「拗」，其餘則另論。王漁洋《律詩定體》在五言仄起首句不入韻譜中說到：

> 粉署依丹禁，城虛爽氣多。
>
> 如單句依字（即第三字）拗用仄，則雙句爽字（即第三字）必拗用平。〔註24〕

〔註23〕清，董文煥《聲調四譜》（台灣：廣文書局），「五言律詩拗體圖」於卷十一，頁四二一；七言律詩之拗體四圖於卷十二，頁455。

〔註24〕清，王漁洋《律詩定體》（《清詩話》本，台灣：木鐸出版社），頁113。

按：此針對「仄仄平平仄，平平仄仄平」而言，也就是王氏於此例後所注之「雙拗之法」。

王氏又於同一詩中「好風天上至」句下注：

> 如上字拗用平，則第三字必用仄救之。古人第三句拗
> 用者多，若第四句則不可。〔註25〕

按：此針對「平平平仄仄，仄仄仄平平」聯而言，「平平平仄仄」的句式可以爲「平平仄平仄」句，此亦即王氏例後所謂「單拗之法」。

王氏《律詩定體》一書，只有提到「單拗」與「雙拗」兩種方法，似乎以王氏而言，這兩聯的拗法，已然可以涵括五七言的各種句式。趙執信的《聲調譜》中只有注出「拗字」、「拗句」，並未有明確的理論，在此姑且不論。李瑛《詩法易簡錄》中提及：

> 五律用於試作，祇可用小借還法，如少陵「何時一樽
> 酒」此本句單拗法，劉若虛「時有落花至，遠隨流水香」此
> 本聯雙拗法，皆無礙於應試體。……〔註26〕

「何時一樽酒」，即「平平平仄仄」中，第三字、第四字平仄互換，成爲「平平仄平仄」。李氏稱之爲「本句單拗法」與王漁洋的「單拗之法」意義相同。「時有落花至，遠隨流水香」，即「仄仄平平仄，平平仄仄平」中，出句第三字拗用仄，以對句第三字拗用平救之。李氏稱爲「本聯雙拗法」與王漁洋的「雙拗之法」意義也相同。

> 第七句五六字借還法，如劉禹錫「想見扶桑受恩處」；
> 五六句第五字大借還法，如崔顥「晴川歷歷漢陽樹，芳草萋
> 萋鸚鵡洲」，皆可習用。〔註27〕

「想見扶桑受恩處」，乃「仄仄平平平仄仄」中，第五字與第六字平仄互換，稱「借還法」與「本句單拗」同。「晴川歷歷漢陽樹，芳草萋萋鸚鵡洲」，即「平平仄仄平平仄，仄仄平平仄仄平」中，出句、

〔註25〕同註23。
〔註26〕清，李瑛《詩法易簡錄》（台灣：蘭臺書局），頁154。
〔註27〕同註25，頁155。

對句第五字平仄互拗也,稱「大借還法」與「本聯雙拗」亦同。

　　……三四句第五字大借還法,如趙嘏「殘星幾點雁橫塞,長笛一聲人倚樓」是也。五六句第五字對還法,如王右丞「草色全經細雨濕,花枝欲動春風寒」,遂成三仄三平,不可輕用。……〔註28〕

此處「大借還法」之平仄關係與前例同。「對還法」卻是比王漁洋多出來的。「草色全經細雨濕,花枝欲動春風寒」,其平仄本應爲「仄仄平平平仄仄,平平仄仄仄平平」,而此句平仄爲「仄仄平平仄仄仄,平平仄仄平平平」,以出句、對句第五字平仄對換而成。這樣的對換原則,與雙拗的觀念是相同的,只是,在這樣的句聯中會出現古體詩中常見的「三平腳」。李氏也已注意到這種情形,所以他又附上「不可輕用」,意即,並非不能如此,只是不要隨便使用此法,不然會遇到三平三仄的問題。王漁洋便不這麼認爲,其「單拗法」也是以如此平仄句式爲主,但他只承認本句的自拗自救,並不以爲可以雙拗之法救之。而且又說「古人第三句拗用者多,若第四句則不可」,其意即:第三句可拗,但第四句不可拗。既然第四句不可拗,那麼何來救第三句之理。兩者說法相差如此,或許,我們只能看作是彼此之間對於古近體詩的聲律要求程度不同吧!

　　對於「平平仄平仄」的句式,近人王力以其違反了「二四六分明」的口訣〔註29〕,又其常見程度,連應試的試律也允許其出現〔註30〕,故而稱之爲「特拗」〔註31〕。王氏觀點與清人「單拗」的觀念是不謀而合的,都是以拗救來看待此句式。然而,從近體聲律形成的過程來看,似乎大有商榷餘地。

　　今人涂淑敏之碩士論文《初盛唐五言近體詩聲律研究》,對於六

〔註28〕同註25,頁156。
〔註29〕同註29,頁120。
〔註30〕同註29,頁129。
〔註31〕王力《漢語詩律學》(《王力文集》第十四卷,山東教育出版社),頁130。

朝五言詩的句式有相當仔細的統計，其中「平平仄平仄」所佔比例爲百分之九點零一，僅次於「仄仄仄平平」、「平仄仄平平」兩句，居所有三十二種句式之第三高位（註32）。由此可知，「平平仄平仄」的句式，在六朝，即已廣爲詩人們所使用，其地位幾與現今所謂「律句」相同。若單從拗救的觀點來論這樣的句式，顯然是忽略了其在近體聲律形成上早就出現的事實。此句式不能與一般拗句並論，或許王力將此句式稱之爲「特拗」，更能夠突顯其與一般拗句不同之處；然而在稱其爲「特拗」的同時，我們也要特別強調，除王力以爲的違反「二四六」分明及常用程度兩個原因之外，更有其來源上與一般拗句不同之處，一般拗句是由「律句」改變其應平、應仄之字，再於相關位置（或本句自救，或對句同字相救）上加以變化，以求得平仄的均勢。這種拗救關係是被動的，有拗才會有救的出現，或者甚至可以不救。然而「平平仄平仄」的句式，在六朝時即已與一般「律句」以同樣的姿態出現，似乎並不能以拗救的觀念上溯到六朝，而稱此句式爲「拗」，爲「救」。清人對於此種句式稱之爲「單拗之法」，或是「小借還法」，乃是從聲律拗救的基礎來看「平平仄平仄」的句式，就連近人王力雖注意到此句式與其它拗句不同，卻也沒有看到其來有自，並非能以拗救之法，一概論之。這是值得我們重視的。

四、董文煥《聲調四譜》中的近體拗救觀

　　除了以上王漁洋、李瑛的論拗救之法外，清人董文煥《聲調四譜》中對於近體詩的拗救，談論的相當多。其從五言、七言兩方面分論拗救，所以本文亦從其所論分爲此兩部分。

（1）五言部分

　　　……拗者，何不過宜仄而平，宜平而仄而已。然用拗、用救，而黏對斷不可紊，故必有一定之處，大抵一三互易耳。

〔註32〕涂淑敏《初盛唐五言近體詩聲律研究》（東海大學中國文學研究所碩士論文），頁44至45。

世言「一三五不論」，非不論也，正拗救之法也。黏對之法，即所謂「二四六分明」者。此與七言拗律不同，七言有拗黏、拗對，而五言則不可。惟「仄仄平平仄」句，可拗爲五仄句，第四字不黏，不爲落調，餘則不能，此其拗之極變也。其法有三：一曰「拗字」，一曰「拗句」，一曰「拗聯」。「拗句」，本句自拗自救。如「平仄仄平仄」句與「仄平平仄平」句，三字拗、一字救。對句不救亦可，不必二句皆用拗也。「拗聯」者，本句拗、下句救。如「仄仄仄平仄，平平平仄平」聯，首句三字拗仄，首字不救，則下句三字必拗平救之也。若下句三字既平，則首字亦可拗仄，蓋二三連平即不犯夾平，則首句首字又不必斤斤拗平以救之也。至「仄平平仄仄，平仄仄平平」二句，謂之「拗字」，首字可救可不救，此在試帖猶然，不得謂之「拗體」，不論可耳。蓋此聯之拗法不在首字，而在三字，但下句三字不可拗平，若拗則成古句，此其界之判然者。惟上句三字拗仄爲「平平仄仄仄」句，乃正拗律，而非借古句者，首二連平亦無夾平之病。若再拗首字爲「仄平仄仄仄」句，或又三四拗救爲「仄平仄平仄」句，則拗極矣。而下句斷斷用「平仄仄平平」，不可易也。總之，拗律之變，極之夾平而止，而絕不用中下三平之句，此古律之分也。「拗字」者無論已，若偶用「拗句」、「拗聯」則無詩無之，不得專爲拗體也。……〔註33〕

此段對於「拗救」，談論的非常詳盡，只是董氏僅針對五言而論。以下分爲若干部份來說明。

一開始說到「拗者，……，故必有一定之處，大抵一三互易耳。故世言『一三五不論』非不論也，正拗救之法也。」。這與前面【表二】所歸納的結論是相同的，也就是五言的一、三字有其一定的平仄，若有所更動，則需要作補救的措施。在此董氏也肯定「一三五不論」

之說，認爲所謂「一三五不論」應於拗救之法運用時觀之，則可「拗」分爲：「拗字」、「拗句」、「拗聯」三種情形。「拗字」，其實與【表二】中標「◎」的字相同。如其舉「仄平平仄仄，平仄仄平平」爲例，認爲此兩句首字爲「拗」。不過【表二】中可以「◎平平仄仄，◎仄仄平平」來看，此兩句首字是可平可仄的，所以也無所謂「拗」。董氏也說「此在試帖猶然，不得謂拗體，不論可耳。」事實上，何止不能稱爲「拗體」，若從前文所論平仄譜起源部分而言，清人大有認爲此爲正式者；從【表二】來看，根本不是「拗」，因爲原本就可不論其平仄，又何來「拗」之理，七言亦當如此觀之。

　　「拗句」，董氏的定義「本句自拗自救」，與王漁洋、李瑛之義相同，但是，方法卻是不同的。他認爲像「平仄仄平仄」句與「仄平平仄平」句，第三字「拗」，由第一字救，這種方法才是「拗句」。不過，王氏與李氏則是以「平平平仄仄」句的第三字、第四字的平仄互換，稱爲「單拗」之法。所針對的句式不同，董氏針對「仄仄平平仄」與「平平仄仄平」兩種句式，王氏與李氏卻是同時針對「平平平仄仄」而言。對於「仄仄平平仄」、「平平仄仄平」，他們都以「雙拗」法對待，此處，董氏似乎又爲「單拗」另闢一法門，使得「單拗」之法，可由此又多出兩種句式。不過，董氏並非與王、李二人之法完全不同，在「五言律詩拗體圖」中對「平平平仄仄」句也注有：

　　　四用平，三必仄；三用仄，四不必平。〔註34〕

「四用平，三必仄」與王氏「單拗」之法完全相吻，可知董氏仍保存王氏之說，當然，他也是從拗救的角度來論「平平仄平仄」的句式，而不知六朝時期，此句式本與一般「律句」相當，六朝人是否認爲其屬拗救，仍有待商榷。「三用仄，四不必平」，其意指當第三字爲仄聲時，第四字可以用平，也可以用仄。這樣就會出現兩種句式：一爲「平平仄仄仄」，再者爲「平平仄平仄」。如此，又牽涉到

〔註34〕同註28，頁421。

董氏「拗聯」之說。

董氏對「拗聯」的定義，爲「本句拗，下句救」。以「仄仄平平仄，平平仄仄平」爲例，若上句第三字拗爲仄，而首字不救時，那麼就必須以下句第三字救之；如果下句第三字已用平救上句第三字之仄時，那麼下句第一字就可以爲仄，因爲已不會造成第二字的「孤平」。如此可得到兩種「拗聯」如下

> 仄仄（仄）平仄
> 平平（平）仄平
>
> 仄仄（仄）平仄
> 仄平（平）仄平

這兩種「拗聯」最主要的關鍵，在於上下兩句的第三字平仄拗救。但，在此同時，原本忌諱單平的下句「平平仄仄平」，其首字因第三字的拗平，而有了可以爲仄的機會。這種看法在王氏與李氏書中皆未論及，而董氏之說則打開了爲避免「犯孤平」，「凡雙句二、四平仄者，首字必用平」的束縛。當然，這必須用拗救之法才可以將此限制鬆綁。

再回到引言中的「黏對之法，……，此其拗之極變也。」。在此，董氏提到「二四六分明」之說是指黏對之法。然而，董氏認爲此說卻不能規範七言拗律，因爲其說七言拗體中又有「拗黏」與「拗對」兩類，也就是改變黏對的關係（詳見下一部分）。不過，董氏以爲七言才有「拗黏」、「拗對」，五言中是沒有如此二法，只是其提到五言中「仄仄平平仄」可以拗爲五仄句，其第四字的不黏，並不影響其爲律。其實，第四字拗爲仄，所產生的並非不黏而已，應該還有失對。本段重點在於董氏提出「仄仄平平仄」句可拗爲五仄句，第四字的拗並未論其救，且其認爲「第四字不黏，不爲落調」，在董氏「五言律詩拗體圖」中於「仄仄平平仄」句下亦注有「惟此句可五仄」﹝註35﹞。如此一來，除「平平平仄仄」句中第四字可拗爲平，以第三字救之外，「仄仄平平

仄」句的第四字亦可拗爲仄，董氏論似乎使得原本不可易動的第四字平仄關係爲之鬆動。依董文煥之說，五言拗體可略見如下表：

表三之一

五言仄起首句不入韻拗體譜				
四	三	二	一	
◎	◎	◎	◎	壹
仄	平	平	仄	貳
◎	◎	◎	◎	參
◎	◎	◎	◎	肆
平	仄	平	仄	伍

五言仄起首句不入韻譜				
四	三	二	一	
◎	◎	平	◎	壹
仄	平	平	仄	貳
仄	平	仄	平	參
平	仄	仄	平	肆
平	仄	平	仄	伍

五言平起首句不入韻拗體譜				
四	三	二	一	
◎	◎	◎	◎	壹
平	仄	仄	平	貳
◎	◎	◎	◎	參
仄	◎	◎	◎	肆
平	仄	平	仄	伍

五言平起首句不入韻譜				
四	三	二	一	
平	◎	◎	◎	壹
平	仄	仄	平	貳
仄	平	仄	平	參
仄	平	平	仄	肆
平	仄	平	仄	伍

五言仄起入韻拗體譜				
四	三	二	一	
◎	◎	◎	◎	壹
仄	平	平	仄	貳
◎	◎	◎	◎	參
◎	◎	仄	◎	肆
平	仄	平	平	伍

五言仄起入韻譜				
四	三	二	一	
◎	◎	平	◎	壹
仄	平	平	仄	貳
仄	平	仄	仄	參
平	仄	仄	平	肆
平	仄	平	平	伍

五言平起首句入韻拗體譜				
四	三	二	一	
◎	◎	◎	◎	壹
平	仄	仄	平	貳
◎	◎	◎	◎	參
仄	◎	◎	◎	肆
平	仄	平	平	伍

五言平起首句入韻譜				
四	三	二	一	
平	◎	◎	平	壹
平	仄	仄	平	貳
仄	平	仄	仄	參
仄	平	平	仄	肆
平	仄	平	平	伍

我們就從上表一般譜與拗體譜不同之處談起。先談各句第壹字，

當「平平仄仄平」句出現在雙句，或是首句時，其第壹字的平聲，本應不可易動。因為一旦換為仄聲，即成為「仄平仄仄平」句，則「犯孤平」，這在律體中是非常嚴重的錯誤。不過，到了「拗體」就不同，此字可以變為仄聲，只是必須以本句第參字用平聲救之。在此同時，本句第肆字必定為仄聲，不然就形成古句的「三平腳」。在此，董氏於五言律詩拗體圖，本句第肆字下標以「必仄」〔註36〕，想必也是基於這樣的理由。除此之外，第一字的不論平仄是不變的。

再來，談論各句第參字。其聯為「仄仄平平仄，平平仄仄平」時，上句第參字若用仄，原本有兩個方法救之：第一、可以本句第壹字用平救。然而本句第壹字的平仄原可不論，以可不論之字來救原不可易之字，此法似乎太過薄弱。於是，如果第壹字未用平救之（就算亦用平聲救之），那麼可以下句第參字用平來救，同時下句的第壹字，其平仄亦可因此而鬆動。因為，此時就算在「平平仄仄平」的句式中，第貳、參字已是「平平」的關係，第壹字用仄，也不會造成「孤平」的現象。除此之外，下句第肆字此時也就決然不可用平，以避免「三平腳」的出現。如下句第參字的拗救法，可從上句第參字反推得之，故不再論。

其聯為「平平平仄仄，仄仄仄平平」時，前面提到李瑛是以「大借還法」為論，即上句第參字拗用仄，則以下句第參字拗用平來救之，不過，這樣卻會造成古句「三平腳」的出現。王漁洋則是以所謂「單拗之法」，認為「平平平仄仄」句中，若第四字為平，則以第三字用仄救之，造成「平平仄平仄」的句式，這個看法董文煥也作如此觀，其缺失前已論及，此不贅述。又董氏於「仄仄仄平平」句下亦有注「三、四平為古句。三拗平，四救仄為正拗句。」〔註37〕，其意為：此句第三、第四字為平聲時，即與押韻的第五字形成「三平腳」的古句，所以，當第三字拗用平聲時，第四字則以仄聲救之，以形成「仄仄平仄

〔註36〕清，董文煥《聲調四譜》（台灣：廣文書局），頁421。
〔註37〕清，董文煥《聲調四譜》（台灣：廣文書局），頁421。

平」的拗句，但是，他缺忽略了這樣的句式第二字與第四字同為仄聲，這已不屬於律句了，如何可視為拗句，令人費解。

　　由以上的論述，可知董文煥對五言拗體的看法，仍有若干令人質疑之處，唯其在第一、第三字的拗救，或頗具說服性，然其對第四字的平仄之論，似乎是無法讓人釋懷的。

（２）七言部分

　　董氏七言拗體論，其實也跟五言拗體論一樣，只是在五言拗體各句上加的平仄有所變換而已。董文煥《聲調四譜》中，就將其分為「單拗」、「雙拗」、「拗黏」、「拗對」四種。首先看「單拗」與「雙拗」：

　　　　所謂單拗，如前第一式「仄仄仄平仄仄仄」四句，下
　　五字本係五言拗律，上二字仍於「平平」上加「仄仄」、「仄
　　仄」上加「平平」，是為「單拗」，拗之正也。所謂「雙拗」，
　　如前第二式「仄仄仄仄仄平仄」四句，下五字亦係五言拗律，
　　上二字又於「平平」上加「平平」、「仄仄」上加「仄仄」，
　　是為「雙拗」，拗之拗也。〔註38〕

在五言拗律上，依照五七言平仄黏對的原則，加上平平、仄仄，形成七言拗律者，即為「單拗」。因為下五字已是拗體，所以稱其「單」。而「雙拗」則是違反五七言黏對原則，在五言第二字為平聲者上加「平平」；仄聲者上加「仄仄」，因為下五字已拗，上二字又拗黏對關係，於是稱其「雙」。這與王氏、李氏之「單拗」、「雙拗」之法不同，王李二人的「拗法」是以句聯為主，本句自拗自救者稱「單拗」，上下句同字互救者稱「雙拗」；而董氏則以整個拗體譜為主，上加二字平仄與五言拗體第二字平仄相對者，稱「單拗」，相同者為「雙拗」。

　　董氏如此論「單拗」、「雙拗」，事實上是前後矛盾的。在前面談五言拗體時，董氏的「拗」是針對字而言，凡原應為平而易為仄、應為仄而易為平者，稱之為「拗」。然而，在此卻以整個拗體譜為主，

〔註38〕同註37，頁470。

以原五言拗體譜中第二字爲仄者，上加「平平」；第二字爲平者，上加「仄仄」，此稱爲七言「單拗」體；若第二字爲仄者，上加「仄仄」，第二字爲平者，上加「平平」，此又稱爲七言「雙拗」體。這是非常奇怪的，除其「拗」的觀念前後不一致之外，在七言「雙拗」體中，顯然其第二字與第四字皆爲同聲，已屬古句，與近體聲律完全不符。

再來看其「拗黏」與「拗對」：

> 首句上二字「仄仄」者，次句亦「仄仄」；首句「平平」者，次句亦「平平」，是爲「拗對」。其用法，只易首二字，下五字仍故也。首聯仄起平對者，次聯亦仄起平對，是爲「拗黏」。其用法，四句中下五字仍如五言黏對之式，只首二字黏對相同。又其變者，首二句皆平，三四句皆仄，或四句皆平、皆仄，則前半全拗矣，但五六七八句必仍須黏對方合，或後半拗黏拗對，則前半必須黏對方合，不得通首全拗也。若拗黏不拗對，則通首全拗亦可，所謂「齊梁格」也。總之，黏可通首全拗，對則通首必半拗半諧，此黏對拗法之分也。〔註39〕

這裏對於「拗黏」「拗對」之法，說穿了就是將原本七言第二字的黏對關係予以打破。「拗對」，即是不按照七言第二字單句爲平者，雙句爲仄；爲仄者，雙句爲平的對應關係，而以平對平，仄對仄來轉換。「拗黏」，則是違反兩聯之中第一聯下句第二字爲平者，第二聯上句第二字也應爲平的原則，以平對仄，仄對平來代替。於是七言第二字平仄黏對的規律也就消失了，不過「拗黏」、「拗對」並非完全沒有規律可循，他們也有一定的使用範圍。首先，不能整首詩全用拗，一、二、三、四句拗，則五、六、七、八句必依黏對之法；五、六、七、八句拗，則一、二、三、四句必定合於黏對，這是董氏的通則。其次，如果全詩都用拗黏，則稱爲「齊梁格」，但是絕對沒有全詩拗對的情形。從董氏對七言拗體的說法，我們又可以得到如下表：

〔註39〕同註37，頁471。

表三之二

七言仄起首句不入韻拗體譜

七言式		四	三	二	一	
	◆ 1	◎	◎	◎	◎	
	2	◎	◎	◎	◎	
	3	◎	◎	◎	◎	壹
	4	仄	平	平	仄	貳
	5	◎	◎	◎	◎	參
	6	◎	◎	◎	仄	肆
	7	平	仄	平	仄	伍

七言平起首句不入韻拗體譜

七言式		四	三	二	一	
	◆ 1	◎	◎	◎	◎	
	2	◎	◎	◎	◎	
	3	◎	◎	◎	◎	壹
	4	平	仄	仄	平	貳
	5	◎	◎	◎	◎	參
	6	仄	◎	◎	◎	肆
	7	平	仄	平	仄	伍

七言仄起首句入韻拗體譜

七言式		四	三	二	一	
	◆ 1	◎	◎	◎	◎	
	2	◎	◎	◎	◎	
	3	◎	◎	◎	◎	壹
	4	仄	平	平	仄	貳
	5	◎	◎	◎	◎	參
	6	◎	◎	仄	◎	肆
	7	平	仄	平	平	伍

七言平起首句入韻拗體譜

七言式		四	三	二	一	
	◆ 1	◎	◎	◎	◎	
	2	◎	◎	◎	◎	
	3	◎	◎	◎	◎	壹
	4	平	仄	仄	平	貳
	5	◎	◎	◎	◎	參
	6	仄	◎	◎	◎	肆
	7	平	仄	平	平	伍

　　從【表三之二】可知，七言拗體的第一、二字其平仄是可有所變動的。董氏所謂「單拗」、「雙拗」中，第二字與第四字的平仄關係可以相對，也可以相同。而「拗黏」、「拗對」，更使得第二字的所有關係也不再受黏對的束縛。再從【表三之一】中可以發現，五言譜中第一、三字不可易動的原則也被打破了，連第四字的平仄都有可以鬆動的情形。

　　如此一來，董氏的拗救觀念，只剩下在五言第二字與第五字，七言的第四字與第七字有一定的規定，其餘各字皆有可能因為拗救的運用而有所變動。這樣論拗救，似乎把整個近體詩的聲律結構都破壞了。按理說，拗救應該是在固有的聲律基礎上所衍生出來的變化，所針對的是在五言第一，三字（或七言第三、五字，七言第一字原可不

論）應平爲仄，應仄爲平的改變，而出現的拯救措施，或許也可以拿來看待如「平平仄平仄」句的第三、四字互換，這也是從「特拗」的角度視之，並非可以亂「拗」一氣。董氏論「拗體」雖然著墨甚多但是無論從其「拗」的定義，或是以近體基本聲律結構而言，皆有相當不符合邏輯之處，並不能據以觀近體拗格。

其實，經過前面的討論之後，我們應該能清楚地劃分。「一三五不論」之說，是指拗救之法。在運用拗救的觀念創作時，「二四六分明」之說就已不成立了。因爲，當七言第五字（即五言第三字）平仄有所改變之時，或許會以其第六字（即五言第四字）來拯救，更甚至於有時會直接改變七言第六字（五言第四字）的平仄，而以其第五字（五言第三字）來救之，這也就是前文所提的「平平仄平仄」句。不過，這是純粹從創作過程來看待平仄組合時的觀點，實際上，若以整個句式出現的早晚來看待時，「平平仄平仄」句就不是拗救的情形了。所以，當「二四六分明」之際，此時「一三五不論」或許不能完全成立。「一三五不論」、「二四六分明」，兩者是不能同時並存，而且也有其使用的限制。當談論「平仄譜」時，應該以「二四六分明」爲原則，此時第一、三、五字是有條件的不論；當談論拗救關係時，又應以「一三五不論」爲原則，當然此時第二、四、六字也會有某部分的鬆動，但以不影響其爲律句結構爲主。如此，我們就能很客觀的看待這兩個觀念，不致於與清人一味否定此說，或是肯定此說。

第三節　古體詩聲律論

對於古體詩的聲律，一直以來，我們都認爲只要是不合近體詩聲律者，皆可稱之爲古體詩，這個看法在清人而言並非如此單純。在清代詩話中很明顯的可以找到如王文簡《古詩平仄論》，從書題上即可知道這是專論古詩聲律的；其它如《師友詩傳錄》、《師友詩傳續錄》、《聲調譜》、《聲調譜拾遺》、《詩法易簡錄》、《詩譜詳說》、《聲調四譜》

等著作中，皆有專門討論古體詩聲律的部分。既然對古體詩聲律有所談論，清人必然有一套衡量古體平仄的標準。本節我們就試著從清人所謂的古體聲律來整理出一個大要。

一、王、趙二氏《古詩平仄論》與《聲調譜》之說

　　據郭紹虞在《清詩話》前言中所論，可知趙執信《聲調譜》出現之後，《古詩平仄論》才出現。雖然如此，清人翁方綱即曾加以考定，證明與趙譜不同，確爲王漁洋之言，遂爲刊行〔註40〕。事實上，二書之論古體聲調大同而小異可合而觀之。從王氏《古詩平仄論》，我們可以歸納出一些條理如下：

　　　　七言古自有平仄。若平韻到底者，斷不可雜以律句。
　　　　其要在第五字必平。
　　　　第五字既平，第四字又必仄。
　　　　　第四字第五字平仄既合第二字可平可仄，然不如平之諧也。古人多用平。
　　　　至其出句第五字多用仄，如間有用平者，則第六字多仄。
　　　　至出句第二字，又多用平。
　　　　　總之出句第二字平第五字仄，其餘四仄五仄亦諧。落句第五字平，第四字仄，上有三仄四仄，亦皆古句正式。
　　　　　古大家亦有別律句，然出句終以二五爲憑，落句終以三平爲式；間有雜律句者，行乎不得不行，究亦小疵也。〔註41〕

這是王漁洋在平韻到底的七言古詩中所作的論述，當然也有舉出前人作品做爲實證，因爲在此我們只針對其理論來討論，所以就姑且不論

〔註40〕翁方綱於其《小石帆亭著錄》卷二《趙秋谷所傳聲調譜》前按語言：
　　　　「此卷或云前譜是漁洋著，後譜是秋谷著。以愚考之，前、後譜皆秋谷所爲也。今以新城所刻平仄論合觀之，愈見新城所刻，是漁洋眞筆，而此爲秋谷無疑矣。故附錄於此。」（《清詩話》本，台灣：木鐸出版社，頁 245）。
〔註41〕清王漁洋《王文簡古詩平仄論》（《清詩話》本，台灣：木鐸出版社），頁 224 至 228。

這些作品。首先，第一則「七言古自有平仄」，很顯然地，王氏是主張古體詩有其一定的平仄規律。其次對於七言古詩而言，似乎其押韻方式也有不同之處，王氏在此針對平韻一韻到底的七言古詩論其平仄，亦有仄韻詩、轉韻詩等（有關押韻者將於下章討論，此章不擬贅述）。然而王氏在此最重要的觀點就是：七言古體平韻到底者，絕對不可以使用律句。這是因為近體詩就是押平韻，一韻到底，如果古體中押平韻到底者，又有律句出現，那就可能出現律聯的情形，與近體沒有差別了。於是他就以「聯」作為基礎，提出其認為如何避免律句的方法。我們可以將其說歸納，約略可畫出下表：

	1	2	3	4	5	6	7	標「○」者為「多用平」，標「●」者為「多用仄」，標「◎」者為「可平可仄」。
出句	◎	○	◎	◎	●	◎	仄	
落句	◎	○	◎	仄	平	平	平	

從「聯」為出發點，規範出句、對句的各字平仄，使其不與「近體」規律相符。姑不論其正確與否，這可以算是最直接的方法。從上表中，可以發現王氏真正定出平仄者，只有落句（對句）第四、第五字而已。因為是針對平韻到底的七言古詩，所以落句的第七字一定是平聲，出句第七字則為仄聲。若為首聯，則出句第七字也可以為平聲，以形成首句入韻的七言古詩。除了這些之外，王氏其他各字，如出句第二、五字，落句第二字，皆以古人多用為標準，似乎並不是非如此不可，只是以量取勝而已，若有不同者，也是可被容許的。不過，既然王氏如此認定，我們不妨先按其說，譜為上表。事實上，翁方綱就已提出了一些不同的看法：

又按：此條所云第二字多用平者，指對句言耳。然對句第二字，古人初無多用平聲之說。即以此卷內先生所舉諸篇言之，如〈衡嶽廟〉一首，凡十六韻，而其對句第二字用平者纔三句；〈石鼓〉一首，凡三十三韻，而其對句第二字用平者纔八句。八句之內，「其年始改稱元和」句，「年」字

則因上句第七字以平聲另提其勢，與他句不同。而末句「嗚
呼」，「呼」字市正收通篇，音節亦與他句不同。除此二句外，
其第二字用平者，纔六句耳。惡見有所謂第二字多用平耶？
蓋出句第五字多用仄，是以第二字多用平也。若對句第五、
六、七字既皆多用平，而第二字又多用平，毋乃不均乎？此
條必非先生之言，所不得不辨者也。〔註42〕

翁氏在此對於王氏所謂「落句第二字，古人多用平」一說，提出反對
的看法。翁氏之論，直接從王氏所舉之詩例蘇詩〈武昌西山〉，來看
對句第二字的平仄似乎應以「古人多用仄」才是。見下表：

	1	2	3	4	5	6	7
出句	◎	○	◎	◎	●	◎	仄
落句	◎	●	◎	仄	平	平	平

　　此外，對於王氏所謂「別律句」，翁氏也是持反對的立場。在蘇
詩〈送劉道原歸覲南康〉一詩後，翁氏按語曰：

　　　　此首內注出云「別律句」者凡六句，其實古人並非有
意與律句相別也。且推其本言之：古詩之興也，在律詩之前，
雖七言古詩大家多出於唐後，而六朝以上，已具有之，豈其
預知後世有律體，而先為此體以別之耶？是古詩體無「別律
句」之說審矣。即此卷開首一條云：平韻到底者，斷不可雜
以律句。此語亦似過泥耳。〔註43〕

此處，翁方綱對於王氏所謂「別律句」有相當詳盡的說解。上面幾條
引王氏之論中，最後一條有「古大家亦有別律句」，而在各詩例中亦
常見注為「別律句」者。其於引文中亦有「間有雜律句者，行乎不得
不行，究亦小疵也。」，對於此說，翁氏並不同意，即有言：「既云行
乎不得不行，則不得云疵矣，何以又云究亦小疵哉！」〔註44〕，他認

〔註42〕同註41，頁226，翁氏按語。
〔註43〕同註41，頁229，翁氏按語。
〔註44〕同註41，頁228，翁氏按語。

為古詩在律體形成之前即有，何來故意不為，或是以此與律體不同之句。其言如下：

> ……古人一篇之中，句句字字，皆是一片宮商，未有專舉其一句以見音節者，則焉有專於某句特有意「別律句」者乎？……在古人原出以無意，而其實天然之節奏，皆於無意中拍合之，未有特出有心，別乎律句，以為古詩者也。……愚謂此等處，恐是先生偶然語及，而門弟子輒筆之於冊，似皆非先生定論耳？〔註45〕

此段翁氏說得更清楚，他認為所謂「別律句」，只是王氏門生於先生偶然提及時的筆記，並非王氏之定論。如此一來，「別律句」一詞就沒有存在的必要性了。同時，翁氏也對於王氏所謂「平韻到底者，斷不可雜以律句」一說，認為這是王氏太過拘泥之論。其實，王氏此論仍有其可取之處。因為，如果單就作法而言，「近體詩」以平韻一韻到底為準，倘若古體平韻到底者沒有限制的話，那麼其句事就有可能與「近體詩」相近。所以王氏提出「不可雜以律句」的規定，這麼一來，就解決了「古體詩」平韻到底者與「近體詩」在句式上相近的問題。因為，「古體詩」中沒有「近體詩」的句式，自然就與講究平仄聲律規範的「近體詩」不同。不過，這也出現了一個問題，也正是翁方綱之所以認為王氏之論過泥的原因。大部份在論及聲律時，我們必然從現存的古體詩來看其平仄，直接從作品的平仄關係來找出存在的規則，這似乎是比較實際的方法。但這也只是呈現了一個表象，告訴我們有如此的情況存在。翁方綱之論「別律句」時，便是由此為出發點。因為「古體詩」出現在「近體詩」之前，所以當我們在看「古體詩」之平仄時，就算有律句存在於詩中，也不影響其為古體。同時「古體詩」並無近體刻意為聲律的觀念，所以古體就算有律句出現，也是無意為之，沒有所謂有求別於律句的「別律句」。因此，王氏所謂「不可雜以律句」之說，對於「古體詩」而

〔註45〕同註43。

言，從文學歷史的角度看，也就顯得太過嚴苛了。如此一來，問題又回歸原點，到底何謂「古體詩」？所謂「一片宮商」是何意？所謂「古體詩」真的就完全無聲律可言？

事實上，「古體詩」一詞，所包含的應該有兩種截然不同的詩體：其一為「近體詩」出現之前即已存在的「真古體」，即唐以前的古體；另一種則是在「近體詩」出現的同時，專為避免與「近體詩」聲律相似的「仿古體」，即唐以後出現的古體。「真古體」因為當時並無所謂「律體」、「古體」之分，純粹以天然音節來創作，於是也無所謂的規律可言，即漢、魏古詩；「仿古體」則是希望能夠創作出與「真古體」一樣音韻天成的作品，進而故意避免出現與「近體詩」相同的聲律關係，即唐以後出現的古詩。前者是無法找出其規律性的；然而，後者卻因為有與近體聲調相別的創作原則與模仿對象，如此，就應該可以得到一定的創作規律。而這也就是王氏於《古詩平仄論》中所針對的對象。翁氏之論王氏所謂「律句」、「別律句」所提出的反對之理，卻是針對前者而言。兩人之說之所以出現差異，也正在於此。

翁氏除了對王氏的對句第二字提出相反的論點之外，其餘各字並無多論。二人對於古體的聲律，倒是沒有太大異議

在平韻到底的七言古詩之後，王氏接著論仄韻到底的七言古詩：

> 若仄韻到底，間似律句無妨。以用仄韻半非近體，其
> 平仄抑揚，多以第二字第五字為關棙。〔註46〕

仄韻到底的七言古詩，因為「近體詩」以平韻為主，所以已與近體不同。所以就算偶爾出現律句亦無妨，只有在其上、下句以第二字、第五字平仄相對，不講求合於黏，作為標準。

又提到換韻詩：

> 若換韻者，已非近體，用律句無妨。大約首尾腰腹，
> 須銖兩勻稱為正。……右詩換韻皆極勻稱，亦有不盡然
> 者。……右換韻多寡不一，雖是古法，不可為常也。……又

〔註46〕同註41，頁232。

> 有長短句者，唐惟李太白多有之，然不必學。……效之而無
> 其才，洵難免滄溟英雄欺人之誚。〔註47〕

「近體詩」是一韻到底，所以一旦換韻則不屬近體，只是，如果換
韻，則必須通篇「首尾腰腹，銖兩勻稱」，也就是換韻要整齊，四句
一換，或八句一換，通篇皆應如此，最好不要參差不齊（可詳見下
一章第二節）。

　　總結王氏對「古體詩」平仄的說法，大體上，他是針對「近體詩」
形成之後的「仿古體」而言，所以總是將這些古體與近體拿來作比較。
仄韻詩與近體詩在用韻上已有不同，換韻更是近體所無，因此，對於
它們的句式，可以比較寬鬆。只是仄韻詩還得注意到第二、第五字的
平仄相對。唯有平韻到底者，在押韻方式上，無法與近體判然分之，
於是再從句式上，將其區別。王氏所用的方法，即完全不使用律句。
如此，就可以將同樣以平韻到底的「古體詩」與「近體詩」截然劃分
開來。不過，這只是理論，實際上前人平韻到底七古亦時見律句，不
盡如王氏所說。

　　這樣的觀念，到了趙執信《聲調譜》則又有所改進。趙譜中提到：

> 間有律句，以古句救之。總之兩句一聯中，不得全與
> 律詩相亂也。〔註48〕

> 無一聯是律者。平韻古體，以此為式。〔註49〕

又在王維〈崔濮陽兄季重前山興〉一首下注：

> 末二句入律，盛唐人時有之。〔註50〕

趙氏認為只要不是「律聯」，上句為律，或下句為律，都不影響其為
古體。這與王氏「斷不可雜以律句」之說，相較之下，趙氏之說顯然

〔註47〕同註41，頁235。
〔註48〕清趙執信《趙秋谷所傳聲調譜》（《清詩話》本，台灣：木鐸出版社），
　　　　頁245。此處於趙氏《聲調譜》（《清詩話》本）中則為「總之兩句一
　　　　聯中，斷不得與律詩相亂也」，頁323。本文取其詳者。
〔註49〕同註48，《趙秋谷所傳聲調譜》後譜，頁251。而《聲調譜》則多「前
　　　　譜中亦具矣。」，頁329。
〔註50〕同註49。

是更接近事實的。

　　事實上，清人討論聲律者，無不以王氏、趙氏之論為宗。雖有所增刪亦不脫於此二家，朱庭珍《筱園詩話》中就說：

　　　　古詩音節，須從神骨片段間，體會其抑揚輕重、伸縮緩急、開闔頓挫之妙，得其自然合拍、五音相間、無定而有定之音調節奏，乃能鏗鏘協律，可被管絃。雖穿雲裂石，聲高壯而清揚，然往而復迴，餘音繞梁，言盡而聲不盡，篇終猶有遠韻。以人聲合天籟，故曰詩為天地元音也。此中妙旨，自非講求平仄所可盡，第不從平仄講求，初學何由致力，漸悟古人不傳之祕哉！王阮亭平仄定體、趙秋谷聲調譜，初學宜遵之。始從平仄，講求音節，及工夫純熟之候，自能悟詩中天然之音之節，縱筆為之，無不協調矣。〔註51〕

在此非常推崇王、趙二家，認為只要能熟習二書，自然可得古人天籟。其餘如《退庵隨筆》：

　　　　……古詩平仄，古無專著為書，今欲講求其理，則不可不看王漁洋《古詩平仄論》及趙秋谷《聲調譜》。……自漁洋、秋谷之書行，此說幾於家喻戶曉矣。乃今人作古體詩，仍有不講聲調者，其不屑乎？抑不能言乎？此余所以不能默然無言也。惟《聲調譜》後列李賀十二樂府，所標平仄，不甚可解，故置之可矣。〔註52〕

在清代，王漁洋與趙執信的古詩聲律觀受重視之深、影響之鉅，由此可知。其實，從以上引言中，我們也只是得到所謂「出句以二五為憑，落句以三平為式」的具體觀念。除此之外，就是古體聲律必與律體不同，這個比較抽象的概念。其不同之處，在於古體絕對不會出現律聯。我們不得不承認對於古體詩聲律而言，此時清人所論僅止於此。

〔註51〕清，朱庭珍《筱園詩話》(《清詩話續編》本，台灣：藝文印書館)，頁 2350。

〔註52〕清，梁章鉅《退庵隨筆》(《清詩話續編》本，台灣：藝文印書館)，頁 1965。

二、董文煥《聲調四譜》之說

到了董文煥《聲調四譜》，相對的，就比前期來得具體多了。董氏此書以趙執信《聲調譜》一書爲本，而加以圖例，代替流傳已久的歌訣，並且有所說明。形式上，董氏此舉似乎比趙譜來得更爲清楚。然而，事實上，董氏五言古詩平仄的觀念，並非完全出自趙譜。首先，趙譜中從未如董氏，將整個譜表提出，只是針對某句某字作其平仄的分析。其次，董氏的整個平仄譜的觀念，據其卷首「聲調源流表」說曰：

> 四言爲詩法之祖，三百篇尚已。降至漢魏，曹陶各大家作者尤多，他不具論，即聲調之法，亦實爲五七言權輿。但古人平仄疏闊，齊梁而上，有對無黏，且此體至宋齊後，罕有嗣音，是以其法闕如，亦不敢削趾適履，以誣古人。然六朝唐人，凡賦中四言連韻者，往往黏對精工，無稍出入。班固云：「賦者，古詩之流亞。」則賦中之平仄，即詩中之平仄也。雖全章不可得而見，而此法求之古人，每聯多有相合，惟黏法從寬耳。姑以魏武〈短歌行〉證之，如「周公吐哺，天下歸心」，即平起聯正體也；「但爲君故，沉吟至今」，仄起聯拗體也；「譬如朝露，去日苦多」，正體之拗也；「呦呦鹿鳴，食野之苹」，平起首句用韻也；「月明星稀，烏鵲鵲南飛。繞樹三匝，何枝可依」，平起首句用韻四句合法也。每聯各加一字，五言正拗諸法具備於此。博稽旁綜，斷章單聯，無不悉相吻合，則信乎詩法之開山已。……〔註53〕

董氏平仄譜的起源，是以四言平仄爲基礎。他之所以推源四言，乃是由於其認爲三百篇已講究詩法，只是歷經漢魏各代之後，其法已不傳，但是仍可從賦體中見其格式。他並舉曹操的〈短歌行〉作爲引證，譜出四言之圖。從歷史的角度來說，這樣的觀點並不正確。因爲詩經中雖然以四言爲主，然而亦有三言、五言、六言、七言，至多十餘言

〔註53〕清，董文煥《聲調四譜》（台灣：廣文書局），頁43。

的作品。既然四言已有法，爲何五言、七言、六言、八言卻又無法，要從四言之法而生呢？又最早論聲調的記載中從未有四言之說，《南史‧陸厥傳》中清楚提到：「五字之中，音韻悉異，兩句之內，角徵不同，不可增減。」〔註54〕很明顯的是針對五言聲律而言。因此，由四言平仄近而推論五言平仄，從邏輯上來說似乎合理，但沒有根據，又與事實不符。因爲在詩體聲律的討論過程中，從來沒有提及四言聲律。無論如何，既然董氏以此爲根本，我們也就先順著其步伐，來討論其所謂古體的聲律。

董氏依照往例將「古體詩」分爲五言古詩、七言古詩兩大部份。五言古詩中又有平韻平起、平韻仄起、仄韻平起、仄韻仄起、平韻拗體、仄韻拗體，平仄韻轉黏、平仄韻拗黏、平仄轉韻、三韻短古以及五平五仄等十一類；七言古詩也分爲轉韻、平韻一韻到底、仄韻一韻到底、句句用韻及長短句等五類。這樣的分類，的確比王趙二氏之論古體聲律來得詳細多，不過，卻也存在著若干問題。以下就一一略爲介紹。

董氏將五言古體平韻到底者分爲平起、仄起兩圖，如下：

平　韻　平　起　圖					平　韻　仄　起　圖				
平	平	仄	平	仄	仄	仄	仄	平	仄
仄	仄	平	平	平	平	平	平	仄	平
仄	仄	仄	平	仄	平	平	平	平	仄
平	平	平	仄	平	仄	仄	平	平	平

董氏於平韻平起圖後，說曰：

　　律詩黏對，古有歌訣四句：「仄仄平平仄，平平仄仄平。平平平仄仄，仄仄仄仄平平。」二十字是也。獨古詩黏對之法，世久不講。相傳有「一三五不論，二四六分明」之說，人僅拘近世律法而非之，不知正古律之總訣也。趙譜不言古詩用

〔註54〕《南史》（台灣：鼎文書局）列傳三八，卷四八，頁1195。

黏，故四句只論一聯；用不言用對，故一聯只論一句。今補
趙氏所未及，定爲圖，凡四句二十字，亦如律詩之有歌訣。
大抵黏對二字盡矣。〔註55〕

顯然，董氏企圖將古詩平仄如「近體詩」一樣，製定出歌訣以便於運
用及記頌。從上面的平韻平起、仄起圖中，可以發現其所謂的黏對之
法，實際上僅限於五言第二字。下三字則是相互穿插，以避免出現律
句的可能。其實，從下三字來推究五古句式，也是可行的。董氏也有
提到：

趙氏以下三字爲主，不爲無理，而上二字未定，故不
得其詳。蓋下三字本之三言，曰：「仄平仄」、「平仄平」、「仄
仄仄」、「平平平」四句而已。「平仄仄」、「仄平平」、「平平
仄」、「仄仄平」四句，律體有之，古體不用。平起加法則爲
「平平仄平仄，仄仄平仄平」，二四平仄皆同，乃正之拗；「平
平仄仄仄，仄仄平平平」，二四平仄相間，乃正之正。四句
皆爲正聯，故平起二句錯用正拗聯，與律句迥不相同。仄起
家法則但爲「仄仄仄平仄，平平平仄平」二句，無可移易，
尤爲獨嚴。其三平三仄上，仍加平仄，爲五平五仄句亦不爲
正格也。至於三四字宜仄而平，宜平而仄，偶同律句，亦可
通用。惟平韻單句五字用仄爲正格，而古人亦常用平，然必
黏對諧和之後，方可神明變化，是在臨文酌之而已，不獨仄
起句爲然。〔註56〕

趙氏其實並沒有如此詳細的推論，只是如王漁洋一樣，以下三字、三
平腳爲主。董氏則補入整個三言平仄排列情形。三言應有八種排列方
式，其中爲古體者有「仄平仄」、「平仄平」、「仄仄仄」、「平平平」四
句；律體者有「平仄仄」、「仄平平」、「平平仄」、「仄仄平」四句。在
三言句式上，再加平平，或仄仄，則爲五言句式。如此就可得到五言
古近體句式。這個論調與前面從四言平仄可推及五言平仄相同，其盲

〔註55〕同註53，頁73。
〔註56〕同註53，頁88。

點也是一樣，董氏此論應只是其個人所見，並不能說得自趙譜而來。
其次，在此，董氏很明顯的以近體聲律作爲建構古體聲律的標準。在
論及古體聲律時，處處不忘與近體聲律相別，似乎是先有了近體的聲
律標準之後，古體聲律再由近體應運而成，顯然，這是針對本文所謂
的「仿古體」而言。

關於仄韻五古，則是平起、仄起各有兩個圖如下：

仄 韻 平 起 圖	仄 韻 仄 起 圖
平 平 仄 仄 仄	仄 仄 平 平 平
仄 仄 平 平 仄	平 平 仄 平 仄
仄 仄 平 平 平	仄 仄 平 平 仄
平 平 仄 平 仄	仄 仄 平 平 仄
又 圖	又 圖
平 平 平 仄 平	仄 仄 平 平 平
仄 仄 仄 平 仄	平 平 仄 平 仄
仄 仄 平 平 仄	仄 仄 平 平 仄
平 平 仄 平 仄	仄 仄 仄 平 仄

董氏認爲五古仄韻與平韻皆出於四言，所不同者在於：

> 五古仄韻亦出四言，與平韻同，所異者平韻單句落腳
> 必仄，爲不可易。仄韻則單句落腳必一平一仄遞用方協，
> 若盡用平，則失之。蓋平惟一聲，仄則三韻，如押入韻，
> 自可一平一上，一平一去，絕無上尾之病，但不得仍用入
> 韻耳。〔註57〕

這裏對於仄韻古體，確實比王趙二人之論來得詳細許多。王氏說仄韻
已半非近體，所以幾可不論；而趙氏雖略有說明，則也只是說：

> 近體有用仄韻者。仄韻古詩，卻自不同，只在黏聯及
> 上句落字中細玩之。〔註58〕

並未提到應如何掌握這些原則。董氏則是認爲仄韻古體單句的押韻方

〔註57〕同註53，頁103。
〔註58〕清，趙執信《聲調譜》（《清詩話》本，台灣：木鐸出版社），頁330。

式應爲平仄交錯,一平之後爲一仄,而且押仄聲時,要避免與本韻相同,以免犯「上尾」之病,似乎在此又是將近體聲病拿來做爲古體聲律的限制。

從以上董氏論五古平韻、仄韻的圖中可發現,不論平韻、仄韻,平起、仄起,其第二字之黏對皆有規律,即不失黏對,這或許就是董氏所謂古體黏對之法也。然而,董氏五言聲律的根基,乃是從四言聲律加字而出,當然他也不反對由三言可以形成五言。但是,其加字法,或從第三字加之,或從第五字加之,總是與五言律體聲律相較,必不與律體同。我們甚至可以大膽的說:董氏古體聲律乃是由近體聲律衍生而成的。這與之前我們談到「唐以後古體」、「唐以前古體」的區別是一樣的,先有近體聲律譜之後,近體聲律者,古體避之;而古體者,近體不見得有,因爲「唐以前古體」畢竟比近體先存在於詩壇。如此又可以引申出如近人啓功所謂「凡不合律體條件的,都可算古體。」〔註59〕(當然除拗體以外,詳見上節)。

除此之外,董氏也將五古拗體譜出圖示。五古拗體主要也是從四言拗體而來。從四言拗聯「仄仄平仄,平平仄平」中,加上第五字仄平,形成「仄仄平仄仄,平平仄平平」的五古拗聯,董氏稱爲「拗之正」;再將四言拗聯三四字轉爲一二字,一二字轉爲三四字,變成「平仄仄仄,仄平平平」聯,加上第五字平仄,成爲「平仄仄仄平,仄平平平仄」的五古拗聯,董氏稱爲「拗之拗」〔註60〕。結合兩聯五古拗聯,即可得五古平韻拗體譜以及仄韻拗體譜如下:

五古平韻拗體譜	五古仄韻拗體譜
仄 平 平 平 仄	平 平 仄 平 ◎
平 仄 仄 仄 平	仄 仄 平 仄 仄
仄 仄 平 仄 仄	平 仄 仄 仄 ◎
平 平 仄 平 平	仄 平 平 平 仄

〔註59〕啓功《詩文聲律論稿》(台灣:明文書局),頁33。
〔註60〕見董文煥《聲調四譜》(台灣:廣文書局),頁140。在此不引其原文。

　　平韻拗體譜與仄韻拗體譜，其順序正好相反，倒看平韻拗譜即是
仄韻拗譜。此外，仄韻單句末字，平仄可易，因爲仄韻須成一平三仄
的句尾，所以當第一句末字爲平聲時，第三句末字必爲仄；第一句末
字爲仄聲，則第三句末字必爲平。

董氏拗體中又有「轉黏」、「拗黏」兩格。所謂「轉黏」：

　　　「轉黏」之法，本之正體。以二聯或三聯爲主，上聯對
　　句既用平矣，次聯出句當用平黏，此定法也。乃不用平而用
　　仄，是謂「轉黏」。然既轉之後，對句亦轉用平，其對仍故
　　也。……總之，有不黏無不對，此「轉黏」之大略也。〔註61〕

所謂「拗黏」：

　　　「拗黏」之法，即趙譜所謂「齊梁格」也。詩以黏對
　　爲主，古律皆然，齊梁則不論黏而論對，與「轉黏」格不同。
　　蓋此體以通首不黏爲主，對則仍舊。首句用平，單句皆用平
　　而不轉也。……〔註62〕

這兩種拗格，實際上，就是又將五古拗體中黏對有序的第二字平仄規
律予以打破，另外再衍生出有某些有規律的拗體，一爲完全不講究
黏，只論對的「拗黏」。其法爲第二字平仄，大率爲平、仄、平、仄、
平、仄、平、仄，或仄、平、仄、平、仄、平、仄、平之序，與原來
講究黏對的順序應爲平、仄、仄、平、平、仄、仄、平者，或仄、平、
平、仄、仄、平、平、仄者不同，在此則是不論兩聯之間的黏，只求
一聯中的對而已。再者爲雖有不合黏之處，然亦又以對來救之的「轉
黏」。其法則是黏轉，對亦轉之。如平起黏對原爲平、仄、仄、平、
平、仄、仄、平，若第三句不黏，則第四句以下對黏則以第三句爲憑，
成平、仄、平、仄、仄、平、平、仄的順序。

　　董氏七言古體平仄，則是從五言古體而來，與其論近體七言聲律
相同，在此不再贅述。不過，就文學歷史的角度看，五言詩與七言詩

〔註61〕同註50，頁183。
〔註62〕同註50，頁197。

的起源關係是否果眞如此平順，那就得打上一個大問號了。

第四節　董文煥《聲調四譜》聲律論商榷

　　清人董文煥《聲調四譜》對於古近體聲律有非常深入的整理，是今日研究清代聲律論不可忽略的一本重要參考書籍。本文於第二節及第三節皆對其論有所討論，發現其說亦有可待商榷之處，並非能一概作爲今人古近體聲律之依據。

　　1. 其平仄譜起源，以四言平仄作爲五七言的基礎，此說無論從文學歷史，或是實際理論上都站不住腳。從文學歷史而言，四言是否講究平仄，歷來未曾有人談過，縱使如董氏舉曹操短歌行「周公吐哺，天下歸心」、「但爲君故，沈吟至今」、「呦呦鹿鳴，食野之苹」、「月明星稀，烏鵲南飛。繞樹三匝，何枝可依。」等似有規律之例，然亦全章中之一二，並非整首皆有規律。如此證據顯然過於薄弱。而從董氏實際理論而言，其五言平仄由四言平仄加入第三字而成，或許亦是一法，但是於其書前所列「聲調源流表」中，我們卻看到除了在第三字加字形成五言之外，又有在第五字加字者〔註63〕；尤又甚者，前一聯加字於第三字、後一聯卻加於第五字〔註64〕。對於加字法的運用，董氏顯然是已有五言平仄譜的概念，爲符合其五言由四言加字而成之說，所以有前、後加字不同，甚至一首平仄譜中，前半部與後半部的加字法各異的情形出現。這是一種逆向的反推方式，已不是順遂的流傳。

　　2. 董氏「拗」的定義不一致性。董氏於論近體五言拗體時，其「拗」的觀念以字爲憑，凡應爲平而用仄，應爲仄而換平者，即爲「拗」。這與一般談論「拗」者是一樣的。然其論七言拗體時，提出「單拗」、「雙拗」之法，不僅與時人所論迥然不同，更使人無法掌握

〔註63〕清，董文煥《聲調四譜》（台灣：廣文書局），頁39，五言仄韻表。
〔註64〕同註53，頁41，平起首句平起圖。

其「拗」的實際定義。以原有的五言譜上加「平平」、「仄仄」，這是一般論七言平仄的看法，並無錯誤。然董氏以其五言拗體第二字為平者上加「仄仄」為「單拗」；上加「平平」為「雙拗」，形成七言拗體中的兩格。這是非常啟人疑竇的地方，在此，董氏「拗」的觀念，從以字為主轉變成以兩字一組，完全不論其原應為何聲，就以五言拗體第二字為基準，同者為「雙拗」、反者為「單拗」，罔顧七言原有的正譜。顯然董氏之「拗」在此已是矛盾的結合。

從以上兩點來看，董氏聲律論實有其在理論上互相矛盾之處，不能完全令人信服。但是看出董氏為聲律所作的若干努力，亦不能一味抹煞，其論述中亦時有令人眼界一新之處。

第五節　清人對古體及近體之聲律觀

清人論詩體聲律已極盡完善，各家所述亦能自成體系，儘管如此，從上文對清人古近體詩聲律的論述中，我們也不難發現其中也有不盡理想之處。

就近體詩聲律而言，「平仄譜」的定式，雖無差異，然而，對其中「一三五不論」、「二四六分明」之說則是有兩極化的看法。或是極力反對此說，或是力主贊成，皆無法有一中肯的見解。事實上，這都是我們常將此二說合併論之所產生的錯誤，倘若將其分別觀之，則可知此二說之不謬。「一三五不論」，乃可從拗救之法論；「二四六分明」，則是針對一般「平仄譜」論。對於「拗救」，則是大同小異。最為不同之處，在於董文煥對七言又有「拗黏」「拗對」之法，其所謂「單拗」「雙拗」之法也與別人不同。

就古體詩而言，清人所論的古體聲律，其實只是前文我們曾論及的「唐以後古體」聲律，並非能指「唐以前古體」。清人論述中所提到的詩例，皆為唐人之作，或是宋人之作，極少舉到唐以前的作品。至於「唐以前古體」，清人每每以「神韻天成」「自然天籟」來詮釋，

並未深論。因爲「唐以後古體」的出現，在近體聲律完成之後，所以在論其聲律時，因而以律體聲律的反向操作爲原則，特別留意不使與近體相混淆。如此看來，清人在論古體聲律時，儼然以近體聲律爲本，企圖與近體有所分別，以達到古、近體分家的目的。再者，清人論古體往往比近體來得模糊，常常只是一個觀念的提出。但是，到了董文煥《聲調四譜》，似乎嘗試著更具體地討論古體平仄。於是細分條目，分門別類，將古體又分成若干類，譜出其圖，加以論述。這種方式應該比前賢所論來得更爲明確清楚，不過，也牽涉到文學創作的基本問題。「唐以前古體」是無所謂的平仄規律可言，「唐以後古體」則是爲回歸「唐以前古體」的風格，而刻意與近體有所區隔。如果以董氏之古體聲律觀來看古體，那麼「古體詩」又與「近體詩」一樣，有著許多的限制，如何能與「近體詩」判然而分呢？

第三章　清代詩話中的韻律論

第一節　前　言

　　古典詩歌的韻律，歷來並沒有受到詩界相當程度的重視，之所以會產生這樣的現象，最主要的因素在於詩界對於詩歌的用韻，大體上只強調雙句押韻，對於詩歌用韻的方式，一直以來，我們也就抱著相當模糊的概念。就近體詩而言，或許還能說個所以然，如近體詩用韻以平聲韻爲主，一韻到底，不可換韻等。但是，對於古體詩，似乎就沒有如此明確的規範，有一韻古體（平韻古體、仄韻古體），也有轉韻古體，好像只要在平仄上與近體有所差異之外，在押韻上，古體詩可以有無限大的空間。這是非常奇特的，從上一章清人對詩歌聲律的探討中，可以發現無論是近體詩也好，古體詩也行，其聲律的確有相當程度的要求及規範。然而到了用韻，現代的觀念卻只有近體詩用韻「平聲韻爲主，一韻到底」的一個單純限制，除此之外，別無他法。古體詩用韻更是人云亦云眾法各殊。如此一來，詩歌的用韻幾乎無法可談，也無甚可談了。事實果眞如此？清人的韻律觀是否與現代相同，抑或有所差異？以下就針對此一令人感到疑惑的問題，從清人論古、近體詩用韻兩方面來討論。

第二節　近體詩韻律論

　　現在我們一般談到近體詩的用韻，不外乎以「一韻到底、押平聲韻」作爲規範。這樣的觀念大致上說來是不錯的，然而，除此之外的用韻方式算不算數呢？在談到這部分之前，我們得先談談近體詩的用韻標準。現代創作近體詩者大都是遵循著傳統韻書中的分部來押韻，這個情形在清人而言，也是如此，不過清人對於韻書的評價則亦出現反對的聲音，如吳喬《圍爐詩話》中即數度提到：

> ……詩入歌喉，故須有韻，韻乃其末務也。……休文四聲韻，小學家言，本不爲詩，詩人亦不遵用。…… 〔註1〕

> 　詩本樂歌，定當有韻，猶今曲之有韻也。今之曲韻，「庚」「青」「眞」「文」等合用，初無礙乎歌喉。詩已不歌，而韻部反狹，奉平水韻如聖經國律，而置性情之道如弁髦，事之顧奴失主，莫甚于此。 〔註2〕

> 　古人作詩，不以辭害志，不以韻害辭。今人奉韻以害辭，泥辭以害志。十二侵乃舌押上顎成聲，非閉口也，閉口則無聲矣。韻家別爲立部，非也。縱使侵等果是閉口字，亦小學審聲中事，與詩道何涉？此又詩人奉行之過也。 〔註3〕

> 　古人視詩甚高，視韻甚輕，隨意轉協而已，以詩乃吾之心聲，韻以諧人口吻故也。唐人局于韻而詩自好，今人押韻不落即是詩。故古人有詩無韻，唐人有詩有韻，今人惟有韻無詩。得一題，詩思不知發何處，而先押一韻，何異置楄以待電光。 〔註4〕

從以上引文，可歸納出幾點：第一，至少在吳喬當時，語音與韻書中的分部是有差距的，否則他不會對韻書中的分部提出質疑，並認爲此

〔註1〕清，吳喬《圍爐詩話》（《清詩話續編》本，台灣：藝文印書館），頁482。
〔註2〕同註1，頁483。
〔註3〕同註1，頁485。
〔註4〕同註1，頁486。

乃「小學審聲中事」，與作詩無關。其次，吳喬是相當反對詩人作詩押韻，將韻書奉為金科玉律，因為如此一來，就無法兼顧性情，反倒淪落成「作韻」，與吳氏抱持同樣態度的，又如《答萬季埜詩問》：

> 又問：「施愚山所謂今人祇解作韻者何？」答曰：「每得一韻，守住五字，於《韻府群玉》、《五車韻瑞》上覓得現成韻腳字，以句轄韻，以意轄句，扭捻一上，自心自身，俱不照管，非作韻為何？……」〔註5〕

第三，由這些記載可知，在其同時，詩家作詩，以韻書為準，這是非常普遍的情形。然而就是因為出現為了押韻而枉顧情感的作品，吳氏等人才大張旗鼓的反對這些「奉韻以害辭」、「有韻無詩」的詩作。

諸如此類的看法並非否定韻書存在的價值，反而是針對那些墨守韻書創作的詩家提出中肯的意見。事實上，韻書對於作詩者而言，是相當有參考價值的用韻工具，之所以會產生泥韻以害義、以害辭的現象，這是作詩者太過依賴韻書所造成的副作用，並非韻書之過。既然韻書對於作詩有相當必要的實用價值，我們也就需要知道韻書中的分部情形。

今天最廣為通用的韻書《詩韻集成》，乃是從清代《佩文韻府》而來，而清人的《佩文韻府》又出自金人王文郁之《平水「新刊韻略」》，其分部為一百零六韻。事實上，從切韻系韻書的演變過程中，其分部由唐代的二百零六韻到元明清的一百零七韻，以至一百零六韻，這段時間裏，韻書中的韻部已然有所合併，我們就將其合併情形歸納如下表：

〔註5〕清，吳喬《答萬季埜詩問》（《清詩話》本，台灣：木鐸出版社），頁32。

平	上	去	入
一東（東）	一董（董）	一送（送）	一屋（屋）
二多（冬鍾）	二腫（腫）	二宋（宋用）	二沃（沃燭）
三江（江）	三講（講）	三絳（絳）	三覺（覺）
四支（支脂之）	四紙（紙旨止）	四寘（寘至志）	
五微（微）	五尾（尾）	五未（未）	
六魚（魚）	六語（語）	六御（御）	
七虞（虞模）	七麌（麌姥）	七遇（遇暮）	
八齊（齊）	八薺（薺）	八霽（霽祭）	
九佳（佳皆）	九蟹（蟹駭）	九泰（泰）	
		十卦（卦怪夬）	
十灰（灰咍）	十賄（賄海）	十一隊（隊代廢）	
十一眞（眞諄臻）	十一軫（軫準）	十二震（震稕）	四質（質術櫛）
十二文（文欣）	十二吻（吻隱）	十三問（問焮）	五物（物迄）
十三元（元魂痕）	十三阮（阮混很）	十四願（願恩恨）	六月（月沒）
十四寒（寒桓）	十四旱（旱緩）	十五翰（翰換）	七曷（曷末）
十五刪（刪山）	十五潸（潸產）	十六諫（諫襉）	八黠（黠鎋）
一先（先仙）	十六銑（銑獮）	十七霰（霰線）	九屑（屑薛）
二蕭（蕭宵）	十七篠（篠小）	十八嘯（嘯笑）	
三肴（肴）	十八巧（巧）	十九效（效）	
四豪（豪）	十九皓（皓）	二十號（號）	
五歌（歌戈）	二十哿（哿果）	廿一箇（箇過）	
六麻（麻）	廿一馬（馬）	廿二禡（禡）	
七陽（陽唐）	廿二養（養蕩）	廿三漾（漾宕）	十藥（藥鐸）
八庚（庚耕清）	廿三梗（梗耿靜）	廿四敬（映諍勁）	十一陌（陌麥昔）
九青（青）	廿四迥（迥拯等）	廿五徑（徑證嶝）	十二錫（錫）
十蒸（蒸登）	*拯（拯等）*		十三職（職德）
十一尤（尤侯幽）	廿五有（有厚黝）	廿六宥（宥候幼）	
十二侵（侵）	廿六寢（寢）	廿七沁（沁）	十四緝（緝）
十三覃（覃談）	廿七感（感敢）	廿八勘（勘闞）	十五合（合盍）
十四鹽（鹽添嚴）	廿八琰（琰忝儼）	廿九豔（豔㮇釅）	十六葉（葉帖業）
十五咸（咸銜凡）	廿九豏（豏檻范）	三十陷（陷鑑梵）	十七洽（洽狎乏）

　　上表以《詩韻集成》一百零六韻爲主，括號內爲其合併了《廣韻》二百零六韻的韻目。其中上聲廿四迥與廿五有之間，多出拯部，這是一百零七韻的分部，如以一百零七韻之韻書觀其與《廣韻》的合併情

形，則是較一百零六韻者多出拯部，並且將一百零六韻的上聲廿四迥中原爲《廣韻》拯等部的字移入此處。〔註6〕

　　大致上，近體詩的用韻，宋以後以詩韻爲主，若論唐詩用韻則應以《唐韻》爲本，《唐韻》今已失傳，然然《唐韻》與《廣韻》無甚差異，二者韻目大抵相同，所以把兩者的關係先交待清楚，以便於下文的討論。

一、通韻說

　　近體詩用韻的觀念，一直以來都是以「一韻到底」爲準，但是所謂的「一韻」到底爲何意？卻似乎少有人正面提及。照道理講，如果所謂「一韻」是指前面所列的詩韻一百零六韻，或者是《廣韻》二百零六韻中的各個韻部的話，那麼每個朝代只要依照其時韻書分部押韻作詩，應該就沒錯了，如一首詩押一東韻，則此詩所有韻腳字皆應爲一東韻下的字，否則即爲出韻。近人王力於其《漢語詩律學》中即云：

　　　　近體詩用韻甚嚴，無論絕句、律詩、排律，必須一韻

　　到底，而且不許通韻。〔註7〕

很顯然的，王氏的「一韻」即是指韻書中的各個韻部而言，對於鄰韻相通的通韻是極力反對，似乎近體絕然不可通韻。然而，從清人論及律詩用韻的資料中，可以發現事實並非如此，汪師韓《詩學纂聞》中即有「律詩通韻」條，並云：

　　　　律詩亦有通韻，自唐已然，而在東冬、魚虞爲尤多。

　　如明皇〈餞王晙巡邊〉長律，乃魚韻，次聯用符字，十聯

〔註6〕此表詩韻韻目參考董同龢《漢語音韻學》（台灣：文史哲出版社），頁187至189。王力《漢語詩律學》（《王力文集》第十四卷大陸山東教育出版社），頁50至52。廣韻韻目參考王國維《觀堂集林》，頁1227至1231。

〔註7〕見王力《漢語詩律學》（《王力文集》第十四卷，山東教育出版社），頁53。

用敷字，符敷皆虞韻也；蘇頲〈出塞〉五律，乃微韻，次聯用麾字，則支韻也；杜陵〈寄賈嚴兩閣老五十韻〉，乃先韻，末句用騫字，則元韻也；又崔氏〈玉山草堂〉七律，乃眞韻，三聯用芹字，則文韻也；劉長卿〈登思禪寺〉五律，乃東韻，三聯用松字，則冬韻也；戴叔倫〈江鄉故人集客舍〉五律，乃冬韻，三聯用蟲字，則東韻也；閻邱〈曉夜渡津〉五律，乃覃韻，次聯用帆字，則咸韻也；魏兼恕〈送張兵曹〉五律，乃東韻，首聯用農字，則冬韻也；宋若昭〈麟德殿〉長律，乃東韻，四聯用濃字，五聯用宗字，濃宗皆冬韻也；耿湋〈紫芝觀〉五律，乃冬韻，首聯用風字，則東韻也；釋澹交〈望樊川〉五律，乃冬韻，首聯用中字，則東韻也。至如李賀〈追賦畫江潭苑〉五律，雜用紅龍空鐘四字，此則開後人轆轤進退之格，詩中另爲一體矣。其東韻之有宗字，魚韻之有胥字，必是唐韻原是如此，非屬通韻。……元人律詩通韻尤多，名家之集，如元遺山〈望王李歸程〉，乃虞韻，中聯用徐字；〈寄楊飛卿〉，乃冬韻，中聯用蟲字；〈華不注山〉，乃刪韻，末聯用寒字；……至如嬉春體〈楊子休官〉一章，前四句用刪韻還、山二字，後四句用寒韻彈、殘二字，直是轉韻律詩矣。是則通體通韻者，唐以後人尤多，或是古韻，或是誤記，或另一體，非可概論也。唐律第一句，多用通韻字，蓋此字不原在四韻之數，謂之「孤雁入群」，然不可通者，亦不用也。進退格乃是兩韻相間而成，亦必韻本相通，非可任意也。〔註8〕

梁章鉅《退庵隨筆》中也有同樣的記載，只不過在文字上略有不同而已〔註9〕。從上面的記載，可知至少汪氏與梁氏認爲律詩是可以用通韻的。

〔註 8〕清，汪師韓《詩學纂聞》（《清詩話》本，台灣：木鐸出版社），頁 452。
〔註 9〕清，梁章鉅《退庵隨筆》（《清詩話續編》本，台灣：藝文印書館），頁 1984。

　　從《全唐詩》中我們可以找到許多通韻的作品：

1. 靈山寺　羅隱（魂根痕猿，魂爲魂韻，根痕爲痕韻，猿爲元韻）

2. 西庭夜燕喜評事兄拜會　劉長卿（春人身綸，春綸爲諄韻，人身爲眞韻）

3. 送僧之靈夏　貫休（兼鹽淹瞻，兼爲添韻，鹽淹瞻爲鹽韻）

4. 七夕　李賀（愁樓鉤秋，愁秋爲尤韻，樓鉤爲侯韻）

5. 寒望九峰作　貫休（蕖圖居枯蹰，蕖居蹰爲魚韻，圖枯爲模韻）

6. 洛中送奚三還揚州　孟浩然（風中同逢，風中同爲東韻，逢爲鍾韻）

這些作品，如果依近人王氏所言，皆應爲出韻詩；如以清人的通韻來看，則皆合於標準。到底我們應該遵從何者之說？

　　近人耿志堅先生之博士論文《唐代近體詩用韻之研究》，對於唐人近體詩用韻情形作了非常詳細的整理，其中針對近體詩用韻的合用情形更作了仔細的統計。從其歸納的資料中，可以發現唐人有大量的作品，並非如近人王氏所言皆一韻到底，更非如其所言，可將這些通韻的作品以「偶然出韻」來看待，因爲其數量之多〔註 10〕，非王氏「宋代以前，近體詩之出韻者千首中難見一二首」〔註 11〕所可以概括而論的。

　　從清人對近體詩通韻的看法，以及近人對唐詩用韻作過全面的整理，可以確知清人近體詩「一韻到底」的定義，實有廣狹兩種：就狹義而言，「一韻到底」是指以押韻書中一個韻部之內的字爲主，這裡的「韻」可以直接稱之爲「韻部」；就廣義而論，則「一韻到底」之

〔註 10〕從耿志堅〈唐代近體詩用韻通轉現象之探討〉（《中華學苑》29 期）中的資料統計，獨用韻者 11997 首；合用韻者 15542 首。顯然，唐詩中近體通韻的情形是非常普遍的。

〔註 11〕同註 7，頁 60。

「韻」應該解讀爲「韻類」，因爲已包含了一個以上的韻部，這些同一韻類的韻部皆爲可以相通之韻，並非隨意相通。

二、變化韻律

除了以上通韻的看法之外，清人詩話也有提到所謂「葫蘆格」、「進退格」、「轆轤格」等變化用韻的資料，很顯然的，清人對於近體詩的用韻並非只有上述一韻到底以及通韻的看法，反而是具有相當的變化。吳喬的《圍爐詩話》云：

> 《青箱雜記》載鄭谷、齊己、黃損等定《今體詩格》
> 云：「用韻有數格，曰葫蘆、曰轆轤、曰進退。葫蘆韻者，
> 先二後四。轆轤韻者，雙出雙入。進退韻者，一進一退。」
> 引李師中〈送唐介詩〉云：「孤忠自許眾不與，獨立敢言人
> 所難。去國一身輕似葉，高名千古重如山。並遊英俊顏何厚？
> 未死奸諛骨已寒。天爲吾皇扶社稷，肯教夫子不生還。」八
> 句詩，一「難」三「寒」同部，二「山」四「還」又一部，
> 爲「進退格」之證。而「葫蘆」、「轆轤」未有引證。別本詩
> 話引太白「我攜一尊酒」爲「葫蘆韻」之例，引「漢帝寵阿
> 嬌」爲「轆轤韻」之例，乃古詩也。〔註12〕

冒春榮《葚原詩說》中也有：

> 《緗素雜記》云：「凡詩用韻有數格，一曰葫蘆，二曰
> 轆轤，三曰進退。葫蘆韻者，先二後三；轆轤韻者，雙出雙
> 入；進退韻者，一進一退。」韓子蒼有進退格詩曰：「盜賊
> 猶如此。蒼生困未蘇。今年起安石，不用笑包胥。子去朝行
> 在，人應問老夫。髭鬚衰白盡，瘦地日攜鋤。」蓋「蘇」、「夫」
> 二韻皆在七虞，「胥」、「鋤」在六魚也。〔註13〕

從以上引文，可知清人也注意到了這樣的用韻方式。事實上這些名稱

〔註12〕清，吳喬《圍爐詩話》（《清詩話續編》本，台灣：藝文印書館），頁483。

〔註13〕清，冒春榮《葚原詩說》（同上註），頁1584。

並非清人所創。宋人嚴羽的《滄浪詩話》就有記載：

> ……有轆轤韻者，雙出雙入。有進退韻者，一進一
> 退。……〔註14〕

魏慶之的《詩人玉屑》中亦引用嚴羽此說〔註15〕，由此看來，詩人們
早就注意到了這種變化韻律，不僅效法，並且有以名之。無論如何，
轆轤、進退或葫蘆韻，都必然是在通韻範圍內之變化，絕不可超越通
韻範圍否則即成「換韻」，這是必須在此先作說明的。因此我們就來
看看這些變化用韻的方式

（一）轆轤韻

轆轤韻者，清人所引皆以「雙出雙入」為主，若以八句律詩而言，
四個韻腳字裏，前兩個韻腳字為一個韻部，後兩個字又為另一個韻
部，這就叫作轆轤韻。唐人作品中用轆轤韻的例子，如：

1. 酬樂天初冬早寒見寄　劉禹錫（敲枝時詩，敲枝為支韻，時
   詩為之韻）
2. 酬樂天初冬早寒見寄　元稹（敲枝時詩，敲枝為支韻，時詩
   為之韻）
3. 獨酌　杜甫（遲梨怡時，遲梨為脂韻，怡時為之韻）
4. 九日曲江　杜甫（衰悲疑期，衰悲為脂韻，疑期為之韻）
5. 早春　劉長卿（迴催開來，迴催為灰韻，開來為咍韻）

（二）進退韻

進退韻者，清人所提亦皆以「一進一退」為主。以八句律詩而言，
第一個韻腳字與第三個韻腳字押同一韻部，第二個與第四個韻腳字押
另一個韻部，即為進退韻。唐人之例，如下：

1. 追賦畫江潭苑　李賀（紅龍空鐘，紅空為東韻，龍鐘為鐘韻）

〔註14〕宋，嚴羽《滄浪詩話》（《歷代詩話》，清，何文煥輯，北京中華書局），
頁691。

〔註15〕宋，魏慶之《詩人玉屑》（《四庫全書》集部詩文評類，台灣商務印書
館），頁1481-54。

2. 聞子規　李山甫（知悲枝眉，知枝為支韻，悲眉為脂韻）

3. 獄中見壁畫佛　劉長卿（悲時遲欺，悲遲為脂韻，時欺為之韻）

4. 送防秋將　張籍（支旗移時，支移為支韻，旗時為之韻）

5. 九日　杜甫（杯開迴來，杯迴為灰韻，開來為咍韻）

（三）葫蘆韻

葫蘆韻者，清人有兩種說法：第一種是以「前二後四」為論，第二種則是以「前二後三」為解。然而，這兩種看法，一是指六韻律詩而言，一是指五韻律詩而言，立場並不一致，顯見清人對於此體也不甚了解，所以才有如此差異。按道理來講，五韻者乃屬於單韻，施閏章《蠖齋詩話》中「五言排律」條即言：

> 有謂排律無單韻，如老杜集中止有十韻、十二、十四、二十、二十四、三十、四十、五十韻之類，並無十一、十三、十五韻者。考之杜集，良然。按此體唐人以沈、宋為宗，及考盛唐諸家，沈佺期諸君用五韻、七韻者頗多，駱丞「樓觀滄海日，門對浙江潮」亦七韻，不害為名作。其餘九韻、十一、十三韻、二十五韻各有之，具摘於後。大抵以對仗精嚴，聲格流麗為長，未嘗數韻限字，勒定雙韻。……〔註16〕

「排律無單韻」，清人有此論，施氏除了肯定其說，同時也認為有單韻的排律，而且，還將這些單韻排律列於其「排律單韻」條：

> 五韻：宋之問〈始安秋日〉，楊炯〈途中〉，盧照鄰〈至望喜矚目〉，駱賓王〈過張平子墓〉、〈海曲書情〉、〈和李明府〉，王維〈沈拾遺新竹〉、〈山中示弟〉、〈青龍寺送熊九〉。
> 七韻：沈佺期〈登瀛州南樓〉，宋之問〈酬李丹徒〉，盧照鄰〈宿晉安寺〉、〈贈左丞〉、〈哭韋郎中〉、〈春晚從李長史〉、〈冬日野望〉、〈夏夜憶張二〉、〈靈隱寺〉、〈寒夜獨坐〉，王維〈田家〉、〈過盧員外〉。九韻：駱賓王〈四月八日題七級〉，王維

〈贈焦鍊師〉。十一韻：沈佺期〈扈從出長安〉，宋之問〈雲
門寺〉、〈早入清遠峽〉，盧照鄰〈結客少年場〉，駱賓王〈詠
懷〉。十三韻：宋之問〈入瀧洲江〉。二十五韻：楊炯〈和劉
長史〉。〔註17〕

這些單韻排律的數量爲：五韻九首，七韻十二首，九韻二首，十一
韻五首，十三韻一首，二十五韻一首，總共三十首。這麼少的數量
似乎並不能據此而判定排律也可用單韻，只能說有單韻排律存在，
而這些單韻排律是屬於例外的情形。因爲，近體詩格律的基本觀念
之一就是「偶」的觀念〔註18〕。聲律運用偶的觀念所以形成「平平」
之後接「仄仄」，「仄仄」之後接「平平」的格式；對仗上也是運用
偶的觀念形成兩兩對仗的均衡，當然用韻也不例外，我們目前對於
近體詩的了解，如絕句兩韻、律詩四韻皆爲雙韻。也有三韻的律詩
〔註19〕，然其數量在《全唐詩》中所收四萬八千九百首僅佔近七百
首，約百分之一點四三〔註20〕。如果，葫蘆韻是針對五韻律詩而言

〔註17〕同上註，頁388。
〔註18〕此說引用李師立信之說。
〔註19〕三韻律詩亦有前人提及，如：
　　　　宋・嚴羽《滄浪詩話》：
　　有律詩止三韻者。唐人有六句五言律，如李益詩「漢家今上郡，秦塞
　　古長城。有日雲長慘，無風沙自驚。當今天子聖，不戰四方平。」（《歷
　　代詩話》清，何文煥輯，大陸，中華書局，頁692。）
　　　　明・胡震亨《唐音癸籤》：
　　律體有五言小律，七言小律。嚴滄浪以唐人六句詩合律者稱三韻律
　　詩，昭代王弇州始名之爲小律云。（《唐音癸籤》卷一，台灣：木鐸出
　　版社，頁2）
　　　　清・趙翼《陔餘叢考》：
　　律詩有六句便成一首者。李太白送羽林陶將軍云：「將軍出使擁樓船，
　　江上旌旗拂紫煙。萬里橫戈贈虎穴，三杯拔劍舞龍泉。莫道同人無膽
　　氣，臨行將贈繞朝鞭。」此爲六句律詩之首，以後惟白香山最多。……
　　昌黎集中亦間有之，如李員外寄紙筆一首云：……此又五言律詩體
　　也。（《陔餘叢考》卷二十三頁11，台灣：新文豐出版社）
　　皆認爲律詩中亦有三韻六句律詩。
〔註20〕見呂珍玉《從全唐詩中六句詩看四句詩及八句詩之定體並附論六言

的話，顯然說不過去。單韻詩的數量已是如此之少，再加上限制在五韻的情況才可能出現葫蘆韻，那不就是少數中的少數。拿這極少數來規範用韻，似乎太不合常理了。再則，我們在《全唐詩》中，竟找不到一首五韻律詩是以所謂「前二後三」的用韻方式押韻〔註21〕。這都足以證明以「前二後三」的用韻方式來解釋葫蘆韻是並不正確的。清人之所以有此一說，如果不是一時筆誤，或是傳抄訛誤的話，就是連記載者也不知道何謂葫蘆韻。

　　從六韻律詩的觀點來解釋葫蘆韻的話，不僅在韻數上合於「偶」的格律觀念，而且也能找到合於「前二後四」用韻方法的作品，如下：

1. 送鄭權尚書南海　王建（迴堆開來栽臺，迴堆爲灰韻，開來栽臺爲咍韻）

2. 春雪映早梅　庾敬休（梅催苔開來栽，梅催爲灰韻，苔開來哉爲咍韻）

3. 春色滿皇城　張嗣初（勻春濱津宸新，勻春爲諄韻，濱津宸新爲眞韻）

4. 早發諸暨　駱賓王（巒湍寒干安難，巒湍爲桓韻，寒干安難爲寒韻）

5. 秋日遇荊州府崔兵曹使宴　陳子昂（冠歡安闌寒彈，冠歡爲桓韻，安闌寒彈爲寒韻）

6. 南潭上亭讌集以疾後至因而抒情　李商隱（山間關攀顏還，山間爲山韻，關攀顏還爲刪韻）

從以上的例子，可以確定六韻律詩中，以前兩個韻腳字押同一韻部，後四個韻腳字又押另一韻部，形成「前二後四」的格式，即稱之爲葫蘆韻。

詩》，東海大學碩士論文，民國 79 年 4 月。

〔註21〕此據耿志堅《唐代近體詩用韻之研究》中第二章部份所作的檢視。其資料中亦有所謂「前二後三」的用韻格式，然而一一檢其原詩，皆爲首句入韻之四韻律詩，並非五韻律詩。

　　「轆轤韻」「進退格」「葫蘆韻」這三種變化用韻，主要是在通韻的觀念下產生的，並非隨意運用兩個無法相通的韻部即可形成。以廣義「一韻到底」來看這種變化用韻，就不難發現詩人們在近體詩用韻所作的努力。

　　我們講到近體詩的押韻，最直接聯想到的就是雙句押韻，並且押同一個韻部，這是近體詩最基本的用韻格式。幾乎沒有一首詩（指近體詩而言），其雙句不押韻的。不過，這並不表示一首詩就只能押一個韻，古體詩中就有所謂的「轉韻」（古體詩用韻，詳見下節），近體詩中更不乏一首詩押兩個以上韻部的情形（詳見上文）。近體詩之所以也被稱爲「律詩」，除了在詩句的平仄對應上有所限制之外，在押韻上也應有相當的規律。然而「轆轤韻」、「進退韻」、「葫蘆韻」，這些用韻方式都運用到兩個不同的韻部，與狹義的「一韻到底」的近體詩用韻觀念相衝突，但以廣義的「一韻到底」來看，則完全符合規定，不過這些用韻方式顯然是詩人刻意造成的，不然，無法有如此規律的形式，只是這並非常態罷了，稱其爲「變化韻律」應不爲過。

三、仄韻詩

　　清人談到近體詩用韻時，大多只談平聲韻絕少論及仄聲韻的。王漁洋的《律詩定體》所提及的唐人詩例，全部都是押平聲韻，而趙執信《聲調譜》裏律詩部分也全是平聲韻，唯有在其後譜的「五言古詩」之後的注文中提到：

　　　　近體有用仄韻者。〔註22〕

僅有此一句，然未多加說明。錢木庵《唐音審體》的「律詩七言絕句論」中亦有：

　　　　　絕句之體，五言、七言略同，唐人謂之小律詩。……
　　　　所稍異者，五言用韻不拘平仄，七言則以平韻爲正，然仄韻

────────────

〔註22〕見清趙執信《聲調譜》（《清詩話》本，台灣：木鐸出版社），頁330。

亦非不可用也。〔註23〕

這是專指絕句而言，似乎五七言絕句用韻有所不同，五言不拘平仄韻，而七言則以平韻爲主，錢氏又加上也可以用仄韻的補充，既然此節爲論「律詩」，那麼錢氏是贊同有仄韻律詩的，但是梁章鉅《退庵隨筆》中卻不是如此認爲：

> 七古有仄韻到底者，則不妨以律句參錯其間，以用仄
>
> 韻，已別於近體，故間用律句，不至落調。……〔註24〕

這是梁氏論古詩的敘述，我們要注意的是，在此梁氏斬釘截鐵的說：七古因爲「以用仄韻，已別於近體」云云，很明顯的，他認爲仄韻並非近體用韻，只要是用仄韻，那就屬於古詩，所以就算在聲律上運用近體詩的律句，也不失其爲古詩。

從以上的資料看來，清人對於押仄韻的詩算不算近體，有不同的看法：一種是一語帶過，濛混過關，也就是認爲近體詩以押平聲韻爲主，也有用仄韻的近體；第二種則是如梁章鉅一樣，主張仄韻詩即是古體。這樣不一致的看法也延續到現代。近人朱光潛於〈中國詩的節奏與聲韻分析（下）—論韻〉一文中，就說：

> 律詩也偶有押仄韻者，但是例外。〔註25〕

王力於《漢語詩律學》中亦提到：

> 近體詩以平韻爲正例，仄韻非常罕見。仄韻律詩很像
>
> 古風：我們要辨認它們是不是律詩，仍舊應該以其是否用律
>
> 句的平仄爲標準。〔註26〕

啓功於其《詩文聲律論稿》中更提到：

> 古代作品中，也有一首八句，中間對偶，但是仄聲韻

〔註23〕見清錢木庵《唐音審體》（同上註），頁784。

〔註24〕見清梁章鉅《退庵隨筆》（《清詩話續編》本，台灣：藝文印書館），頁1966。

〔註25〕見朱光潛《詩論》頁181，台灣・正中書局。

〔註26〕見王力《漢語詩律學》（《王力文集》第十四卷，山東教育出版社）頁60。

　　　腳的，有人稱之爲仄韻律詩，它們顯然和一般律詩不同，在
　　　各種按體裁分類的選本上也不列爲律詩，所以仍應算是古
　　　詩。〔註27〕

朱光潛認爲仄韻律詩只不過屬於例外的情形，爲什麼例外？朱氏並未
多加說明；王力則是主張近體詩中仄韻詩雖然罕見，但只要是合於律
句的平仄安排，仄韻詩亦可視爲近體詩。王氏所謂的「律句平仄」，
指的是不是平仄譜？還是只是聲律中的「黏」、「對」法則呢？我們不
得而知。啓功的看法與清人梁章鉅雷同，均認爲仄韻詩即屬古體，只
是啓功又以按體裁分類的選本中沒有仄韻律詩作爲理由。

　　到底仄韻詩屬不屬於近體呢？本文探李師立信的見解，主張仄韻
詩不屬於近體，其理由有五點：

　　1. 自來談平仄譜，其押韻皆以平聲韻爲主，從未見過仄韻的平
仄譜。前舉清人王漁洋的《律詩定體》、趙執信《聲調譜》、翟翬《聲
調譜拾遺》、董文煥《聲調四譜》等論聲律的著作，所舉之詩例全爲
平韻，而董文煥尤其將五、七言平仄譜羅列出來，其中卻未見有仄韻
的平仄譜。很清楚的，仄韻詩並沒有平仄譜以配合。

　　2. 近體詩聲律最重要的結構是「律聯」，所謂「律聯」，除了指
五言上、下句的第二、四字（七言則是第二、四、六字）平仄相對之
外，還有上句末字用仄聲，以配下句末字因押韻而用的平聲，這是「律
聯」的基本構造，從來沒有人提到上句末字用平聲，下句末字用仄聲
的仄韻「律聯」。

　　3. 據涂淑敏《初盛唐五言近體詩聲律研究》〔註28〕文中統計，
初、盛唐的五言近體詩中，在六百六十首絕句中，仄韻詩有一百二十
八首，約佔百分之十九點三九；在二千六百三十九首律詩裏，仄韻詩
僅有二十三首，約百分之零點八七；而在八百五十四首排律中，仄韻

〔註27〕見啓功《詩文聲律論稿》（台灣：明文書局），頁6。
〔註28〕見涂淑敏《初盛唐五言近體詩聲律研究》，東海大學中文研究所碩士
　　　　論文，民國81年12月。

者有十四首，約佔百分之一點六四。律詩與排律中仄韻所佔的比例絕少，絕句中仄韻詩雖有一百餘首，然而其律句、拗句、古句所佔比例卻是與六朝詩歌的律句、拗句、古句之比相同，見下表：

		律　句	拗　句	古　句
絕　句	平　韻	44.69	49.11	6.20
	仄　韻	29.69	52.73	17.58
律　詩	平　韻	51.89	45.89	2.22
	仄　韻	35.33	54.35	10.32
排　律	平　韻	52.06	45.19	2.75
	仄　韻	41.88	48.29	9.83
六朝詩歌		31.35	49.38	19.27

　　無論是仄韻絕句、仄韻律詩、或者是仄韻排律，其拗句比例都大過律句所佔的比例，與六朝詩歌中拗句及律句的比例相近；仄韻詩古句所佔的比例也遠遠超過平韻詩中古句所佔的比例，這說明了仄韻詩與平韻詩在平仄運用上的不同，也證明了仄韻詩與六朝詩歌有密切的關係〔註29〕，與近體詩的聲律是不一樣的。

　　4. 近人王力於其《漢語詩律學》中有舉出一些唐人仄韻律詩的例子，如劉長卿〈湘中紀行〉十首之九〈浮石瀨〉以及劉禹錫〈海陽十詠〉之七〈蒙池〉，以為「十首之中，有五首是平韻律詩，其餘五首自應認為仄韻五律」〔註30〕，且此二首詩其「平仄合於律詩」〔註

〔註29〕同上註，頁 151，「就整體句式的合律程度而言：和平韻近體詩比起
　　　　來，仄韻近體詩使用古詩句式的比例提高許多；拗句的比例也遠高過
　　　　正格的律句。這種情況和近體聲律尚未定形前的六朝詩歌相當類似，
　　　　可說明唐人五言仄韻近體詩在聲律上是近乎齊梁體，而不同於唐人律
　　　　體。更精確地說，唐人仄韻近體詩實際上都是六朝詩歌餘緒，應屬於
　　　　齊梁體。」
〔註30〕王力《漢語詩律學》(《王力文集》第十四卷，山東出版社)，頁 61。
〔註31〕同上註。

31），因而認定爲仄韻律詩。但是，我們如將此兩組詩中其餘的四首仄韻詩拿出來，標上平仄之後，就會發現王氏此說根本毫無依據。先看劉長卿〈湘中紀行〉其餘四首仄韻詩（後附平仄）：

之六 秋雲嶺

山色無定姿，如煙復如黛。	─｜─｜─ ──｜─｜
孤峰夕陽後，翠嶺秋天外。	──｜─｜ ｜｜｜──
雲起遙蔽虧，江迴頻向背。	─｜─｜─ ｜｜｜──
不知今遠近，到處猶相對。	｜──｜｜ ｜｜───

之七 花石潭

江楓日搖落，轉愛寒潭靜。	──｜─｜ ｜｜───
水色淡如空，山光復相映。	｜｜｜── ──｜──
人閑流更慢，魚戲波難定。	──｜─｜ ──｜──
楚客往來多，偏知白鷗性。	｜｜｜── ──｜──

之八 石圍峰

前山帶秋色，獨往秋江晚。	──｜─｜ ｜｜──｜
疊幛入雲多，孤峰去人遠。	｜｜｜── ──｜─｜
夤緣不可到，蒼翠空在眼。	──｜｜｜ ──｜─｜
渡口問漁家，桃源路深淺。	｜｜｜── ──｜─｜

之十 橫龍渡

空傳古岸下，曾見蛟龍去。	──｜｜｜ ──｜──
秋水晚沈沈，猶疑在深處。	─｜｜── ──｜──
亂聲沙上石，倒影雲中樹。	｜──｜｜ ｜｜───
獨見一扁舟，樵人往來渡。	｜｜｜── ──｜──

這四首仄韻詩，無一首平仄合律，每一首都有失黏、失對的現象，更有二、四同聲的句式出現，而律聯的結構也屢屢違反，既押仄聲韻，則其出句末字應用平聲才是，但前三首，或三、七句，或一、五句末字均仄聲，這是絕對違反律詩的平仄律的，可見必非近體無疑。唯有第四首的〈橫龍渡〉勉強還算合律，但是八句中律句僅有兩句，其餘皆爲拗句，與前面提到的統計接近。劉禹錫〈海陽十詠〉中的另四首仄韻詩也是如此，見下：

之三　雲英潭

芳幄覆雲屏，石盎開碧鏡。　　　—｜｜——　　—｜｜｜

支流日飛灑，深處自疑瑩。　　　——｜—｜　　—｜｜｜

潛去不見跡，清音常滿聽。　　　—｜｜——　　——｜｜｜

有時病朝醒，來此心神醒。　　　｜—｜——　　—｜—｜｜

之五　裴溪

楚客憶關中，疏溪想汾水。　　　｜｜｜——　　——｜｜｜

縈紆非一曲，意態如千里。　　　————｜　　——｜——｜

倒影羅文動，微波笑顏起。　　　｜｜——｜　　——｜——｜

君今賜環歸，何人承玉趾。　　　——｜——　　——｜｜｜

之六　飛練瀑

晶晶擲巖端，潔光如可把。　　　————　　　——｜——｜

瓊枝曲不折，雲片晴猶下。　　　——｜｜｜　　——｜——｜

石堅激清響，葉動承餘灑。　　　————｜　　——｜——｜

前時明月中，見是銀河瀉。　　　——｜｜—　　｜｜—｜｜

之十　月窟

濺濺漱幽石，注入團圓處。　　　｜｜｜——　　｜｜——｜

有如常滿杯，承彼清夜露。　　　｜——｜—　　——｜｜｜

巖曲月斜照，林寒春晚煦。　　　—｜｜——　　——｜——｜

遊人不敢觸，恐有蛟龍護。　　　——｜｜｜　　｜｜——｜

此四首亦有出句末字用仄聲，可見必非近體。

　　這八首仄韻詩，在聲律上，只有劉長卿的〈橫龍渡〉勉強合於律，其餘七首，或失黏，或失對，或違反律聯結構，都不能算是近體詩。王力只取其中合於平仄規律的作品，認定為仄韻律詩，而忽略了其他不合於平仄的作品，這樣的論證不免過於草率、牽強。

　　5. 現今所傳的唐人別集有不少即是由唐人所編，如《張說之文集》、《權載之文集》、《劉夢得文集》、《朱文公校昌黎文集》、《白氏長慶集》、《元氏長慶集》、《樊川文集》、《浣花集》等〔註32〕，我們把這

〔註32〕此據李師立信84年度國科會研究計劃「從《白氏長慶集》看唐詩格律」成果報告，頁7至10。

些文集中律詩卷中的仄韻詩作一統計，如下表：

	總　　數	仄韻詩數
《張說之文集》	67	17
《權載之文集》	31	3
《劉夢得文集》	86	0
《朱文公校昌黎文集》	164	4
《元氏長慶集》	396	0
《白氏長慶集》	1951	27
《樊川文集》	230	0
《浣花集》	252	0

　　從以上的數據可以發現，從《張說之文集》開始，唐人律詩卷中仄韻詩出現的數量逐漸減少，至少自中唐以後，唐人已趨向不把仄韻詩看成是律詩，所以《劉夢得文集》、《元氏長慶集》、《樊川文集》、《浣花集》等別集的律詩卷裏完全沒有仄韻詩。《昌黎文集》在律詩卷中雖出現四首仄韻詩，然而這四首仄韻詩皆為絕句，其平仄並非皆合於律〔註33〕，但卻同屬一個詩組之下，為〈奉和虢州劉給事使君三堂新題二十一詠〉之第十八首〈孤嶼〉、第十九首〈方橋〉、第二十首〈梯橋〉以及第二十一首〈月池〉。這是一組和詩，就廣義律詩而言，是遵循一定規律所作的詩〔註34〕，當然屬於律詩，其被收入律詩卷中的

〔註33〕《朱文公校昌黎文集》律詩卷中的四首仄韻詩，如下：

　　孤嶼：「朝遊孤嶼南，暮戲孤嶼北；所以孤嶼鳥，與公盡相識。」

　　　　　　　——　—｜　　｜——　｜　——｜｜

　　方橋：「非閣復非船，可居兼可過。君欲問方橋，方橋如此作。」

　　　　　　　——｜—　　　｜—｜｜｜　—｜｜——　　———｜｜

　　梯橋：「乍似上青冥，初疑躡葐蒀。自無飛仙骨，欲度何由敢。」

　　　　　　　｜｜｜——　　——｜｜｜　　｜｜———｜　　｜｜—｜｜

　　月池：「寒池月下明，新月池邊曲。若不妒清妍，卻成相映燭。」

　　　　　　　——｜｜—　　——｜——｜　　｜｜｜——　　｜———｜｜

　　四首中只有月池平仄合於律，其他三首皆不合律。

〔註34〕此處乃採見李師立信〈「律詩」試釋〉（中正大學〈六朝隋唐文學研

理由也正是如此，而非以其平仄合律作爲考量。所以嚴格來說，《昌
黎文集》律詩卷裏也應該沒有純粹的仄韻詩；《權載之文集》律詩卷
中的三首仄韻詩亦同《昌黎文集》中的仄韻詩一樣，皆爲和詩，其爲
〈太原鄭尚書遠寄新詩，走筆酬贈，因代書賀〉、〈奉和崔評事寄外甥
劉同州，並呈杜賓客、許給事、王侍郎昆弟、楊少尹、李侍衛，并見
寄之作〉、〈酬蔡十二博士見寄四韻〉。

中唐以後，唯一將仄韻詩收入律詩卷中，而又無法從其詩中看出
爲何原由者，只有《白氏長慶集》〔註35〕。白氏爲何將這二十七首仄
韻詩收入律詩卷，我們不得而知，這其中只有三首屬於和詩，即卷十
四〈和錢員外早冬玩禁中新菊〉、〈和夢遊春詩一百韻〉以及卷三十四
的〈奉和思黯相公雨後林園四韻見示〉。其餘二十四首詩，從詩題上
根本無法判定是否爲和詩，或許皆非和詩。若以王力之「平仄合律」
說來看，只有卷十四的〈村夜〉符合其說，如下：

> 村夜　　（薛）
>
> 霜草蒼蒼蟲切切，村南村北行人絕。
>
> —｜——｜｜　——｜—｜
>
> 獨出前門望野田，月明蕎麥花如雪。
>
> ｜｜——｜｜—　｜｜——｜

此詩平仄合律，無失黏、失對，似乎可稱得上王力之說的佐證，不過，

討會〉論文抽印本）一文之觀點。

〔註35〕《白氏長慶集》中二十七首仄韻詩詩題如下：

卷十三：病中作、秋江晚泊、寒食臥病、寒食月夜、長安早春旅懷。

卷十四：晚秋夜、和錢員外早冬玩禁中新菊、秋思、贈別宣上人、秋
蟲、村夜、和夢遊春詩一百韻。

卷十五：襄陽舟夜。

卷十六：謫居、秋晚、偶然二首。

卷十八：喜山石榴花開、惻惻吟、長安春、獨眠吟二首之二、期不至。

卷十九：寒閨怨。

卷二十三：汎小輪二首之一。

卷二十七：醉中重留夢得。

卷三十四：奉和思黯相公雨後林園四韻見示。

卷三十七：禽蟲十二章第十一。

其餘二十三首皆不合於律，卻又不能以此苟同王說。由此可知，白居易之所以把這二十七首仄韻詩收於律詩卷中，絕非以其平仄合律作爲標準。而同時期的詩家，只有白居易一人，將純粹的仄韻詩收入律詩卷中，或許我們只能以特例來看待之，不能據以認定唐人亦以爲仄韻詩爲律詩。

由以上所提的五點論證，我們可以確定，仄韻詩並不屬於近體詩。不過，並不代表近體詩裏不會出現仄韻詩，從第五點中，我們就找到唐人律詩卷中的仄韻詩，表示仍有唐人將仄韻詩放在律詩卷裏，然而這畢竟是少數個別的特例。自中唐以後，以至於清代，分體詩集裏律詩部分根本不把仄韻詩歸入，由此可知，近體詩中並沒有仄韻詩的觀念，已是當時詩家公認的了。

第三節　古體詩韻律論

依前章，我們把古體詩分成「眞古體」與「仿古體」兩類，「眞古體」即唐以前的詩歌，也就是在近體格律形成之前出現的詩歌作品，我們都稱之爲「眞古體」，如漢魏六朝的詩歌；「仿古體」則是在近體詩格律形成以後，詩人們有意識地創作與近體格律不同的詩體，是在仿古的意識下所創作的詩歌作品，我們即稱之爲「仿古體」，唐以後的古詩皆屬此類。「眞古體」在近體格律形成以前即已存在，其不受平仄用韻對仗等格律限制的歸範，是毫無疑問的。但是「仿古體」既然是在刻意與近體格律有所不同的意識下產生的仿古詩，當然在聲音用韻上會有一定程度的要求，至少要求與近體詩格律不同。本節就以清人對所謂「仿古體」用韻作一探討。

古體詩用韻，向來論者皆以爲較近體詩來得寬，因此有一韻古詩（包括平韻古詩、仄韻古詩）及轉韻古詩之分，然而古詩用韻比近體詩用韻寬多少呢？近體詩用韻有詩韻作爲標準，古體詩以何爲準呢？這是我們急需求得解答的。

一、邵長衡《古今韻略》之十類說

清人談論古體詩用韻標準，至少有三種說法。第一種以邵長衡《古今韻略》的分類爲宗，梁章鉅《退庵隨筆》中即有：

> 作近體詩，自有佩文齋詩韻可以遵守；若古體詩，宜參用古韻，且依邵青門（長衡）《古今韻略》用之。……〔註36〕

劉熙載的《詩概》中說到：

> 問韻之相通與不相通，以何爲憑？曰：憑古。古通者，吾亦通之。毛詩，楚辭，漢魏、六朝詩，杜、韓諸大家詩，以及他古書中有韻之文，皆其準驗也。〔註37〕

劉氏此段所指的「韻」，應是古體詩用韻，因爲劉氏所憑的詩經、楚辭、漢魏六朝詩，都是近體格律出現之前的詩歌，無法以今韻歸範之，更談不上成爲近體用韻相不相通的標準。其所謂唐代大家杜甫、韓愈等的詩作，當然也應是指古詩而言，所以劉氏所謂的「韻」是針對古詩用韻。除了此段記載之外，他亦有古韻分類的記載：

> 辨得平聲韻之相通與不相通，斯上聲去聲之通不通，因之而定。東、冬、江通，則董、腫、講通矣，送、宋、絳亦通矣。推之：支、微、齊、佳、灰通，……。魚、虞通，……。眞、文、元、寒、刪、先通，……。蕭、肴、豪通，……。歌、麻通，……。庚、青、蒸通，……。侵、覃、鹽、咸通，……。陽無通，則養亦無通，漾亦無通。尤無通，則有亦無通，宥亦無通。〔註38〕

又：

> 入聲韻之通不通，亦於平聲定之。東、冬、江通，則屋、沃、覺通。眞、文、元、寒、刪、先通，則質、物、月、曷、黠、屑通。庚、青、蒸通，則陌、錫、職通。侵、覃、鹽、

〔註36〕清，梁章鉅《退庵隨筆》（《清詩話續編》本，台灣：藝文印書館），頁1969。
〔註37〕清，劉熙載《詩概》（同上註），頁2442。
〔註38〕同註37。

咸通，則緝、合、葉、洽通。陽無通，則藥亦無通。〔註39〕
從其分部韻目可知，這是針對一百零六韻的《詩韻集成》而論。舉平
以賅上去，或上去入，可以列出下面十類：

一、東冬江　　　　　二、支微齊佳灰
三、魚虞　　　　　　四、眞文元寒刪先
五、蕭肴豪　　　　　六、歌麻
七、庚青蒸　　　　　八、侵覃鹽咸
九、陽　　　　　　　十、尤

清人顧亭鑑《詩學指南》也持同樣的論調云：

今所謂古韻、今韻者：今韻即分定各部，如今一東、二
冬，共一百六部者是也；古韻即一東、二冬、三江通用者是
也。今韻用於律絕近體；古韻通用者，用於古詩文辭。〔註40〕

顧氏所謂「今韻」一百六部，即是現今流傳的詩韻分韻；其「古韻」
則與劉熙載所云「通用」者相同。此外，顧氏書中亦提到：

古韻作古詩，可通用。

平聲：東冬江三韻通，支微齊佳灰五韻通，魚虞二韻，
通眞文元寒刪先六韻通，蕭肴豪三韻通，歌麻二韻通，庚青
蒸三韻通，侵覃鹽咸四韻通，七陽十一尤無通有協。

上聲：董腫講三韻通，紙尾薺蟹賄五韻通，語虞二韻
通，軫吻阮旱潸銑六韻通，篠巧皓三韻通，哿馬二韻通，梗
迴二韻通，寢感琰豏四韻通，廿二養廿五有無通有協。

去聲：宋送絳三韻通，寘未霽泰卦隊六韻通，御遇二
韻通，震問願翰諫霰六韻通，嘯效號三韻通，箇禡二韻通，
敬徑二韻通，沁勘豔陷四韻通無協，廿三漾廿六宥無通有協。

入聲：屋沃覺三韻通，質物月曷黠屑六韻通，陌錫職

〔註39〕同註37，頁2443。
〔註40〕清，顧亭鑑《詩學指南》（台灣：廣文書局），頁31。

　　三韻通，緝合葉洽四韻通，十藥無通有協。〔註41〕

這樣的分類在現傳的《詩韻集成》中也可以看到，《詩韻集成》裏上平聲一東下即有注「韻略通冬江」，四支下注「韻略通微齊佳灰」，六魚下注「古通虞。韻略同」，十一真下注「韻略通文元寒刪先」；下平聲二蕭下注「古通肴豪。韻略同」，五歌下注「韻略通麻」，七陽下注「韻略獨用」，八庚下注「韻略通青蒸」，十一尤下注「古獨用。韻略同」，十二侵下注「韻略通覃鹽咸」。其餘上聲、去聲、入聲各韻目下亦有同樣類型的附註〔註42〕。根據這些注「韻略通某」的記載，將詩韻韻部分類，正與劉氏、顧氏的分類相同。可知此種分類皆本於《古今韻略》而來。

二、吳喬《圍爐詩話》之五類說

　　其次，第二種分類比起前一說來得寬的多。吳喬《圍爐詩話》中云：

　　　　問曰：「用韻以何者為準則？」答曰：「……古韻通轉者，東、冬、江、陽、庚、青、蒸七部（按：此處「部」應為「韻」，以後所言皆稱「韻」，沒有道理獨獨在此稱「部」；又吳氏所謂「部」是指通韻的大類，顯然與此處之「部」意義不同，可知此字應為傳鈔訛誤。）為一部，支、微、齊、佳、灰、魚、虞、歌、麻、尤十韻為一部，真、文、元、寒、刪、先六韻為一部，侵、覃、鹽、咸四韻為一部。韻之通轉又分兩界，有入聲者十七部為一界，無入聲者十三部為一界，兩界不相通轉。通轉有部、有類、有界。平、上、去各自通轉為部，東董送，真軫震通轉為類，有入聲、無入聲通轉為界，非此則謂之協，協乃通轉之窮也。」〔註43〕

〔註41〕同上註，頁32。
〔註42〕清，余照春亭《增廣詩韻集成》（台灣：大夏出版社），目錄。
〔註43〕清，吳喬《圍爐詩話》（《清詩話續編》本，台灣：藝文印書館），頁484。

吳氏的古韻分類，顯然與前面所提的十類不同。觀其分類，似乎又缺蕭、肴、豪三韻，我們就依前例將此三韻歸為一類，如此一來，吳氏的分類就有五個部分：

　　一、東冬江陽庚青蒸
　　二、支微齊佳灰魚虞歌麻尤
　　三、真文元寒刪先
　　四、侵覃鹽咸
　　五、蕭肴豪

　　吳氏的分類不僅如此，其對於平、上、去、入聲韻的通用，亦有不同的界說。其稱以上這種以平聲、上聲、去聲各聲部的分類為「部」，即如第一「部」為東、冬、江、陽、庚、青、蒸七韻，這七個平聲韻的通轉稱為「部」。相同的，在上聲、去聲方面亦同平聲分類，各自可分為五「部」；然後又有「類」，吳氏所謂「類」，即是平、上、去三聲的通轉，如東、董、送為一類，真、軫、震又為一類，這是跨越了一韻到底的觀念，而使平仄通轉的情形合理化。再來，第三則是「界」，吳氏所謂「界」以有無入聲韻作為標準，有入聲字的東、冬、江、真、文、元、寒、刪、先、陽、庚、青、蒸、侵、覃、鹽、咸等十七韻為一「界」，無入聲字的支、微、魚、虞、齊、佳、灰、蕭、肴、豪、歌、麻、尤等十三韻為另一「界」，兩「界」之中可各自通轉。

　　由此看來，吳氏所謂古韻其分類的標準相當雜亂，可以從「部」的觀念將平聲、上聲、去聲各自分為五「部」，「部」中之韻可以通轉，又可以「類」的觀念，平上去三聲通轉，還有以「界」的觀念，將整個詩韻分部劃為兩「界」，其一為有入聲字的十七韻所組成的「界」（按：即所謂的陽聲韻）；再者為無入聲字的十三韻所組成的「界」（按：即所謂的陰聲韻），兩「界」之中各自通轉。吳氏這三種分類的觀念，立場截然不同，最細可分成三十「類」，最大可分成兩「界」，令人疑惑到底古韻之分類應以何者為準？除此之外，吳氏最後又提到「協韻」的情形，認為只要不是以上「部」、「類」、「界」的通轉情形，

皆可稱之爲「協」，雖然他也特別註明此乃「通韻之窮也」。不過，這樣的話，以上「部」、「類」、「界」的分類也就隨著「協韻」的出現而被打破。

事實上，如果從古詩用韻的情形來看，「部」、「界」的觀念應是歸範一韻到底的古體詩，而「類」的觀念則是以古詩本可平仄通押，或上去通押，亦屬一韻到底的古詩。

（三）宋弼《通韻譜說》之十類說

第三種說法，出現在清人吳紹燦的《聲調譜說》卷下所附宋弼手訂的《通韻譜說》〔註44〕，宋弼於其序中提到：

> 四聲始於沈約，切韻成於陸法言。唐宋之間，雖有增加而部分無改，凡分韻二百有六部，宋本廣韻具在也。淳祐中，平水劉淵始併爲一百七部，則今所用者是。律詩專用本韻無論已，一涉古作，依據坊間本子謬戾茫昧，令人齒冷可乎？……予既掇漁洋、飴山兩先生之言聲病者以示諸門人，其說詳於古體，則學者當知古韻。顧亭林先生著作精詳，安溪李文貞公嘗掇其韻譜，分析論辨，犁然當於人心。因本其說，列以爲譜，而撮其義例，著於每部之後，俾覽者了然心目，既知其所以通，又知其不可通，而誤通者庶幾有所遵循而不惑於時說之謬。……〔註45〕

宋氏《通韻譜說》是專門針對古體詩用韻而言，其依據則是顧炎武的《音學五書》、李文貞的《音韻闡微》。與第一種說法不同的地方在於：一、前說以一百零六韻的詩韻爲底，而此說卻是以一百零七韻爲本，事實上一百零七韻的平水韻，與後來出現的一百零六韻的詩韻，只是分韻上寬嚴區別而已，並不影響歸類；二、雖然都將今韻歸納成十類的古韻，但是仍有不同處。宋氏所分十類見下：

〔註44〕清，吳紹燦《聲調譜說》（《清詩話訪佚初編》本，台灣：新文豐出版社），頁223。

〔註45〕同上註。

<table>
<tr><td>一、東冬江</td><td>二、支微齊佳灰</td></tr>
<tr><td>三、魚虞</td><td>四、眞文元寒刪先</td></tr>
<tr><td>五、蕭肴豪尤</td><td>六、歌麻</td></tr>
<tr><td>七、陽</td><td>八、庚青</td></tr>
<tr><td>九、蒸</td><td>十、侵覃鹽咸</td></tr>
</table>

　　其分類與第一種說法的分類，雖皆爲十類，然亦有不同之處，主要的不同出現在：第五類中的尤韻，與蕭肴豪三韻通用，而前說予以獨立爲一類；以及第九類的蒸韻，在前說中則是與第八類的庚青通用，在此卻獨立爲一類。

　　宋氏之所以分古韻爲十類，主要是依據顧炎武《音學五書》中的分類而來。顧氏《音學五書》是以「較古的典籍而以詩經韻爲主體」〔註46〕，以實際的作品作爲對象，當然是比較接近古代用韻的，不過顧氏其書的分類是以《廣韻》二百零六韻來歸納的，宋氏將其結果轉成平水韻一百零七部的韻目，從理論上來說是很合理的，因爲無論是劉淵《壬子新刊禮部韻略》的一百零七韻，或是王文郁《平水「新刊韻略」》的一百零六韻，都是合併了二百零六韻的《廣韻》而來，所以宋氏將顧氏原本以《廣韻》韻目爲主的古韻分類轉換成詩韻韻目，自然也應是合理的。但事實並不盡然，《廣韻》的分韻比起詩韻顯然來得細，所以當出現後代併兩韻爲一韻，而古代此兩韻決然不同時，宋氏的作法就無法令人釋懷了，如顧氏第三類爲「魚虞模侯」四韻，若以詩韻來說則是「魚」、「虞」二韻及「尤」韻中的原《廣韻》之侯韻字，然而宋氏則只以「魚」、「虞」二韻爲一類，完全沒有提到《廣韻》的侯韻，而將整個「尤」韻與「蕭」、「肴」、「豪」三韻歸爲其第五類，如此一來，原本合於古韻的顧氏分類，到了宋弼，已經與原著有相當大的出入。同樣的情形，也出現在顧氏第七類爲「陽庚」二韻、第八類爲「耕清青」三韻，宋氏分類則是以「陽」爲一類，「庚」、「青」

〔註46〕董同龢《漢語音韻學》（台灣：文史哲書局），頁241。

二韻爲一類，宋氏的分類或許可以從其參考的另一書李文貞《音韻闡微》中的分類見出端倪。據吳紹燦於其按語中舉李氏書中凡例，將古韻按收聲分成六部，如下：

一、歌麻支微齊魚虞　收本字之喉音　　二、佳灰與支微齊　收衣字
三、蕭肴豪尤與魚虞　收烏字　　　　　四、東冬江陽庚青蒸　收鼻音
五、眞文元寒刪先　收舌齒音　　　　　六、侵覃鹽咸　收脣音

又入聲分三部：
一、屋沃覺藥陌錫職　收鼻音
二、質物月曷黠屑　收舌齒音
三、緝合葉洽　收脣音

李氏的分類是以收聲作爲標準，所以凡收烏字音者爲一類，宋氏之將「尤」韻整個歸入「蕭」、「肴」、「豪」這類，顯然是以此說爲據，而將「蒸」韻獨立爲一類，則是從顧氏十類之說。事實上，宋氏的分類仍然以顧氏十類爲主，雖然在分韻時會出現前面所提到的漏失，但是，就形式上來說，是保留了絕大部分的顧氏分類原貌。宋氏於書中又云：

> 又按：眞、文六韻所以通用，以其皆收舐顎音也。侵、覃、鹽、咸所以通用，以其皆收閉口音也。蕭、肴、豪、尤所以通用，以其皆收合口音也。支、微五韻所以通用，以其皆收齊齒音也。然則東、冬、江、陽、庚、青、蒸皆收穿鼻音，宜亦可通用矣。顧寧人五音表，於諸部皆通，獨於此部則別爲四；又魚、虞正收合口音，其於蕭、肴、豪、尤，亦猶支、微、齊之於佳、灰也，法亦可通，而寧人皆不及。蓋寧人但據經傳古書用韻多者以爲證據區別，未暇乎樂府聲音之事也，故譏韓退之「此日不可惜」詩用東、冬、江、陽、庚、青韻，元和聖德詩用歌、麻、魚、虞、尤上聲之類，則其意不欲相通可知。夫以歌、麻通魚、虞，固微爲吳音所淆；

然其以東、冬等六韻通，魚、虞、尤三韻通，則甚合樂府收
聲之法，疑其學必有傳也。如此，則顧表分十部者直可以六
部括之。然修文者，玫古則有明徵，多助則無疑殆，故著論
於此，而用韻者第當以顧表爲據云。〔註47〕

宋氏這段文字主旨在於說明，其分類是以各韻之收聲方法作爲標準，
與李文貞的方法相同。既然與李文貞之法相同，那麼也應分古韻爲六
類，而非如顧炎武的十韻才是。可見，宋氏分類顯然是以顧氏爲主。
因此，我們發現宋氏的古韻分類是綜合了顧炎武的十類說與李文貞的
六類說而成，以顧氏分類作爲主要的基調，再加上李氏之說作爲補
充。宋氏之所以如此，在於他認爲顧氏之說以「經籍古書」爲主，並
沒有以樂府作爲材料，是有所不足的；又顧氏分韻從其分，不從其合，
所以雖然有韓愈詩「此日足可惜」東、冬、江、陽、庚、青六韻合用
的例子，顧氏仍將東、冬、江三韻合爲一類，而陽獨爲一類，庚、青
又自爲一類；有元和聖德詩歌、麻、魚、虞、尤五韻合用之例，顧氏
亦將其歸爲不同的類中。像這樣的情形，都讓宋氏覺得顧氏分類似乎
並不十分完整，所以又再加上李文貞的分類，並提出兩點說明來解釋
古詩用韻如有不合於顧氏分類的原因：第一點、因爲方言的不同，使
得某些韻類在顧氏分類上原不通用，然而實際語音上已混用，詩人藉
其語音押韻作詩，當然就無法合於顧氏之說，如其舉歌、麻、魚、虞
的合用，即是方言所造成的，與就韻書分類及取材於經籍古書的顧氏
分類難免有隔閡。其次，是學有所傳的樂府收聲之法，東、冬、江、
陽、庚、青六韻，在顧氏分類中分爲三類，然而卻有六韻合用的情形
出現，乃因爲此六韻皆收穿鼻音，與李文貞的觀點相同，是合於樂府
收聲之法，所以宋氏亦可以接受。以宋氏而言，李文貞的六類與顧炎
武的十類，事實上大同小異，只是分韻的寬嚴不同而已。不過宋氏也
強調，若是作古詩其用韻應以顧氏十類爲主，這也是宋氏之所以仍將
古韻分爲十類而不取李氏六類的最大原因。

〔註47〕同註44，頁230。

從以上對清人古韻分類的討論，不難發現，清人對於古韻的分類是相當不一致的；與近體用韻有一定的標準可循者，截然不同。不過，雖然清人古韻分類各有其說，各成一家，但是總的來說，這些分類都是以古詩通韻作為出發點。它們不見得能讓我們得到一個古詩用韻的確定標準，卻也讓我們了解在古韻歸類上所遇到的一些問題：一、是方言的問題。中國幅員廣闊，各地區語言不同，雖有韻書流傳，對詩人不見得有多大的約束力，當詩人以其方言創作時，極有可能產生已有的古韻分類無法歸屬的情形。二、是師古的問題。古韻既然沒有一個確切的標準，那麼詩人在創作時，以前代或是古代有此用韻作為依據押韻，這種情形也只能承認是一種用韻現象，卻無法加以解釋，因為詩人的心態或許是「古人可以如此押韻，為什麼我不能如此」，反而徒增古韻分類時的困擾。諸如此類的問題，使得古韻分類往往無法全面而完整的含蓋所有古體詩押韻，相對地，古詩押韻情形也會在一些古韻分類中成為無法解釋的例外。

事實上，古體詩的用韻，無論是從韻書，或是語音等方向來分類，都不可能面面俱到，含賅所有的用韻情形。不過，若是以實際作品的用韻來作為依據，應該是最直接有力的證明。顧炎武《音學五書》對古韻的分類即是一個最佳的例子。然而，其所針對的畢竟是《詩經》等上古音系的韻文為準的，所以其所歸結的分類，充其量亦只可說是「就古韻言古韻」〔註48〕，並非後人創作古體詩時用韻的標準。今人耿志堅曾對唐代詩人用韻作過一系列的研究，其中於初唐、盛唐及中

〔註48〕董同龢《漢語音韻學》（台灣：文史哲書局），頁 243。董氏亦言：「顧氏研究古音，在觀念上還有一點不很清楚的，就是他以為後代韻書與古人用韻不合的都是後人錯了。所以音學五書內，專有"唐韻正"一部分，意思是據先秦古韻來改正切韻以後的韻書。在他之後不久的江永，在"古韻標準"例言裏說得好：顧氏音學五書與愚之古韻標準，皆考古存古之書，非能使之復古也。"唐韻正"引證詳博，我們倒可以把他當廣韻分韻與古韻的比較看。」顯然，董氏對於顧炎武將其古韻分類拿來作為後代韻書的標的，並不表示贊同。

唐時期詩人之古體詩用韻亦有專門的討論〔註49〕。我們可以藉其對唐人古體詩用韻的歸納與清人古韻分類作一比較，或許能得到一個更具體的答案。

從陰聲韻部分而言，清人古韻「東、冬、江」合用的部分，唯吳喬又併「陽、庚、青、蒸」之外，其餘皆以此爲準。然而，從耿氏的歸納來看，吳喬顯然是把詩韻中收舌根鼻音（即收-ng尾）的七部（「東、冬、江、陽、庚、青、蒸」）歸爲一類。不過，此七部，在唐人而言，是有所區別的。唐人「東、冬鐘」（以下談及唐人用韻韻目，皆以《廣韻》韻目爲本。若無以頓號（、）區隔，則表示此區間各韻於詩韻中已併此若干韻爲一韻。）合用；「江」時與「陽唐」合用，而不與「東、冬鐘」合用；「庚耕清、青」合用；「蒸登」合用。〔註50〕

清人「眞、文、元、寒、刪、先」六韻合用，此爲清人古韻分類

〔註49〕耿志堅先生有關唐詩用韻考之期刊論文計有：〈唐代近體詩用韻通轉現象之探討〉（《中華學苑》第二十九期）、〈初唐詩人用韻考〉（《語文教育研究集刊》第六期）、〈盛唐詩人用韻考〉（《教育學院學報》第十四期）、〈唐代大曆前後詩人用韻考〉（《復興崗學報》第四十一期）、〈唐代貞元前後詩人用韻考〉（《復興崗學報》第四十二期）、〈唐代元和前後詩人用韻考〉（《彰化師範大學學報》第一期）、〈晚唐及唐末五代近體詩用韻考〉（《彰化師範大學學報》第二期）、〈由唐宋近體詩用韻看「止」攝字的通轉問題〉（《彰化師範大學學報》第三期）等八篇，皆是以唐人實際作品作爲研究對象，歸納出唐代詩體的情形。近來其焦點亦向下延伸至唐以後的詩體用韻，如〈全金詩（近體詩部分）用韻考〉（《彰化師範大學學報》第四期）。其中〈初唐詩人用韻考〉（《語文教育研究集刊》第六期）、〈盛唐詩人用韻考〉（《教育學院學報》第十四期）、〈唐代大曆前後詩人用韻考〉（《復興崗學報》第四十一期）、〈唐代貞元前後詩人用韻考〉（《復興崗學報》第四十二期）、〈唐代元和前後詩人用韻考〉（《彰化師範大學學報》第一期）等五篇中對唐人古體詩用韻亦有專門的討論。

〔註50〕詳見耿氏〈初唐詩人用韻考〉（《語文教育研究集刊》第六期）、〈盛唐詩人用韻考〉（《教育學院學報》第十四期）、〈唐代大曆前後詩人用韻考〉（《復興崗學報》第四十一期）、〈唐代貞元前後詩人用韻考〉（《復興崗學報》第四十二期）、〈唐代元和前後詩人用韻考〉（《彰化師範大學學報》第一期）等五篇中「韻部擬音」部分。以下談及唐人古韻韻部合用皆以此爲準，不擬贅註。

共同處之一。從耿氏「收舌尖鼻音」（即收-n尾）的討論中可發現亦有些許差異。唐人「眞諄臻、欣（詩韻『文』韻併此與文二部）、魂痕（詩韻『元』併此二韻與元三部）」合用；「元、寒桓、刪山、先仙」合用。

清人「侵、覃、鹽、咸」四韻合用，亦其相同處。此部分收雙脣鼻音（即收-m尾）。唐人則是「侵」獨用；「覃談、鹽添嚴、咸銜凡」合用。

從陽聲韻而言，清人「支、微、齊、佳、灰」一類，亦唯吳喬合「魚、虞歌、麻、尤」等爲一類。吳氏之分類不知所據爲何，然而，無論從收音部位來看，或從唐人合用情形來看，都是絕對錯誤的。從收音部位而言，詩韻中「支微、齊、佳、灰」收前高元音（即收-i尾），「魚、虞、歌、麻」收開口無尾音，「尤」收後高元音（即收-u尾），各部截然不同，如何會有古韻可合「支、微、齊、佳、灰、魚、虞、歌、麻、尤」等十韻爲一類之說？唐人用韻亦不當如此。唐人於收前高元音部分：「支脂之、微」合用；「齊」獨用；「佳皆、灰咍」合用。

清人「蕭、肴、豪」爲一類，唯宋弼合「尤」韻爲一類。宋氏如此分類，前文曾提及乃宗李文貞之說，將其所謂「收烏音」者納爲一類。唐人用韻於收後高元音部分：「蕭宵、肴、豪」合用；「尤侯幽」合用。顯然並不如宋氏所云。

清人「魚、虞」、「歌、麻」各爲一類，與唐人分類相同，唐人「魚、虞模」合用；「歌戈、麻」合用。此部分爲收開口無尾音者。

從以上的比較中，可知清人古韻的分類，事實上，亦可以收音部位的不同歸類，只是仍須細分。不過，拿唐人古體詩用韻情形與清人古韻分類來作比較，似乎仍嫌不足，因爲畢竟是不同的時代，語音的變化是可能造成其不同的最大因素。然而，清人詩韻自《唐韻》、《廣韻》而來，清人論古體用韻亦皆主唐人古詩用韻，如杜甫、韓愈之古體，所以此舉亦未嘗不可，反而更見清人古體用韻於唐人古體依賴的程度。

二、轉韻古詩

　　前文曾提到古詩可依其押韻分成一韻到底古詩與轉韻古詩兩種。一韻古詩，包括平韻一韻到底者與仄韻一韻到底者，其用韻以前面所論的古韻分類爲標準，古韻爲一類者，如一首詩押東、冬、江三韻，或是東、冬、江、陽、庚、青、蒸七韻者，都可以在某一程度下視爲一韻，上、去、入聲亦以平聲分類爲準；一韻古詩至少還有通韻分類的用韻標準，轉韻古詩就無法有如此標準，因爲平仄韻的相互使用，打破必須一韻到底的限制，使得轉韻古詩在用韻上有著比一韻古詩更大的彈性空間。

　　近人王力將轉韻古詩分成兩種：一種是隨意轉韻的古詩，又稱之爲仿古的古風；另一種是在換韻的距離上和韻腳的聲調上都有講究的轉韻古詩，又稱之爲新式的古風〔註51〕。隨意轉韻的古詩，既然是「隨意」，當然就無法論其用韻的格式，本文留待此部分最後討論，將重點放在所謂「在換韻的距離上和韻腳的聲調上都有講究的轉韻古詩」上面，來看清人轉韻古詩用韻上的觀念。

（1）換韻的距離

　　清人在談論轉韻古詩時，大體宗王漁洋《古詩平仄論》以及趙執信《聲調譜》二書的觀點。翁方綱《小石帆亭著錄》卷一收錄《王文簡古詩平仄論》，其認爲此書應爲王漁洋所著，與趙執信《聲調譜》有所不同〔註52〕，王書即提到：

〔註51〕王力《漢語詩律學》（《王力文集》第十四卷，山東教育出版社），頁
　　　　426。
〔註52〕翁氏於此書序言云：「……古詩平仄之有論也，自漁洋先生始也。……
　　　　方綱束髮學爲詩，得聞先生緒論於吾邑黃詹事，因得先生所爲《古詩
　　　　聲調譜》者。既又見江南屢有刊本，或詳或略；又有所謂《詩問》、《詩
　　　　則》者，其論間有　拄，亦大同小異。今見新城此刻，抑又不同，或
　　　　遂疑其有膺。方綱蓋嘗熟復先生言詩之旨，而知其不相悖也。……」
　　　　可知翁氏認爲此乃漁洋先生所著又於其《小石帆亭著錄》二《趙秋谷
　　　　所傳聲調譜》前按語：「此卷或云前譜是漁洋著，後譜是秋谷著。以
　　　　愚考之，前、後譜皆秋谷所爲也。今以新城所刻平仄論合觀之，愈見

　　　若換韻者，已非近體，用律句無妨。大約首尾腰腹須
　　銖兩勻稱爲正。〔註53〕

此爲王漁洋談論轉韻古體時所作的言論，其所謂「銖兩勻稱」之義，
即是在換韻的距離要求均勻。然而到底如何爲「均勻」？王氏並未
深論，不過在其他詩話中亦能看到持此論點的記載。如《師友詩傳
錄》中：

　　　問：「七古換韻法？」

　　　阮亭答：「此法起於陳隋，初唐四傑輩沿之，盛唐王右
　　丞、高常侍、李東川尚然，李杜始大變其格。大約首尾腰腹，
　　須銖兩勻稱，勿頭重腳輕、腳重頭輕，乃善。」

　　　歷友答：「初唐或用八句一換韻，或用四句一換韻，然
　　四句換韻其正也。此自從三百篇來，亦非始於唐人。若一韻
　　到底，則盛唐以後駁多矣。四句換韻，更以四平、四仄相間
　　爲正。平韻換平，仄韻換仄，必不協也。」

　　　蕭亭答：「或八句一韻，或四句一韻，或兩句一韻，必
　　多寡勻停，平仄遞用，方爲得體。亦有平仍換平、仄仍換仄
　　者，古人實不盡拘。亦有通篇一韻，末二句獨換一韻者，雖
　　是古法，宋人尤多。」〔註54〕

此則詩話除了重覆王氏「銖兩勻稱」的說法，又再加上以「四句換韻」
爲其正格與平仄韻遞用的規定。又：

　　　問：「五古亦可換韻否？如可換韻，其法何如？」

　　　阮亭答：「五言古亦可換韻，如古西洲曲之類，唐李太

　　新城所刻，是漁洋眞筆，而此爲秋谷無疑矣。故附錄於此。」由此更
　　能確定翁方綱認爲《王文簡古詩平仄論》與《趙秋谷所傳聲調譜》兩
　　書作者完全不相混雜，其內容亦不相同。前引文見《清詩話》本，頁
　　223；後引文見同書，頁245。
〔註53〕見清王漁洋《王文簡古詩平仄論》（《清詩話》本，台灣：木鐸出版社），
　　頁235。
〔註54〕見清，郎廷槐編《師友詩傳錄》（《清詩話》本，台灣：木鐸出版社），
　　頁136。

白頗有之。」

歷友答：「五古換韻，十九首中已有。然四句一換韻者，當以西洲曲爲宗。此曲係梁祖蕭衍所作，而詩歸誤入晉無名氏，不知何據也。」

蕭亭答：「十九首『行行重行行』、『冉冉孤生竹』、『生年不滿百』皆換韻。魏文帝雜詩：『棄置勿復陳，客子常畏人。』、曹子建『去去勿復道，沈憂令人老。』，皆末二句換韻，不勝屈指。一韻氣雖矯健，換韻意方委曲。有轉句即換者，有承句方換者，水到渠成，無定法也。要之，用過韻不宜重用，嫌韻不宜聯用也。」〔註55〕

此則雖論五古換韻，亦以「四句一換」論作爲基調，此外又提到換韻首句的押韻與否的問題，這裡是主張「無定法也」。又《師友詩傳續錄》：

問：「古詩忌頭重腳輕之病，其詳何如？」

答：「此似爲換韻者立說。或四句一換，或六句一換，須首尾腰腹勻稱，無他祕也。」〔註56〕

此處亦是以「勻稱」作爲換韻的主要觀念。

由此可知，清人對於換韻距離的看法頗爲一致。不過，雖然都以「四句一換」作爲正格，卻也不否定八句一換、六句一換的轉韻方式，因爲清人主要還是以「首尾腰腹銖兩勻稱」的觀念來看待換韻，只要大體上看得出合於「勻稱」的換韻就可以。如王漁洋的《王文簡古詩平仄論》中所舉唐人王維的〈桃源行〉：

漁舟逐水愛山春（眞），兩岸桃花夾去津。（眞）

坐看紅樹不知遠，行盡青溪不見人。（眞）

山口潛行始隈隩，山開曠望旋平陸。（屋）

遙看一處攢雲樹，近入千家散花竹。（屋）

〔註55〕同上註。

〔註56〕清劉大勤編《師友詩傳續錄》（《清詩話》本，台灣：木鐸出版社），頁156。

樵客初傳漢姓名，居人未改秦衣服。（屋）

居人共住武陵源，還從物外起田園。（元）

月明松下房櫳靜，日出雲中雞犬喧。（元）

驚聞俗客爭來集，競引還家問都邑。（緝）

平明閭巷掃花開，薄暮漁樵乘水入。（緝）

初因避地去人間，及至成仙遂不還。（刪）

峽裏誰知有人事，世中遙望空雲山。（山）

不疑靈境難聞見，塵心未盡思鄉縣。（霰）

出洞無論隔山水，辭家終擬長游衍。（線）

自謂經過舊不迷，安知峰壑今來變。（霰）

當時只記入山深，青溪幾曲到雲林。（侵）

春來遍是桃花水，不辨仙源何處尋。（侵）

以上所注押韻以《廣韻》韻目為主。若以合併《廣韻》的詩韻來看，此詩用到七個韻，即「真」、「屋」、「元」、「緝」、「刪」、「霰」、「侵」。唯有在第二韻的「屋」韻及第六韻的「霰」韻，以六句為一韻，其餘皆以四句為一韻。此詩王漁洋將其作為「銖兩勻稱」的例子之一，與歐陽修的〈千葉紅梨花〉、杜甫的〈丹青引〉、蘇東坡的〈往富陽新城李節推先行三日留風水洞見待〉等詩，皆稱之為換韻極勻稱者〔註57〕。可知其換韻距離的觀念，並不是必須全詩通首皆四句一韻，或六句一韻，或八句一韻的形式，而是憑感覺，視其用韻距離大體符合「勻稱」即可。

（２）平仄韻遞用

除了對換韻距離提出看法之外，清人對於平仄韻轉韻古詩也提出有規律的換韻模式。以上即有「四句換韻，更以四平、四仄相間為正。」之平仄韻遞用的觀點，其他如陳僅《竹林答問》亦有：

問：七古轉韻似當以一平一仄相間，抑可不拘否？

未嘗盡拘，但長古轉韻，平仄自須約略相間，方極高

〔註57〕同註50，頁238。

下鏗鏘之致。惟仄韻有三而平韻祇一聲，此中亦自有變化，

宋人詩已有不甚了了者矣。〔註58〕

翁方綱《石洲詩話》卷三亦云：

換韻之中，略以平調句子，使之伸縮舒如，亦猶夫末

句之有可放平者。尤以平韻與仄韻相參錯，乃見其勢，卻須

以三平正調攪和之。〔註59〕

皆是主張轉韻古詩以平仄韻遞用作為正格。近人王力對於平仄韻遞用

的情形則解釋為與「句中的平仄相間是一貫的道理」〔註60〕。這樣的

解釋似乎並不合理：

第一、句式中的平仄運用，在近體而言，以「平平」接「仄仄」，

「仄仄」接「平平」，不可能出現「平仄」接「平仄」的情形；就古

體而言，以五古來看，雖然也會有「平仄平仄平」、「仄平仄平仄」的

句式出現，但畢竟只是三十二種句式中之一、二，並不代表全體，如

何從句中平仄看出平仄韻遞用的情形？這是非常令人不解的。

第二、從大方向看，詩歌聲調分平聲、仄聲兩類，在近體詩句

式強調第二、四字不同聲的要求下，是可以得到平仄相間的觀念，

但是古體句式並沒有這麼嚴格的要求，如何從其句中平仄看出一貫

的道理呢？

第三、轉韻古詩，顧名思義，即為平仄韻的交互運用。王力分其

為「隨意換韻的仿古古風」及「在換韻的距離上和韻腳的聲調上都有

講究的新式古風」的兩種轉韻情形。「隨意換韻」的情形，一般的古

詩皆有可能如此，但是，在韻腳聲調上講究平仄韻遞用的新式古風從

何而來？在此之前，王氏認為古、近體詩皆為一韻到底的用韻形式，

那麼如何讓詩人想到以平仄相間的方式來用韻？如果說這是詩人求

〔註58〕清，陳僅《竹林答問》（《清詩話續編》本，台灣：藝文印書館），頁
　　　　2236。

〔註59〕清，翁方綱《石洲詩話》，（同上註），頁1415。

〔註60〕王力《漢語詩律學》（《王力文集》第十四卷，山東教育出版社），頁
　　　　433。

變的心態使然，自然地將平、仄兩種聲調調和成相間的形式，那麼這也未免太過於「自然」了吧！

以上的問題都不是王氏一句話可以解決的。

事實上，從整個詩體流變的過程中，除了轉韻古詩之外，我們根本見不到有平仄韻遞用的詩體；而轉韻古詩中又不是只有平仄韻遞用的轉韻古體一種而已，還有隨意轉韻的古體存在。在詩人刻意求新的心態下，平仄韻遞用的轉韻古體應運而生，相信與唐代律賦用韻形式是脫不了關係的。唐代律賦的用韻即有平仄韻遞用的現象，而這些平仄韻遞用的律賦絕不是偶然出現的，是有意識造成的一種用韻形式〔註61〕。唐代科舉試詩賦，律詩要求嚴格，絕不可能平仄韻同時出現

〔註61〕《文苑英華》（台灣：大化書局）中收錄宋以前至梁末的賦篇一百五十卷，其中即有不少是限題限韻的唐代律賦。

在這些唐代律賦中，有不少以平仄韻遞用的例子。如卷二二有〈中和節百辟獻農書賦〉，以「嘉節初吉修是農政」為韻題，其韻部為「麻屑魚質尤紙冬勁」，平仄順序為「平仄平仄平仄平仄」已是平仄相間，而侯喜、賈餗、胡直鈞之作亦皆以此順序用韻。或許我們可以認為，這是官方設韻即是如此，所以作賦者遵循韻題，而無意識地造成平仄韻遞用的形式。

然而，對於其他在韻題上既非平仄相間，實際作品卻是平仄韻遞用的例子，我們就不能如此解釋了。如卷七三有三首〈鈞天樂賦〉，以「上天無聲昭錫有道」為韻題，其韻部為「漾先虞清宵錫有皓」，平仄順序為「仄平平平平仄仄仄」，並非平仄相間，但是，陸復禮之作以「清漾虞皓先有宵錫」順序用韻、李觀之作以「虞漾宵有先皓清錫」順序為韻，其用韻平仄情形均為「平仄平仄平仄平仄」，而裴度之作以「錫清漾虞有先皓宵」順序用韻，其平仄則為「仄平仄平仄平平平」。三首賦皆是平仄韻遞用，並非以韻題順序為主，顯然作賦者有意為之，不然，不會三人之作那麼「湊巧」都是平仄韻遞用，而且在同樣都是以平仄相間的用韻方式上，又有平仄順序不同的差異；又卷一○四的〈平權衡賦〉，其韻題為「晝夜平分鈞銖取則」，韻部為「宥禡庚文諄虞麌德」，平仄為「仄仄平平平仄仄」。韻題的平仄順序也不是平仄相間，但是，劉禹錫之作以「庚宥諄麌文禡虞德」順序為韻，其平仄為「平仄平仄平仄平仄」、陳祐之作以「德庚宥諄禡文麌虞」順序為韻，其平仄為「仄平仄平仄平仄平」，兩人之作皆以平仄韻遞用。

諸如此類平仄韻遞用的律賦，或許從客觀的角度（當然，如果說是命題者的主觀意識也不為過，不過，若是針對考生而言，應是比較

於一首律詩之中，但是在律賦中平仄韻遞用的情形卻是賦家有意爲之的。唐代詩人工賦的亦不在少數，李白、杜甫、王昌齡、白居易、劉禹錫等人皆有賦作流傳於世，將律賦中平仄韻遞用的形式運用到轉韻古詩之中，這是非常可能的。這個解釋比起王力以爲與句中平仄相間是一貫的道理來得合理多了。

以上是對於在換韻距離與平仄韻遞用兩方面講究的轉韻古體所作的討論，然而這種有規律的轉韻古體不見得一定都要遵守這兩個條件，只要符合其中一項就可以視爲有規律的轉韻形式。

除了講究換韻距離以及平仄韻遞用的有規律轉韻古體之外，清人對於轉韻古體還有一些值得一提的論點。如：

換韻首句入韻

清人對於轉韻首句入韻的議題，在前面提到的引文中即有提到「無定法」的觀點。不過，在無定法之外，清人仍針對七言轉韻古詩，提出以換韻首句入韻爲主的看法。如《詩學纂聞》中有「七言換韻首句」條：

> 七言換韻首句：七言古詩轉韻，漢張平子思元賦系詞，其肇端矣。轉韻之首句，古無不用韻者，惟江總持詩，有「雲聚懷清四望臺」（宛轉臺）、「來時向月別姮娥」（新入姬人應令）二句無韻，此在唐以前者。唐七古以少陵爲宗，少陵集中惟「先生有道出義皇」（醉時歌）、「或從十五北防河」（兵車行）、「君不見東吳顧文學」（醉歌行）、「先帝侍女八千人」（舞劍器行）、「杖兮杖兮，爾之生也甚正直」（桃竹杖行）、

客觀的，因爲每個應試者都須以韻題爲韻作賦。）而言，韻題上即是平仄相間，作賦者遵循之；或者從作賦者主觀的角度而言，韻題上並非平仄相間，而作賦者以平仄韻遞用之，這些都是有意爲之的，是命題者與作賦者兩方面刻意營造出來的用韻形式，不能以「偶然」解釋。顯然已是一種「有意爲之」的律賦用韻形式。
李師立信曾對唐代律賦用韻、字數以及隔句對，作過仔細的分析整理，此處論點的靈感即是由其所整理的表格中得來，不敢專美於前，在此並作感謝。

「憶昔霓旌下南苑」（長江頭）此六篇轉句無韻。其他名人
集中，偶一有之。如太白之「匈奴以殺戮爲耕作」（戰城南），
喬知之之「南山冪冪兔絲花」（古意和李侍郎），東坡之「不
羨白衣作三公」（賀朱壽昌蜀中得母），虞伯生之「丹邱越人
不到蜀」（題墨竹）、「圖中風景偶相似」（柯博士畫）等是也。
然一篇中只偶一句耳。今人有至轉皆出韻者，竟與四言五言
一例，音節乖舛甚矣。〔註62〕

梁章鉅的《退庵隨筆》則直錄汪師韓此說〔註63〕，《竹林答問》中亦
有

　　問：七言古詩換韻之句必用韻，何故？

　　轉韻七古，凡換頭之句必有韻，與五古轉韻異，與歌
行雜言亦異。蓋五古原本三百篇，雜言句法伸縮，其換韻自
有御風出虛之妙。七言則句法嘽緩，轉韻處必用促節醒拍，
而後脈絡緊道，音調圓轉。古今作者，皆無異軌。惟少陵醉
時歌「先生有道出羲皇」，哀江頭「憶昔霓旌下南苑」，劍器
行「先帝侍女八千人」，三換頭皆無韻。細玩之，乃各有法
外法，使後人倣之，則立蹶矣。〔註64〕

顯然清人將七古換韻的首句入韻看成是一個通則，而對於五古轉韻及
歌行雜言就不是如此強調，其實五古轉韻後之首句，亦以入韻爲常，
也是能在換韻五古中找到換韻首句入韻的例子。如前舉王維的〈桃源
行〉，其用韻以「眞」、「屋」、「元」、「緝」、「刪」、「霰」、「侵」七個
韻順序而成，其平仄正是「平、仄、平、仄、平、仄、平」的平仄韻
遞用；每個換韻的首句皆入韻，如「眞」韻首句用「春」字，爲廣韻
「諄」韻、在廣韻中「眞」、「諄」二韻是可以通用的，若以詩韻而言，
則屬同一韻部。「刪」韻的首句入韻的情形更可以說明以上的觀點，

〔註62〕清，汪師韓《詩學纂聞》（《清詩話》本，台灣：木鐸出版社），頁 451。
〔註63〕清，梁章鉅《退庵隨筆》（《清詩話續編》本，台灣：藝文印書館），
　　　頁 1984。
〔註64〕清，陳僅《竹林答問》（同上註），頁 2236。

因為此詩「刪」韻部分是以「還」、「山」二字組成，而「還」為廣韻
「刪」韻、「山」為廣韻「山」韻，兩韻在廣韻中可通用，在詩韻中
已合併為「刪」韻，所以其首句押「山」韻的「間」字，雖在廣韻中
須以通韻的觀念歸為入韻，然在詩韻中則已為同屬一個韻部的入韻；
其餘「屋」韻首句用「陳」字、「元」韻首句用「源」字、「緝」韻首
句用「集」字、「霰」韻首句用「見」字、「侵」韻首句用「深」字皆
為本韻。

七古轉韻首句入韻的例子，如杜甫的〈丹青引〉贈曹將軍霸（標
注韻目以《廣韻》為主）：

將軍魏武之子孫，於今為庶為清門。（魂）
英雄割據雖已矣，文彩風流猶尚存。（魂）
學書初學衛夫人，但恨無過王右軍。（文）
丹青不知老將至，富貴於我如浮雲。（文）
開元之中常引見，承恩數上南薰殿。（霰）
凌煙功臣少顏色，將軍下筆開生面。（線）
良相頭上進賢冠，猛將腰間大羽箭。（線）
褒公鄂公毛髮動，英姿颯爽來酣戰。（線）
先帝天馬玉花驄，畫工如山貌不同。（東）
是日牽來赤墀下，迥立閶闔生長風。（東）
詔謂將軍拂絹素，意匠慘淡經營中。（東）
斯須九重真龍出，一洗萬古凡馬空。（東）
玉花卻在御榻上，榻上庭前屹相向。（漾）
至尊含笑催賜金，圉人太僕皆惆悵。（漾）
弟子韓幹早入室，亦能畫馬窮殊相。（漾）
幹惟畫肉不畫骨，忍使驊騮氣凋喪。（宕）
將軍畫善蓋有神，必逢佳士亦寫真。（真）
即今飄泊干戈際，屢貌尋常行路人。（真）
途窮反遭俗眼白，世上未有如公貧。（真）
但看古來盛名下，終日坎壈纏其身。（真）

此詩用「文」、「霰」、「東」、「漾」、「眞」五個韻，每一韻皆以八句爲一組，也是平仄韻遞用，而每換韻的首句皆入韻。

促　韻

近人王力對於促韻曾言：「在起頭或煞尾的地方，只用同韻的兩個韻腳。前者可稱爲促起式，後者可稱爲促收式。」〔註65〕。就王氏而言，促韻的用法只有在一首詩的起頭，或結尾處使用，不過，清人的促韻觀念就不止於此。《竹林答問》中有：

> 問：每句用韻，三句一換韻，如岑嘉州走馬川行，豈其創格，抑有所本邪？

> 此體及兩句一換韻詩，昔人謂之促句換韻體，實本於毛詩〈九罭〉篇兩句一換之格。古辭〈東飛伯勞歌〉，崔顥〈盧姬〉篇，皆是本於〈匏有苦葉〉篇。此格三百篇中最多，詳見予所作詩誦中。大抵後人詩體，無不源於毛詩。如子建〈贈白馬王〉詩體，本〈文王〉、〈下武〉、〈既醉〉諸篇。昌黎〈南山〉詩，「或」字一段本〈北山〉，疊字一段本〈碩人〉末章及〈斯干〉五章。學者自動將三百篇滑口讀過，從不於此等處體會，安得復有悟入？〔註66〕

又：

> 問：促句換韻體有五句一轉韻者，如老杜短歌行贈王郎司直一篇，第三句不用韻，此其定法歟？

> 每句用韻，要是正格。東坡太白贊七句一轉韻，亦每句用韻。其長篇則如老杜大食刀歌，前韻十七句，後韻十五句，法度蓋同，特長短有異耳。大食刀歌前韻末「芮公」兩句，承上轉下處，另作一關鍵，則前後仍各是十五韻也。〔註67〕

前一則提及唐人岑參的〈走馬川行〉其用韻如下（韻目以《廣韻》

〔註65〕王力《漢語詩律學》（《王力文集》第十四卷，山東教育出版社），頁
　　　 428。
〔註66〕同註61，頁 2230。
〔註67〕同上註，頁 2232。

爲主）：

> 君不見走馬川行雪海邊（先），平沙莽莽黃入天。（先）
> 輪臺九月風夜吼，一川碎石大如斗，隨風滿地石亂走。（厚）
> 匈奴草黃馬正肥，金山西見煙塵飛，漢家大將西出師。（脂微）
> 將軍金甲夜不脫，半夜軍行戈亂撥，風頭如刀面如割。（曷末）
> 馬毛帶雪汗氣蒸，五花連錢旋作冰，幕中草檄硯水凝。（蒸）
> 虜騎聞之應膽慴，料知短兵不敢接，車師西門佇獻捷。（葉）

全詩除第一韻以兩句爲韻之外，其餘皆以三句爲一韻。清人所論「促韻」，由此看來似乎是針對全詩而言，而且與每句用韻是同時出現的，並不限於出現在全詩開頭或是結尾，也不一定是二句一韻或三句一韻，甚至七句一韻的轉韻也都稱之爲「促韻體」。

諸如以上的論述可以發現，清人意欲將轉韻古體歸納出一些通則，如在換韻距離上的「四句一換」、平仄韻的遞用、換韻首句的入韻以及句句用韻的「促韻體」等，但是這些通則並不能完全涵蓋轉韻古詩的所有用韻情形，因爲轉韻古體的用韻自由性非常大，如能完全合於以上諸通則，當然最好；如不能，亦不影響其爲轉韻古詩。所以，對於隨意換韻的古詩，清人大多抱著只述不論的態度，如王漁洋於轉韻勻稱的古詩之外，又舉杜詩三首、蘇詩二首認爲其「換韻多寡不一，雖是古法，不可爲常也。」〔註68〕；趙執信《聲調譜》中論李白〈夢遊天姥吟留別〉中即注：「睹此可知轉韻元無定格也」〔註69〕，他們也都知道有隨意換韻、毫無常理可言的轉韻古詩，卻不能避而不談，只好以「不可爲常」、「元無定格」一語以蔽之了。

第四節　清人對古體及近體之韻律觀

經由以上對清人古近體用韻觀的討論，我們可以得到以下結論：

就近體詩而言，清人雖亦主張「一韻到底」，然而卻有廣狹兩種

〔註68〕同上註，頁240。
〔註69〕清，趙執信《聲調譜》（《清詩話》本，台灣：木鐸出版社），頁332。

定義：從狹義，則一韻到底是指用韻限制在韻書中一個韻部之中，不得逾越韻書所設下的界限，這是我們現在已知的近體韻律；就廣義來說，一韻到底的一「韻」則是指可以通用的幾個韻部所構成的韻類。這些通用的韻類，從現存的詩韻是不容易看出來的，但是從《廣韻》各韻下所注的「某同用」可以略見一二，本文第二節中也列出詩韻與其合併《廣韻》韻目之對照表，由此亦可見近體詩通韻的範圍。清人吳喬《圍爐詩話》即云：

> 唐韻視今之平水韻「冬」分「鍾」、「支」分「脂」，似乎狹矣，而有葫蘆韻用法、轆轤韻用法、進退韻用法、……作者猶得輾轉言情。平水韻似寬，而葫蘆等諸法俱廢，則實狹矣。〔註70〕

因為唐韻有同用的韻部，所以，葫蘆韻等變化用韻始可得以於唐人近體中出現，而平水韻合併了前代韻書中同用的韻部，相對的，也就使得通韻以及在通韻觀念下有一定規律的進退韻、轆轤韻、葫蘆韻等變化用韻也隨之消失，同時也讓今人只知狹義的「一韻到底」，而不知廣義的「一韻到底」為何？其次，近體詩是否可用仄韻，清人與近人都各有主張，本文從理論及實際作品兩方面探討之後，主張仄韻詩並不屬於近體詩，或許是比較接近事實的。

　　就古體詩而言，清人對於古體詩的用韻標準雖有不同的分類，或許直接從韻書中同用、通用而來，或許由經籍古書中押韻情形分類而成，其出發點都是從通韻的角度來分類，試圖將古韻的範圍作一規畫，希望與近體用韻一樣有標準可言。當然，這樣作也會遇到許多的困難，如方音的混用以及詩人仿古心態的作祟都是影響其分類的要素之一。對於轉韻古體，清人也提出如換韻勻稱、平仄韻遞用、換韻首句入韻及促韻體等規則來解構轉韻古體的用韻。但這畢竟都只是轉韻古詩用韻的方式之一，無法涵蓋全體。這是無可避免的，因為轉韻古

〔註70〕清，吳喬《圍爐詩話》（《清詩話續編》本，台灣：藝文印書館），頁483。

詩在用韻上既然還有隨意換韻的形式，那麼只針對所謂的「新式古風」來講究其用韻方法，難免會有遺珠之憾，我們不能以此苛責清人，至少他們在相當程度上，讓我們對於轉韻古詩的用韻有了比較系統的認識，這是不可否認的。

第四章　清代詩話中的對仗論

第一節　前　言

　　講到詩歌格律時，不可避免地，我們都會談到「對仗」。一般在說到近體詩格律時，律詩第二、三聯的對仗是初學者必定也必須學到的知識之一，古體詩就不這麼重視了，但是，就我們現在對於「對仗」的了解，大體上都只是強調字句上的兩兩對偶而已，似乎並沒有其他的定義及限制，那麼近體詩與古體詩中的「對仗」到底有何不同？爲什麼近體如此重視而古體卻可不論呢？近體詩不論在聲律、韻律上都與古體詩有著截然不同的規範及定義，然而爲什麼只有在「對仗」上，居然只是一個看似嚴格卻是模糊的硬性規定，甚至於一首完全沒有對仗的詩，我們也可以稱之爲律詩，只因爲其聲律、韻律合於近體詩的規範而已，這是非常奇怪的。如此一來，「對仗」似乎就不是近體格律中的必要條件了。爲什麼在近體詩格律中，「對仗」又如此受到重視呢？這是非常令人百思不解的。於是，我們在談到清人對仗論之前，必須先將「對仗」在近體詩、古體詩中的定義劃分清楚之後，才能毫無顧忌的來談論清代詩話中的「對仗」。

第二節 「對仗」的定義及其在古典詩歌中所扮演的角色

一、「對仗」所扮演的角色

在中國文學作品中，不論是文章也好，辭賦也罷，尤其是在古典詩歌裏，「對仗」這種修辭形式的出現頻率，可以說是每每得見、層出不窮。從中國最早的文學作品——《詩經》中就可以找到為數不少「對仗」之例。如：

> 南山崔崔，雄狐綏綏（齊風　南山）
> 左手執籥，右手秉翟（邶風　簡兮）
> 淇則有岸，隰則有泮（衛風　氓）
> 女曰雞鳴，士曰昧旦（鄭風　女曰雞鳴）
> 父兮生我，母兮鞠我（小雅　蓼莪）
> 昔我往矣，楊柳依依。今我來思，雨雪霏霏（小雅　采薇）
> 鳳凰鳴矣，于彼高岡。梧桐生矣，于彼朝陽（大雅　卷阿）

同時期南方文學的代表——《楚辭》，若是將其中「兮」字不論的話，那麼「對仗」的數量更是俯拾皆是〔註1〕。如：

> **離　騷**
> 朝搴阰之木蘭（兮），夕攬洲之宿莽。
> 朝飲木蘭之墜露（兮），夕餐秋菊之落英。
> 製芰荷以為衣（兮），集芙蓉以為裳。
> 高余冠之岌岌（兮），長余佩之陸離。
> 百神翳其備降（兮），九疑繽其並迎。
> **九　歌**
> 蕙肴蒸（兮）蘭藉，奠桂酒（兮）椒漿。（東皇太一）

〔註 1〕李師立信〈論六朝詩的賦化〉一文（收於《第三屆詩學討論會論文集》彰化師範大學編）中，對楚辭中各篇對仗所佔的比例有詳細的統計。在此一併列出：漁父—百分之三十九，卜居—百分之三十二，九歌—百分之二十九，離騷—百分之二十六，九章—百分之十七，天問—百分之十三，大招—百分之十五，招魂—百分之一點四。

采薜荔（兮）水中，搴芙蓉（兮）木末。（湘君）

鳥次（兮）屋上，水周（兮）堂下。（湘君）

悲莫悲（兮）生別離，樂莫樂（兮）新相知。（少司命）

凌余陣（兮）躐余行，左驂殪（兮）右刃傷。（國殤）

近人逯欽立先生輯校的《先秦漢魏南北朝詩》，收錄自上古至隋末的歌詩謠諺，除《詩經》、《楚辭》之外，悉數編入，可說是上下千餘年詩歌篇什，搜羅靡遺。從皇皇三巨冊的資料裏，我們能找出更多「對仗」之例，如：

先　秦

日出而作，日入而息。（擊壤歌）

南風之薰兮，可以解吾民之慍兮。

南風之時兮，可以阜吾民之財兮。（南風歌）

吾君好正，段干木之敬。

吾君好忠，段干木之隆。（段干木歌）

生男慎勿舉，生女哺用脯。（秦始皇時民歌）

我車既攻，我馬既同。（石鼓詩）

漢

髮紛紛兮寘渠，骨籍籍兮亡居。（華容夫人歌）

啟靈篇兮披瑞圖，獲白雉兮效素烏。（白雉詩）

飛不正向，寢不定息。（與劉伯宗絕交詩）

飢則木攬，飽則泥伏。（與劉伯宗絕交詩）

夢見在我旁，忽覺在他鄉。（飲馬長城窟行）

枯桑知天風，海水知天寒。（飲馬長城窟行）

上有加餐食，下有長相憶。（飲馬長城窟行）

長裾連理帶，廣袖合歡襦。（羽林郎詩）

頭上藍田玉，耳後大秦珠。（羽林郎詩）

一鬟五百萬，兩鬟千萬餘。（羽林郎詩）

就我求清酒，絲繩提玉壺。就我求珍肴，金盤繪鯉魚。（羽林郎詩）

男兒愛後婦，女子重前夫。(羽林郎詩)

諸如此類「對仗」的例子，在中國古典詩歌中實在為數眾多，不勝枚舉。而這些具有對仗的詩歌，只足以證明對仗在中國古典詩歌中，是經常受到詩人們運用的一個修辭法罷了，只是文士為了某方面的需要，無意識，或者有意識的運用而已，並不能據此說明任何法則或規律。然而在這段期間裏，我們卻不能不談論到在此時盛行的文類——「賦」。

一談到「賦」，立刻就讓我們聯想到舖采儷詞、宏篇巨制。而「賦」最大的特色莫過於對偶排比，從《全漢賦》中可以發現「兩漢的騷體賦，有百分之三十四點九……；兩漢齊言賦中，對仗句有百分之四十三點四……問答體散文賦，……它的對仗句比例竟高達百分之四十一。」〔註2〕如此高比例的數字，突顯出來的是，「對仗」這種形式在兩漢賦體中已經非常受到重視。近人朱光潛就曾說過：

賦側重橫斷面的描寫，要把空間中紛陳對峙的事物情
態都和盤托出，所以最容易走上排偶的路。〔註3〕

為了達到鋪張華麗、宏篇巨制的目的，使用「對仗」、「排比」的方法是最有效便捷的途逕，事實也是如此。到了魏晉南北朝，賦的篇幅縮小了，但是「對仗」在賦中的地位並未因此而有所消減，反而是更加受到重視。清人孫梅的《四六叢話》卷四即云：

兩漢以來，斯道為盛，承學之士，專精於此，賦一物
則究此物之情狀，論一都則包一朝之沿革，鞿翰傳頌，勒成
一子。藩溷安筆硯，夢寐劌腸胃；一日而高紙價，居然而驗
士風，不洵可貴歟！左、陸以下，漸趨整鍊；齊、梁而降，
益事妍革，古賦一變而為駢賦。江、鮑虎步於前，金聲玉潤；
徐、庾鴻騫於後，繡錯綺交，固非古音之洋洋，亦未如律體

〔註 2〕同註1。
〔註 3〕〈中國詩何以走上「律」的路〉，朱光潛《詩論》，頁190。

之靡也。〔註4〕

清李調元《賦話》卷一也有云：

> 揚、馬之賦，語皆單行，班、張則間有儷句，如「周
> 以龍興，秦以虎視」、「聲與風遊，澤從雲翔」等語是也。下
> 逮魏晉，不失厥初，鮑照、江淹，權輿已肇。永明、天監之
> 際，吳均、沈約諸人，音節諧和，屬對密切，而古意漸遠矣。
> 〔註5〕

其中「漸趨整鍊」、「益事妍華」、「屬對密切」等語在在說明「對仗」
已在賦體寫作上儼然佔有一席之地，而且其受重視的程度較之以往是
有過之而無不及的。正當此時，吳均、沈約等人提出「聲律」說，「對
仗」挾著其在詩賦中已被運用甚繁的強勢，加入當時著重形式主義的
文學流風，奠定了其在近體詩歌格律中備受重視也備受爭議的地位，
這也是時勢所趨的了。

　　從詩歌歷史的角度來看，「對仗」一直圍繞著詩歌創作打轉。然
而我們不難發覺，在詩歌流變的過程裏，「對仗」的角色由秦漢時可
有可無的附屬地位漸漸轉化成南北朝以後與聲律相結合的格律規
範，其在詩歌中的地位可說有一百八十度的改變。雖然，從現代的眼
光來看，「對仗」算是修辭學中的一部份，只有在修辭學的專著中，
才有比較詳細而全面的分類與說明。但是，在討論到近體詩的格律
時，我們仍無法避免地要提及「對仗」。

　　近體詩的格律，除了講求聲律及韻律之外，同時也都會要求近體
詩中之第二、三聯必須對仗。這是現代談到近體詩格律時的鐵則。然
而「對仗」真的那麼重要？沒有對仗的詩難道就不算是律詩了嗎？如
果我們承認有全篇無一對仗聯的律體詩存在，那麼近體格律中所要求
的「對仗」又有何意義？

〔註4〕清孫梅《四六叢話》（上海商務印書館），頁61。
〔註5〕清李調元《賦話》（台灣、廣文書局），頁8。

二、「律對」與「古對」

從「對仗」在中國古典詩歌史上角色扮演的轉變，我們可以發現：開始廣範使用對仗（甚至非用不可）是從漢代的賦體，而眞正促使對仗成爲格律中一格者，則是六朝聲律說的出現。因此可從而劃分出兩種廣狹定義的對仗──即「古對」與「律對」。

單純只講究字面意義上的對偶排比，而不非常講求聲音上的對仗（甚至根本不論聲音部分）者，我們稱其爲「古對」，也就是廣義的對仗；相對於「古對」的是「律對」，在講求字面意義對偶的基礎上，又加入聲音的對仗，因爲需要符合聲律的規範，有一定的規律，所以稱其爲「律對」〔註6〕，這樣的對仗是相當嚴格的，既要求字句意義上的對仗，又需要聲音上的對仗，是狹義的對仗。

近人朱光潛即有云：

> ……講求意義的排偶在講求聲音的對仗之前。意義的排偶在《楚辭》、漢賦裏已常見，聲音的對仗則到魏晉以後纔逐漸成爲原則。從這件事實看，我們可以推測聲音的對仗實以意義的排偶爲模範。〔註7〕

> 律詩有兩大特色，一是意義的排偶，一是聲音的對仗。〔註8〕

由此可知，律詩「對仗」的觀念並不只有意義上的對仗而已，還應該包含聲音上的對仗在內。王力於《漢語詩律學》中亦曾言：

> 近體詩的對仗之所以不同於普通的駢語，因爲它有兩個特點：第一，它一定要避同字……第二、它一定要講究平仄相對（平對仄、仄對平）……〔註9〕

聲音上的對仗，以五言仄起律詩爲例即可看出，如杜甫〈秦州雜詩〉二十首其一，其平仄如下

> 滿目悲生事，因人作遠游。

〔註6〕此引用李師立信的意見。
〔註7〕同註3，頁195。
〔註8〕同註7，頁203。
〔註9〕王力《漢語詩律學》，頁10。

遲迴度隴怢，浩蕩及關愁。

水落魚龍夜，山空鳥鼠秋。

西征問烽火，心折此淹留。

仄仄平平仄　平平仄仄平

平平仄仄仄　仄仄仄平平

仄仄平平仄　平平仄仄平

平平仄平仄　仄仄仄平平

此詩中二聯對仗，前三聯皆爲「律聯」，第四聯出句雖爲「平平仄平仄」，然可視爲「平平平仄仄」的句式（此於第二章論聲律已提及，在此不贅述。），也應屬「律聯」。因爲每一聯二、四、五字平仄相對，即平對仄、仄對平，除第二句外，第一、三字是可以不論的。像這樣聲音的對仗，在古體詩中，尤其是仿古體的古詩裏，是絕少出現的，然而，在近體中，除了首句押韻的情形以外〔註10〕，其餘每一聯在聲音上都是對仗。如果再加上意義的對仗，就形成了所謂的「律對」。所以，從歷史發展的角度而言，要求意義的對仗早於要求聲音的對仗，但是，從創作的過程來說，要求聲音對仗的意念是比要求意義對仗的意念還早出現在詩人的腦海之中。

三、沒有對仗的詩算不算近体詩

　　談到近體詩的格律時，我們必然會說到「律詩第二、三兩聯需要對仗」，這麼個條件。近人王力在《漢語詩律學》一書中，除了探討聲律、韻律之外，還提到了「對仗」，而且以三節的篇幅來談論。他說：

　　　　平仄和對仗是近體詩中最講究的兩件事。〔註11〕

又：

　　　　　　對仗是律詩的必要條件。就一般情形而論，律詩的對

〔註10〕首句押韻者，其第一聯聲律必定無法形成對仗。因爲其上句末字因爲入韻而押平聲，與下句末字原本用韻押平聲相同，已然不對仗。詳可見本文第二章。

〔註11〕同註9，頁5。

仗是用於頷聯和頸聯；換句話說，就是第三句和第四句對
仗，第五句和第六句對仗。〔註12〕

近人啟功《詩文聲律論稿》中提出律詩的四個條件，其中第四項也如
王力所說：

全詩首尾兩聯（每二句稱為一聯）對偶與否可以隨意，
中間各聯必須對偶。〔註13〕

可見「對仗」在近人近體詩格律觀念中的地位是與聲律、韻律鼎足而
三。然而，在眾多詩歌作品裏，不論古體、近體，仍能發現全篇無一
聯對仗的例子。古體詩不講求對仗，似乎還說得過去，反正古體沒有
確切的規律可循，有沒有對仗都不影響其為詩歌，而且在當時對仗只
是文學技巧的附庸（見上文）。但是近體詩卻不能作如是觀，既然以
王力、啟功，甚至今人而言，「對仗」在近體詩格律是這麼的重要，
那麼我們就必須解決這些全篇無對仗的近體詩之所以為近體的問題。

在現存的一些分體唐詩選本中，如明高棅《唐詩品彙》、清沈德
潛《唐詩別裁集》、蘅唐退士《唐詩三百首》等，都將李白的〈夜泊
牛渚懷古〉一詩收入在五言律詩裏〔註14〕。顯然他們都認為這是一首
律詩。茲錄此詩如下：

牛渚西江夜，青天無片雲。
登舟望秋月，空憶謝將軍。
余亦能高詠，斯人不可聞。
明朝挂帆去，楓葉落紛紛。

標注平仄如下：

平仄平平仄　平平平仄平
平平平仄仄　平仄仄平平
平仄平平仄　平平仄仄平

〔註12〕同註9，頁142。
〔註13〕啟功《詩文聲律論稿》，頁6。
〔註14〕《唐詩品彙》收錄於「五言律詩」第五卷；《唐詩別裁集》收錄於卷
十，卷目亦為「五言律詩」；《唐詩三百首》收錄於卷三，卷目同前。

平平仄平仄　平仄仄平平

全首詩平仄合律，押平聲文韻，但是卻無一聯對仗。這完全不符合上列諸家對近體詩對仗所作下的規定，但是實際上，前人的確把它歸為律詩，不可能三位編輯者都錯了，因為沈德潛於此詩下又作註腳：

　　不用對偶，一氣旋折，律詩中有此一格。〔註15〕

沈氏顯然也發現本詩無一對仗，不合近體要求對仗的原則。然而又無法解釋為何會將此詩放在律詩卷中，因此就意義上的對仗言律詩對仗，以律詩中也「有此一格」無字面對仗的形式，作為搪塞的理由，但是，翻遍《唐詩別裁集》中所有律詩卷的作品，並不見有另一首與此詩一樣在字面意義上不具對仗的作品，既然「有此一格」，卻又是絕無僅有、碩果僅存的，這似乎太說不過去了吧！其實沈氏忽略了「對仗」除了可從字句上來看之外，還可從聲音上的對仗來看。事實上，從本詩的平仄來看，其中第一、二、三聯出句對句的二、四、五字之平仄兩兩對應，形成「律聯」；而第四聯的出句雖為「平平仄平仄」，但可與律句中的「平平平仄仄」等同看待，所以也可視為「律聯」。全詩四聯皆合於近體詩在聲音上要求的對仗，此詩當然是「律詩」。

　　近體詩之所以講究對仗，是因為聲音上的平仄組合，皆是以對仗作為基礎，如果能在字句上形成對仗，那是最好不過的了。如果不能也不影響對仗在近體詩中的重要性。因為「對仗」在近體格律中並非只是形式上的定義而已，它儼然已經成為一個觀念。這個「對仗」的觀念可以統括近體的所有格律，在聲律上，平仄相對；在韻律上，單句末字與雙句末字亦平仄相對（首句入韻者除外）；甚至於最後要求在字面意義上也要有所相對。〔註16〕

　　從上文所探討的結果，可以知道對仗實可區分成「古對」與「律對」兩種。「古對」只是字面上的意義對仗即可，而「律對」則在講究義對之外加上聲音的對仗，成為近體詩中才會出現的形式。近體詩

〔註15〕清、沈德潛《唐詩別裁集》，頁343。
〔註16〕此引用李師立信的意見。

對仗的觀念，絕不僅僅在於形式上的對仗而已，而是包含了整個近體格律。所有的律，都是在「對」的基礎上建構起來的，近人單純只論形式上的第二、三聯對仗可能是沒有深究其大義。

第三節　清人對仗論

清代詩話中談論「對仗」的資料非常之博雜，之所以稱其博雜，因為談論者眾，卻缺乏條理，往往只是在詩話中偶爾拈出，毫無系統可言。然而，雖無系統可言，我們仍將所搜集的資料整理歸納成兩點，一是清人論律詩中之對仗體，這是從狹義律詩的觀點來討論詩中對仗出現位置，並予以分類；其次，則是針對對仗的形式，分類討論。

一、律詩中之對仗體

律詩（註17）的對仗，一般都以第二、三聯（即第三、四句，五、六句）對仗為主，除此之外的位置對仗算不算數呢？沒有對仗的算不算數呢？清人李光地的《律詩四辨》中的第四部分就是以對仗的位置作為分類標準，將律詩分為八格。如下：

第一格　八句皆整對。

第二格　前六句整，末聯散收。

第三格　首聯散起，後六句整。

第四格　首聯整起，次聯卻散。此蓋以首聯代次聯，故又名「偷春體」。

第五格　第三聯整對，前後六句都散。

第六格　第二聯整對，前後六句都散。

第七格　一句三句對，二句四句對，亦名「扇對」。

第八格　通首無整對，平仄卻合律。〔註18〕

〔註17〕本節以下所稱之「律詩」，如非特別標注，皆為狹義律詩（五、七言八句之律詩）。

〔註18〕清李光地《律詩四辨》卷四，收錄於李光地《榕村全集》第十九冊，頁 11299 始。

李氏分類事實上應該有九格，因為，在李書此卷卷首的「辨體小引」中即言：

> 律詩之體，首聯、末聯不對而散，中二聯則整對，其大較也。〔註19〕

這與現代律詩對仗觀是一致的。再就李氏所分的八格而論，亦可以發現此八格乃是從此「大較」為出發點衍生而來的。於是，本文就稱此「大較」為「基本式」，以便於下文討論。

第一、二、三格實際是從基本式前後聯各自加上對仗，或都形成對仗而來的。不論「八句整對」、「前六句整對」、「後六句整對」，都已包含了基本式的中二聯對仗。這是從字面意義上來看是如此，如果從聲音的對仗來看，就需要注意首句是否入韻的問題。

「後六句整對」的聲音情形，從平仄譜來看，原本就是對仗，所以首句入不入韻並不影響它；而「八句整對」與「前六句整對」就與首句入不入韻有相當大的關係。如果首句不入韻的話，那麼從「律對」的觀點出發，即形成四聯全為「律對」，或前三聯為「律對」；如果首句入韻，那只有後三聯的「律對」以及狹義律詩應有的中間兩聯「律對」而已，因為，第一聯上句的落腳字入韻押平聲與下句本來就押平聲的韻腳字，在聲音上，已非「律聯」，當然更不會是「律對」。

第四格，所謂「首聯整起，次聯卻散」，即第一聯對仗，第二聯不對而第三聯第四聯仍與基本式三四聯相同，又可名之為「偷春體」。吳喬《圍爐詩話》中亦有：

> 律詩有所謂偷春格，首聯對、次聯不對也。〔註20〕

游藝的《詩法入門》中「詩法」裏有「偷春詩體式」云：

> 凡起聯相對，而次聯不對者，謂之偷春體。言如梅花偷春色而先開也。〔註21〕

〔註19〕同註18，頁11537。
〔註20〕清吳喬《圍爐詩話》，收入《清詩話》本，頁489，台灣木鐸出版社。
〔註21〕清游藝《詩法入門》卷一，頁7，台灣新文豐出版社。

原本，按詩律而言，對仗的基本式應該在第二、三聯對仗，而此格將第二聯應對仗的位置提前到第一聯，第二聯則不對，所以稱之為「偷春格」。如孟浩然〈閑園懷蘇子〉：

> 林園雖少事，幽獨自多違。
> 向夕開簾坐，庭陰葉落微。
> 鳥從煙樹宿，螢傍水軒飛。
> 敢念同懷子，京華去不歸。

又溫庭筠〈送陳嘏之侯官兼簡李常侍〉：

> 縱得步兵無綠蟻，不緣句漏有丹砂。
> 殷勤為報同袍友，我亦無心似海槎。
> 春服照塵連草色，夜船聞雨滴蘆花。
> 山梅自是青雲客，莫羨相如卻到家。

上文我們曾提到首聯對仗時，也得看其首句是否入韻，以作為判斷其是否為「律對」的一大指標，在此也是一樣，既然假首聯對仗以代替第二聯的對仗，那麼要求首聯入不入韻，就有關係了。王力就說：

> 如果首句入韻，首聯共有兩個韻腳，更不容易屬對：
> 當其用對仗的時候，半對半不對的情形更為常見。〔註22〕

這是就一般情況時，第一聯的對仗可以半對半不對，但是，在首聯代頷聯為對仗的偷春格時，第一句應該是不入韻的，這樣才容易形成對仗。因為首聯入韻的話，就算字面上勉強對仗，在聲音上是絕對不形成對仗的。

第五格與第六格，可合而觀之。同樣都是只有一聯對仗，雖有前後位置的不同，但其對仗的位置仍在基本式的規範之內。然而，同中有異，第五格又名之為「蜂腰對」，第六格則無人提及，所以，就以第五格為主要對象討論。《甚原說詩》云：

> 有次聯不對，至第三聯方對者，為蜂腰對。言已斷而復續也。如賈島詩：「下第惟空囊，如何在帝鄉。杏園啼百

〔註22〕見王力《漢語詩律學》，頁217，大陸、山東教育出版社。

舌，誰醉在花傍。落淚故山遠，病來春草長。知音逢豈易，
孤棹負三湘」是也。〔註23〕

《詩法入門》亦有「蜂腰詩體式」：

> 凡律詩領聯不對，卻以二句敘一事，而意與首二句相
> 貫，至頸聯方對者，謂之蜂腰體。言已斷而復續也。〔註24〕

二者所云與李氏相同，舉例如下

武陵泛舟　孟浩然

武陵川路狹，前棹入花林。
莫測幽源裡，仙家信幾深。
水迴青嶂合，雲度綠谿陰。
坐聽閒猿嘯，彌清塵外心。

題白石蓮花寄楚公　李商隱

白石蓮花誰所共，六時長捧佛前燈。
空庭苔蘚饒霜露，時夢西山老病僧。
大海龍宮無限地，諸天雁塔幾多層。
漫誇鶖子真羅漢，不會牛車是上乘。

第七格為「扇對格」，也就是律詩的第一句與第三句對仗，第二句與
四句對仗，形成前兩聯相互對仗的形式，又名「隔句對」。《詩法入門》
中的「隔句詩體式」：

> 如絕句，以第三句對首句，四句對二句也。〔註25〕

吳喬《圍爐詩話》中有：

> 扇對格者，首句與第三句對，次句與第四句為對也。〔註26〕

說法與李、游二氏之說相同。翁方綱《石洲詩話》亦提及：

> 東坡歸自嶺外再和許朝奉詩：「邂逅陪車馬」四句用扇

〔註23〕清冒春榮《葚原詩說》，《清詩話續編》本，頁 1576，台灣、藝文印
　　　　書館。
〔註24〕同註21。
〔註25〕同註21。
〔註26〕同註20。

> 對格，胡元任謂本杜詩「得罪台州去」云云，是也。但此詩
> 「邂逅」一聯乃第四韻，下「淒涼望鄉國」一聯乃第五韻，
> 如此錯綜用之，則更變耳。〔註27〕

也是與李氏之說同，只不過又有變化的例子而已，茲舉例如下

送李員外院長分司東都　韓愈

> 去年秋露下，羈旅逐東征；
> 今歲春光動，驅馳別上京。
> 飲中相顧色，送後獨歸情。
> 兩地無千里，因風數寄聲。

從諸家對「扇對格」的看法，不難發現，他們都是從字面意義的對仗
作為考量，而忽略了律詩中的對仗，還有聲音的部分。試將前詩平仄
標注如下：

```
│──││　──││──
││──│　──│││─
│──││　│││──
││──│　──│││─
```

此詩平仄合律，但是，將字面上兩兩相對的一、二聯拿來比較，就會
發現：第一句與第三句的二、四字雖都相對，而第五字卻是不對的，
因皆為仄聲；第二句與第四句的情形也是一樣，第五字皆為平聲。顯
然，在聲音上並沒有造成對仗的關係，也就是此詩在前半首是沒有「律
對」的。嚴格地說，此詩只有第三聯「飲中相顧色，送後獨歸情」是
「律對」，其他如一、二聯只算是字面上的對仗而已，清人這樣的分
類，至少到此處為止，只看到就字句上的對仗作一規畫，相對的，也
就忽視了聲音對仗的部分。

　　事實上，近體律絕中「隔句對」的對仗形式是不適宜出現的。因
為，就近體平仄譜而言，單句除首句入韻之外，其末字皆應為仄聲，

雙句則因須押韻而用平聲，這是近體「律聯」的條件之一。然而，當「隔句對」出現，其以單句爲對，雙句爲對的形式，顯然破壞了在聲音上必須構成對仗的「律聯」（縱使首句入韻，使得第一、三句末字平仄相對，仍無法改變其在第二、四句末字押平聲的相同，當然永遠無法形成「律聯」。），更遑論符合在音、義上皆須對仗的「律對」了。或許我們可以承認，這是詩人們爲求在對仗形式上的變化，而創造出此一方法。不過，從近體詩格律的觀點而言，此種對仗形式是片面針對字義而忽略聲音的對仗，並進而容易造成我們對於近體聲律觀的誤解，以爲亦可如此運用至聲律論之中。這是相當值得我們注意的地方。

　　另外，「隔句對」又是對仗中的一種，在《詩法入門》中亦有「扇對格」，則是分開在「隔句詩體式」之外的部分，與「句中對」、「精巧對」、「交股對」等強調技巧的對仗方法列在一起。很顯然的，隔句作對，在清人的觀念中有兩種身分：一是在針對律詩作對仗位置分類時，它代表著一種不同位置對仗的律詩形式；若是純粹論對仗的方法時，它又成爲一種對仗的法則，這是非常特殊的。

　　李式第八格是完全無對仗聯的律詩。這種情形在前文已經討論過，沒有「對仗」的律詩，只要平仄合律、押韻符合要求，仍可視爲律詩。唯一欠缺的只有「律對」而已，把它看成是律詩對仗中的變體，是非常合理的。除前文所提李白〈夜泊牛渚懷古〉一詩外，另有孟浩然的〈洛下送奚三還楊州〉：

> 水國無邊際，舟行共使風。
> 羨君從此去，朝夕見鄉中。
> 余亦離家久，南歸恨不同。
> 音書若有問，江上會相逢。

> ｜｜－－｜　－－｜｜－
> ｜－－｜｜　－－｜｜－
> －｜－－｜　－－｜｜－
> －－｜｜－　－｜｜｜－

此詩平仄合律，押平聲東韻，全無對仗。試問不可以稱其爲律詩嗎？當然可以，而且從詩意來看，全詩渾然一體，拆開則語意未完，合讀則一氣通貫，這就是所謂的「流水對」法，詞不對而意對，是一種不拘繩墨、自成一格的對仗法，這是清人也有論到的對仗。所以全詩不對的律詩，只是在字面上不對仗，然而在意義上是一定有所對仗的，不能單從字面上判斷，而不承認其爲律詩。

　　清人詩話中，鮮少有像李氏將「對仗」與其在律詩中的位置作如此具整體性的歸納，而李氏的九格也已能含賅對仗在律詩中出現位置的所有情形。不過，在我們討論的過程中，也發現了清人這一部分對仗論，似乎並不注重聲音的對仗。就李氏八格而言，全部都是以字面意義的對仗作爲標準，絲毫沒有提到任何平仄譜，甚至聲音的關係，完全把聲音屏除在外。連「扇對」（即「隔句對」），這種在聲音上根本無法對偶的對仗方式，也能成爲律詩對仗中的一體，顯然是沒有看到律詩用韻上，單句押仄聲韻，雙句押平聲韻的格式（首句入韻則第一句押平聲韻），只是就意義上來論對仗而已。

二、清人論對仗的種類

　　除了將律詩對仗作分類之外，清人提到對仗時，則是以方法論爲主。游藝的《詩法入門》中就有記載如下：

詩有六對

一曰正名，天地日月是也。

二曰同類，花葉草芽是也。

三曰連珠，蕭蕭赫赫是也。

四曰雙聲，黃槐綠檟是也。

五曰疊韻，彷徨放曠是也。

六曰雙凝，春樹秋池是也。

又有：

詩對十三法

實字對　　虛字對　　奇健對　　錯綜對　　連珠對

　　人物對　　鳥獸對　　花木對　　數目對　　巧變對

　　流水對　　情景對　　懷古對

另外，零散提及的還有「扇對格」、「句中對」、「精巧對」、「交股對」、「借韻對」、「就句對」、「不對之對」、「不對處對」等若干條目。〔註28〕「六對」之名其實是唐上官儀的說法，後面的「十三法」可能是作者整理的一些清人對仗名目，加上散論的各種對仗，竟已堪稱清人論對仗最多的資料。因爲一般清代詩話中所論及的對仗，往往是比較零散，吉光片羽，偶一見之的，無法令讀者對於「對仗」這個近體詩中相當講究的部分，有整體而清晰的了解。因此，本文就以此作爲目的，將清人所談論的對仗一一解讀，並予以歸類，以期能建構出對仗論的基本結構。

（一）正名對

　　正名對，又稱正對、的對，是近體詩中最爲普遍運用的對仗形式。正名對以工整貼切爲上，一般的形式以實字對實字、虛字對虛字、名詞對名詞、動詞對動詞、數字對數字，以此類推。所以，前面提到的十三法中的「實字對」、「虛字對」、「人物對」、「鳥獸對」、「花木對」、「數目對」等，事實上都屬於正名對。如「釀成十日酒，味敵五雲漿」（劉禹錫、和令狐相公謝太原李侍中寄蒲桃），以「十」對「五」，皆爲數字，以「酒」對「漿」，爲實字對；如「所向無空闊，眞堪托死生」（杜甫、房兵曹胡馬詩），以「所向」對「眞堪」，以「空闊」對「死生」，都是抽象的概念，即所謂的虛字，故稱之爲虛字對；如「清新庾開府，俊逸鮑參軍」（杜甫、春日憶李白），以「開府」對「參軍」，皆爲官名，而「庾開府」指庾信，「鮑參軍」指鮑照，又爲人物對，又以「清新」對「俊逸」爲虛字對；如「餘滴下纖蕊，殘珠墮細枝」（元稹、賦得雨後花），以「蕊」對「枝」，都是花木名，故稱花木對；如「上山隨老鶴，接酒待殘鶯」（元稹、

〔註28〕以上各名目皆見於游藝《詩法入門》頁16、20至24，台灣、新文豐出版公司。

獨遊），以「鶴」對「鶯」，皆爲鳥名，故稱之爲鳥獸對。

（二）同類對

　　同類對，顧名思義，即是以同一種類的名詞作爲對仗。《詩韻集成》中附載的《詞林典腋》就是一本專門分類名詞的參考書〔註29〕，它將名詞分成天文、時令、地理、帝后、職官、政治、禮儀、音樂、人倫、人物、閨閣、形體、文事、武備、技藝、外教、珍寶、宮室、器用、服飾、飲食、菽粟、布帛、草木、花卉、果品、飛禽、走獸、鱗介、昆虫等三十門。每一門中又細分若干門類，如布帛門中有布帛總、布、葛、帛、絲羅、錦繡等六個門類。每個門類下列出可以形容此門類的若干詞彙，如地理門中的邊塞類裏，列有氈帳、曉角、煙障、雁塞、思啓、貂裘……鴉到難、據兩關、風月寒、銅柱界、嚴刁斗、小月障、玉門關等等詞彙，以便於作詩時參考之用。又有外編，包括抬頭對、顏色對、數目對、卦名對、干支對、姓名人名對、虛字對等七種對仗形式。以同一門中的分類相爲對即可稱爲同類對。如「海雲迷驛道，江月隱鄉樓」（李白寄淮南友人），以「雲」對「月」同屬天文門；前舉劉禹錫〈和令狐相公謝太原李侍中寄蒲桃〉中的「酒」、「漿」同屬飲食門；又如「寅年籬下多逢虎，亥日沙頭始賣魚」（白居易、得微之到官後詩），以「寅」對「亥」，皆爲干支名，故稱干支對。

　　事實上，把同類對與前面的正名對拿來比較，不難發現兩者在性質上是有所重疊的，雖然如此，仍可找到其不同之處。同類對主要以同一個門的詞性相對爲主，而正名對則是除了同類對之外，還包含不同門類的對仗。如「敏捷詩千首，飄零酒一杯」（杜甫、不見），「詩」屬文學門，「酒」屬飲食門，既非同一門類，更非屬同一門，然而因爲皆爲實字，故可以爲實字對，是正名對中的一種。白居易的〈感春〉

〔註29〕見清余照春亭《增廣詩韻集成》一書上欄即爲《詞林典腋》，台灣、大夏出版社。

「草青臨水地，頭白見花人」，「地」為地理門，「人」為人物門，從正名對的觀點考量，也可視為實字對。

在正名對以外，再劃分出同類對，似乎有點畫蛇添足。因為，正名對中已然包括同類對在內。討論到正名對的同時，一定也會提及同類的對仗，這是無庸置疑的。之所以會有如此分類，我們可以從分類標準的寬嚴兩個角度來看：從嚴的角度而論，將兩者區隔開，或許更能顯出其不同。同類對只允許同一門的對仗，不同門的對仗總不能不認為是對仗吧！於是就稱為異類對，至少是有所區分。然而，從引文中正名對「天地日月是也」來看，天、地分屬兩個門，從嚴的角度，這是正名對。但是，日、月同屬天文門，從嚴的角度來看，應該是異類對，怎麼會與同類對一起出現在正名對裏呢？這是非常說不過去的，既然從嚴分之，應該是兩類毫無瓜葛才是，現在反而畫不清了。如果從寬的立場而言，這樣的問題，就可以迎刃而解。正名對所強調的在於名詞對名詞、動詞對動詞、形容詞對形容詞、量詞對量詞等詞性上的相對，所以同類對可以放在裏面來談，不同類的天、地，詩、酒的異類對也可以在此談論。正因為如此，所以可知凡同類對者，皆屬正名對；凡異類對者，亦屬正名對，反之則不然。因為正名對所包含的不是只有同類相對而已，還有異類對，甚至其他的對仗形式。近人王力將對仗分為三類：一曰「工對」，二曰「鄰對」，三曰「寬對」。〔註30〕其「寬對」即與正名對相似，可以包含「工對」及「鄰對」，其「工對」即為同類對，而「鄰對」則亦可稱為「異類對」。此分類的確是比前人將正名對及同類對分開，卻又無法令人說出個所以然，來得清楚許多。

正名對與同類對、異類對，這些對仗都屬於普遍的對仗形式，只要一提到對仗，這是最直接令人聯想到的形式，也是最容易的對仗方法。故而將其歸為普遍對仗一類。

〔註30〕同註22，頁203。

（三）連珠對

連珠對，即是疊字對。如杜甫的〈江亭〉「寂寂春將晚，欣欣物自私」、劉兼〈春晝醉眠〉「處處落花春寂寂，時時中酒病厭厭」、「穿花峽蝶深深見，點水蜻蜓款款飛」（杜甫），「寂寂」對「欣欣」，「處處」對「時時」，「寂寂」對「厭厭」，「深深」對「款款」，皆以疊字為對。這種對仗形式，古詩十九首裏的〈青青河畔草〉最具代表，連用「青青」、「鬱鬱」、「盈盈」「皎皎」，「娥娥」，「纖纖」六組疊字，令人應接不暇，也產生無限聯想。

（四）雙聲疊韻對

雙聲對與疊韻對，是以聲音作為對仗的原則。清人周春《杜詩雙聲疊韻譜括略》云：

> 兩字同母，謂雙聲。若依等韻字母三十有六，取同紐者用之，絲毫不爽，此雙聲正格也。〔註31〕
>
> 兩字同韻，謂之疊韻。若就廣韻二百六部，或獨用，或通用，如今平水本，此為疊韻正格。倘字音逼近，則雖律詩不通，而古詩可通之韻，亦合疊韻之正也。〔註32〕

也就是說，雙聲即聲母相同、同紐者，疊韻即韻母相同、同韻者，而雙聲對，即一聯中雙聲詞對雙聲詞；疊韻對，則為疊韻詞對疊韻詞。除此之外，又有雙聲疊韻對，即雙聲詞對疊韻詞。茲例舉如下：

雙聲對

日臨公館靜，畫滿地圖雄。（杜甫、詠蜀道圖）

所向無空闊，真堪托死生。（杜甫、房兵曹胡馬詩）

鳥來鳥去山色裏，人歌人哭水聲中。（杜牧、題宣州開元寺水閣閣下宛溪夾溪居人）

萬乘親齋祭，千官喜豫遊。（王維）

疊韻對

〔註31〕清周春《杜詩雙聲疊韻譜括略》卷一，《叢書集成初編》本，頁5。
〔註32〕同註31。

蹉跎暮容色，悵望好林泉。(杜甫、重過何氏五首之五)

抖擻辭貧里，歸依宿化城。(王維)

玉樓巢翡翠，金殿鎖鴛鴦。(李白)

雙聲疊韻對

功蓋三分國，名成八陣圖。(杜甫、八陣圖)

山色幾時老，人心終日忙。(杜牧、旅情)

渺瀰江樹沒，合沓海潮連。(孟浩然)

（五）假　對

假對，又稱借對，以諧聲之字作爲對仗之用。《甚原詩說》云：

> 有借字音相對者，謂之假對。如「枸杞因吾有，雞栖
> 奈爾何」(杜甫)、「廚人具雞黍，稚子摘楊梅」(孟浩然)，
> 一借「枸」作「狗」，一借「楊」作「羊」。「根非生下土，
> 葉不墮秋風」、「五峰高不下，萬木幾經秋」，俱借「下」作
> 「夏」。「因遊樵子徑，得到葛洪家」、「捲簾黃葉落，印子規
> 啼」、「殘春紅藥在，終日子規啼」，以「紅」、「黃」對「子」，
> 皆假色也。「白首爲遷客，清山繞萬重」、「閒聽一夜雨，更
> 對柏巖僧」，以「遷」對「萬」，以「柏」對「一」，皆假數
> 也。〔註33〕

假借字音上的相同，來造成字面上的對偶，即可稱爲假對。如杜甫
的〈陪鄭廣文遊何將軍山林〉「野鶴清晨出，山精白日藏」，以「清」
代替「青」，與「白」相對；劉長卿〈江州重別薛六〉「寄身且喜滄
州近，顧影無如白髮何」，以「滄」代「蒼」，與「白」爲對。近人
王力又有借義爲對的借對〔註34〕，則更衍生以同字異義的特性來達
到對仗的效果。

從第三項的連珠對到第五項的假對，可以發現都是利用中國字聲
音上的特性，以達到對仗的目的。疊字爲對，或許另有刻意爲之的可

〔註33〕同註23，頁1575。
〔註34〕同註22，頁206。

能，然而雙聲對、疊韻對，乃至於雙聲疊韻對，在詩中隨處可見，皆順勢而成，未必都有意為之，特別將其歸為一法，似乎過泥。假對的形成，則是相當刻意的，並非自然可成。這一部分運用聲音來形成對偶的對仗又可歸為一類，與上面的正名對、同類對，只重視字面的對仗有所區隔。

（六）錯綜對

錯綜對，即是不同位置的相互對仗，是跳脫出原本對仗位置的平版，而更靈活運用對仗。可以分成兩種：一種是兩句交叉對仗，稱為交股對，又稱犄角對。如《甚原詩說》云：

> 有兩句中字法參差相對者，謂之犄角對。如「眾水會涪萬，瞿唐爭一門」（杜甫），「眾水」與「一門」對，「涪萬」與「瞿唐」對；「軸轤爭利涉，來往任風潮」（孟浩然），「軸轤」與「風朝」對，「利涉」與「來往」對是也。〔註35〕

這種以上句前半段對下句後半段、上句後半段對下句前半段的對仗，比起原本制式前對前、後對後、中間對中間的對仗法，來得有趣味許多。

第二種是顛倒作對，《藥欄詩話》稱此為「隔位對」〔註36〕，也就是一般常說的錯綜對。最著名的例子就是杜甫「香稻啄餘鸚鵡粒，碧梧棲老鳳凰枝」，按原意，此聯應該是「鸚鵡啄餘香稻粒，鳳凰棲老碧梧枝」，而杜甫顛倒為之，遂成古今名句。近人王力認為此種對仗「往往是遷就平仄」〔註37〕，而以李群玉「裙拖六幅湘江水，鬢聳巫山一段雲」、李商隱「於今腐草無螢火，終古垂楊有暮鴉」，作為討論。王氏之說，不無可取之處，然而，詩人作詩，不以聲害辭，不以辭害義。「螢火」一詞，原本就是指螢火蟲。李商隱不必為了要與下

〔註35〕同註33。
〔註36〕見《藥欄詩話》乙集，頁八。「……有隔位對者，『裙拖六幅湘江水，，鬢繞巫山一段雲』是也。」
〔註37〕同註22，頁218。

句的「暮鴉」對仗而用「火螢」，這是很容易理解的，何來遷就平仄
之說；李群玉「裙拖六幅湘江水」句，如果硬要與下句「鬢聳巫山一
段雲」對仗，而用「裙拖湘江六幅水」，雖然字面上形成了很工整的
對仗，但是「六幅水」一詞，以「幅」作爲水的量詞，卻不近常理，
以「裙拖六幅湘江水」的話，當然是來得合理通順的多。如果說有遷
就平仄，勉強還說得過去。但是，就以上舉杜詩之例「香稻啄餘鸚鵡
粒，碧梧棲老鳳凰枝」來看，則完全沒有與平仄相關的部分。因爲，
其平仄爲「平仄仄平平仄仄，仄平平仄仄平平」，若按原意的「鸚鵡
啄餘香稻粒，鳳凰棲老碧梧枝」，其平仄亦爲「平仄仄平平仄仄，仄
平平仄仄平平」，兩者平仄相同，總不能說這是遷就平仄而作的變化
吧！所以，顛倒作對，雖然往往考慮到平仄的配合，但是，其主要的
目的在造成對仗的變化，或者將詞彙顛倒，或者以倒裝句的形式，都
有可能，不見得所有的這種錯綜對都是遷就平仄而成的。

（七）當句對

　　當句對，就是一句之中自爲對仗，也稱句中對，就句對，巧變對。
李商隱有詩題爲〈當句有對〉：

　　　密邇平陽接上蘭，秦樓鴛瓦漢宮盤。
　　　池光不定花光亂，日氣初涵露氣乾。
　　　但覺遊蜂饒舞蝶，豈知孤鳳憶離鸞。
　　　三星自轉三山遠，紫府程遙碧落寬。

以「平陽」宮對「上蘭」觀、「秦樓」對「漢宮」、「池光」對「花光」、
「日氣」對「露氣」、「遊蜂」對「舞蝶」、「孤鳳」對「離鸞」、「三星」
對「三山」、「紫府」對「碧落」，全詩都是當句對。《詩法入門》裏又
有稱爲就句對者，引「白首丹心依紫禁，一麾五部淨三邊」，「白首」
對「丹心」、「一麾」對「五部」，又「白」、「丹」、「紫」爲顏色對，「一」、
「五」「三」爲數目對，造成雙重的當句對。

　　從形式上而言，當句對可以說是縮小的對仗。因爲，一般論對仗
都是以兩句一聯爲單位，而當句對卻是以本句爲主，不再以兩句的結

構形成對仗。如上舉之例,「白首」當然無法與「一麾」成對。

(八)隔句對

　　隔句對,在上一個部分論律詩之對仗體中,已有論及,故不贅述。不過就對仗的形式而論,隔句對正與前面的當句對相反。如果,我們把當句對視爲縮小的對仗,那麼隔句對就可稱之爲擴大的對仗,因其將原本以一聯爲單位的對仗,擴大成以兩聯爲主的對仗(即一三句相對,二四句相對)。

　　從第六項的錯綜對到第八項的隔句對,皆是改變對仗的位置來達到對仗的目的。錯綜對,以交錯對仗,或顛倒對仗而成;當句對與隔句對,則一爲縮小的對仗,一爲擴大的對仗。都是由一個固定的對仗形式變化而成,或是交叉的對仗,或是顛倒的對仗,或是縮小爲一句之中的自相爲對,或是擴大成兩聯的前後對仗,其性質是相同的。這一類型的對仗,是由前面第一類的正名對同類對的形式變化而成,雖不遵守原本的對仗形態,卻也不失爲一種變化,可稱爲變化的對仗。

(九)流水對

　　流水對,即在應爲對仗之中二聯(即領聯、頸聯)表面上沒有對仗,然而上、下句詞意相貫,語意相屬,雖不見對仗之跡,然有對偶之趣。如孟浩然〈晚泊潯陽望廬山〉:

> 挂席幾千里,名山都未逢。
> 泊舟潯陽郭,始見香爐峰。
> 常讀遠公傳,永懷塵外蹤。
> 東林精舍在,日暮空聞鐘。

全詩無一聯對偶,而氣勢連貫,一脈相承,「泊舟潯陽郭,始見香爐峰。」及「常讀遠公傳,永懷塵外蹤。」兩聯亦上下句合成一義,分讀則不見其義,與李白〈夜泊牛渚懷古〉一詩相同。《峴傭說詩》亦有云:

> 五言律有中二語不對者,如「倚仗柴門外,臨風聽暮蟬」是也;有全首不對者,如「掛席幾千里」「牛渚西江夜」

　　是也。須一氣揮灑，妙極自然。初學人當講究對仗，不能臻

　　此化境。〔註38〕

這種從字面上看似不對仗，卻要在兩句合讀時，甚至遍讀全詩之後，才能發覺其用心的對仗，的確非達「化境」，不能成之。如杜甫〈月夜〉「遙憐小兒女，未解憶長安」、〈對雨〉「不愁巴道路，恐濕漢旌旗」、〈江月〉「天邊長作客，老去一沾巾」等，非兩句合讀，不能得其意。

　　流水對與前述八項對仗有很大的不同，一般的對仗都是兩兩為對，或有假借聲音的對仗，或有變化位置的對仗，都能從字面上找到對仗的痕跡；流水對則須一氣而下，或兩句一聯，或通詩全篇，一以貫之，才能得其中眞意，雖不對仗，卻已與對仗暗合，故在此稱之爲不對之對。凡是流水對，必定出現在頷頸二聯。

　　綜合以上對仗種類，我們大略可以將這些對仗分成四大類型：第一大類，即是第一項正名對與第二項同類對，它們是最爲普遍的對仗，也是初學者的入門法則；第二大類是假借聲音的相同以達到對仗的目的，或以疊字，或以雙聲，或以疊韻，或者借用其音來達到對仗的效果都屬此類，上述第三項連珠對，第四項雙聲對、疊韻對、雙聲疊韻對以及第五項假對，皆爲此類；第三大類則是變化對仗，也就是改變對仗的位置，以跳脫出一般制式的對仗方法，突顯對仗的趣味與靈活。第六項錯綜對、第七項當句對、第八項隔句對都屬此類；第四大類則是最後論及的流水對。此種對無法從字面上尋求，必須聯合兩句，或全詩，從其意來玩味，才可領悟。因此，稱此類對仗爲不對之對。以上四大對仗類型，足以將所有對仗形式包含其中，應能讓我們對於對仗的方法有一具體而全面的了解與掌握。

第四節　清人對仗論的檢討

　　從第三節對清人對仗論所作的討論以及本文附錄所整理的資

〔註38〕清施補華《峴傭說詩》，《清詩話》本，頁 974。

料，我們發現清人的對仗只是從表面上的字義來論之，或以對仗在律詩中出現位置分類，或是純粹就對仗論對仗，都是強調從字面上求得對仗，根本忽略了聲音上平仄相對的原則。當講究字面對仗的要求強過講究聲律對仗的要求時，這樣的論述，造成後人只知近體詩強調字面義的對仗，卻極少知道其在聲音上也須要有所對仗的觀念，因而產生對仗是否屬於詩歌格律的疑惑，也就不足爲怪了。

經過本章的討論之後，可知對仗在中國古典詩歌裏，尤其在近體詩中，是缺少不了的要件之一。律詩中第二、三聯的對仗，是在兼顧聲對與意對的情況下的一般原則，雖然偶有全篇不對仗的作品出現，只能算是變體，不足爲例，所以不會因此動搖對仗在近體詩中的地位。而且，這些全篇不對仗的作品，都能在不對仗的形式中，透顯出其對偶之趣，當然也有其對法，只是隱而未現罷了。如果只是單純從表面上來論對仗的話，不僅忽略了聲音上對仗的情形，也會把原本多面相的對仗推向死胡同裏去了。

第五章 結 論

　　透過將清代詩話中對於聲律、韻律以及對仗等有關格律論述的檢索、分類整理、討論之後，我們可以將清人格律觀念的看法歸納成以下幾點：

　　1. 就聲律論而言，清人古、近體詩聲律論，大致上與今人的觀念沒有太大出入。對於近體詩，主要著重於平仄譜及拗救的討論，這與今人相同，而對於古體詩，清人則是以不出現「律聯」及使用「三平腳」做為古體詩主要的聲調結構。

　　2. 從韻律論來說，清人對於古、近體的用韻顯然比今人所談論的還要廣泛，就近體而言，清人「一韻到底」的定義，不似今人只以韻書中一個韻部為主，對於近體用韻的通韻也有所提及，並有所謂「進退韻」、「轆轤韻」、「葫蘆韻」等在通韻觀念下出現的變化用韻，這些都是今人所不論的；就古體而論，清人於古體用韻標準雖然無一定論，然其試圖將古韻作一個如近體詩用韻標準一樣分類的努力，這是可以肯定的。尤其在論古體用韻的方法上，清人所提到的幾個通則，如在換韻距離上的以「四句一換」為正格、轉韻以平仄韻遞用為主、換韻首句的入韻以及促韻詩體等，都應是今人論古體用韻方法的先聲。

　　3. 就對仗論而言，清人所論對仗只著重於字義上的對偶，這是清人對仗論最大的缺憾。因為，如果單從字面上來論對仗，並無法據

此清楚地分辨古詩對仗為何，近體詩對仗為何。古、近體詩最大的不同，就是在於聲音上的講究。近體詩的格律主要就是從聲音來談，古體詩就比較不重視這點，在談論到古、近體詩對仗時，若是將聲音成份的考量捨去，那麼充其量我們也只能就對仗論對仗，無法真正突顯對仗在詩歌格律中所扮演的角色。如果加入聲音上的對仗，那麼將既講究字義又講究聲音對仗的「律對」拿來論近體對仗，而以只講求字義對仗的「古對」來論古體，應該是比清人一概從字義上的就對仗論對仗來得清楚多了，而且也能從此看出對仗在格律中所扮演的角色，並非如現在一般人只從修辭學的觀點來論之，而與聲律、韻律一樣是詩歌格律中不可或缺的一環。

4. 總的而言，清人格律論，在近體詩方面是以「緊中帶鬆」作為原則。在聲律上，嚴守平仄譜的規範下，亦有拗救的彈性；在韻律上，「一韻到底」的定義亦有廣、狹二義。從廣義可以得到近體詩通韻以及變化用韻諸格；在對仗上，雖然強調中二聯的對仗為正格，然亦承認其它各聯對仗的使用，甚至全詩字義上完全不對的作品，亦可從某種角度，如流水對的觀點，認為亦屬近體詩對仗之一。這些看法都是在既有的嚴格規定之下，又有一個空間讓這些制式的要求得以適度解放。在古體詩而言，則可以「寬中帶嚴」作為其註腳。古體詩是相對於近體而言，然而並非完全毫無方法可循，清人即在聲律上以不出現「律聯」及使用「三平腳」的句式來與近體詩聲律有所區別；在韻律上，雖然古詩可以有較自由的用韻方式，清人亦極其所能的提出諸如：「四句一換」、「平仄韻遞用」、「換韻首句入韻」、「促韻詩體」等方法，希望在沒有規律下得到某些程度的規律以便於其談論古體的韻律。

5. 從理論的傳承來說，無論是在聲律、韻律或是對仗等方面，清人格律論實際上即為今人格律論所本。雖然今人的格律論，是從對唐人實際作品的整理歸納而來，但是我們可以清楚的證明：今人格律論的觀點在清人的格律論述下皆已然包括在內，甚至今人所不論，所不以為論者，清人亦皆有論及，顯然清人對於詩歌的格律亦有相當的

探論。清人、今人對於格律的看法，今人格律論在聲律、韻律、對仗上皆採從嚴的立場，清人則是從寬的立場來論詩歌格律。

　　任何一種理論都不是憑空而來的，中國古典詩歌的格律論亦然。本文從清代詩話中將清人對詩歌格律的看法作了相當程度的重現，除了可爲專以實際作品爲對象的今人格律論找到一個理論上的依據之外，並且也能讓我們對於清代格律論有一清楚明確的了解，同時也對整個詩歌格律有進一步的掌握。

參考書目舉要

清代詩話目錄詳見於附錄一，在此不擬贅列。

一、古籍部分

1. 《宋書》，梁沈約，台灣：鼎文書局。
2. 《文心雕龍》，梁劉勰著，周振甫注，台灣：里仁書局。
3. 《南史》，唐李延壽，台灣：鼎文書局。
4. 《先秦漢魏南北朝詩》，逯欽立輯校，台灣：木鐸出版社。
5. 《白氏長慶集》，唐白居易，上海商務印書館《四部叢刊初編》。
6. 《元氏長慶集》，唐元稹，上海商務印書館《四部叢刊初編》。
7. 《張說之文集》，唐張說，上海商務印書館《四部叢刊初編》。
8. 《權載之文集》，唐權德輿，上海商務印書館《四部叢刊初編》。
9. 《朱文公校昌黎集》，唐韓愈，上海商務印書館《四部叢刊初編》。
10. 《浣花集》，唐韋莊，上海商務印書館《四部叢刊初編》。
11. 《全唐詩》，清聖祖御製，大陸：上海古籍出版社。
12. 《唐詩三百首詳析》，喻守眞編，台灣：中華書局。
13. 《文鏡祕府論》，（日）弘法大師撰、王利器校注，台灣：貫雅文化事業有限公司。
14. 《文苑英華》，宋李昉等奉敕編，台灣：大化書局。
15. 《滄浪詩話》，宋嚴羽，《歷代詩話》本（清何文煥輯），大陸：中華書局。
16. 《詩人玉屑》，宋魏慶之，台灣：商務印書館。

17. 《校正宋本廣韻》，宋陳彭年等重修，台灣：藝文印書館。

18. 《唐詩品彙》，明高，編選，大陸：上海古籍出版社。

19. 《唐音癸籤》，明胡震亨，台灣：木鐸出版社。

20. 《賦話》，清李調元，台灣：廣文書局。

21. 《四六叢話》，清孫梅，大陸：上海商務印書館。

22. 《陔餘叢考》，清趙翼，台灣：新文豐出版公司。

23. 《增廣詩韻集成》，清余照春亭，台灣：大夏書局。

二、今人著作

專　著

1. 《詩話概說》，劉德重、張寅彭著，台灣：學海出版社。

2. 《中國詩話史》，蔡鎮楚著，大陸：湖南文藝出版社。

3. 《百種詩話類編》，臺靜農編，台灣：藝文印書館。

4. 《清代詩話研究》，張健著，台灣：五南圖書出版公司。

5. 《漢語詩律學》，王力著，大陸：山東教育出版社。

6. 《古詩論、律詩論》，洪為法著，台灣：經氏出版社。

7. 《絕句論》，洪為法著，台灣：商務印書館。

8. 《詩文聲律論稿》，啟功著，台灣：明文書局。

9. 《中國詩的神韻格調及性靈說》，郭紹虞著，台灣：華正書局。

10. 《詩賦詞曲概論》，丘瓊蓀著，台灣：中華書局。

11. 《近體詩發凡》，張夢機著，台灣：中華書局。

12. 《清代詩學初探》（修訂本），吳宏一著，台灣：學生書局。

13. 《詩法概述》，張思緒著，大陸：上海古籍出版社。

14. 《中國詩學縱橫論》，黃維樑著，台灣：洪範書局。

15. 《詩詞曲格律淺說》，呂正惠著，台灣：大安出版社。

16. 《詩詞曲格律與欣賞》，藍少成、陳振寰主編，大陸：廣西師範大學出版社。

17. 《律詩研究》，簡明勇著，台灣：文史哲出版社。

18. 《詩法舉隅》，林東海著，大陸：上海文藝出版社。

19. 《唐詩學引論》，陳伯海著，大陸：東方出版中心。

20. 《讀詩常識》，吳丈蜀著，大陸：上海古籍出版社。

21. 《中國詩學通論》，袁行霈、孟二冬、丁放著，大陸：安徽教育出版社。

22. 《中國當代詩學論》，張孝評著，大陸：西北大學出版社。

23. 《中國詩體流變》，程毅中著，大陸：中華書局。

24. 《中國古典詩歌叢話》，陳詳耀著，台灣：華正書局。

25. 《唐詩論評類編》，陳伯海主編，大陸：山東教育出版社。

26. 《詩論類舉識要》，轟健軍著，大陸：山東文藝出版社。

27. 《古典詩論集要》，屈興國、羅仲鼎、周維德選注，大陸：齊魯書社。

28. 《照隅室古典文學論集》，郭紹虞著，台灣：丹青圖書有限公司。

29. 《漢賦源流與價值之商榷》，簡宗梧著，台灣：文史哲出版社。

30. 《辭賦流變史》，李曰剛著，台灣：文津出版社。

期刊論文

1. 〈中國詩的節奏與聲韻分析〉，朱光潛，《詩論》，萬卷樓圖書公司。

2. 〈中國詩何以走上「律」的路〉，朱光潛，《詩論》，萬卷樓圖書公司。

3. 〈唐代近體詩用韻通轉現象之探討〉，耿志堅，《中華學苑》29 期，73.06。

4. 〈初唐詩人用韻考，耿志堅〉，《語文教育研究集刊》6 期，76.06。

5. 〈唐代大曆前後詩人用韻考〉，耿志堅，《復興崗學報》41 期，78.06。

6. 〈唐代貞元前後詩人用韻考〉，耿志堅，《復興崗學報》42 期，78.12。

7. 〈唐代元和前後詩人用韻考〉，耿志堅，《彰化師範大學學報》1 期，79.06。

8. 〈晚唐及唐末五代近體詩用韻考〉，耿志堅，《彰化師範大學學報》2 期，80.06。

9. 〈全金詩（近體詩部份）用韻考〉，耿志堅，《彰化師範大學學報》4 期，82.06。

10. 〈「律詩」試釋〉，李立信，《六朝隋唐文學研討會論文集》，台灣國立中正大學中文系。

11. 〈論近體律絕「犯孤平」說〉，李立信，《古典文學》第五集，學生書局。

12. 〈從詩歌發展史立場看「絕」截「律」半說〉，李立信，《古典文學》第九集，學生書局。

13. 〈論六朝詩的賦化〉，李立信，《第三屆中國詩學會議論文集》，台灣彰化師範大學中文系。

學位論文

1. 《唐代近體詩用韻研究》，耿志堅撰，國立政治大學中國文學研究所，1983.12。

2. 《初盛唐五言近體詩聲律研究》，涂淑敏撰，東海大學中國文學研究所碩士論文，1992.12。

3. 《五言近體格律形成研究》，林繼柏撰，東海大學中國文學研究所碩士論文，1994.4。

4. 《南北朝至初唐五言律詩格律形成研究》，向麗頻撰，國立中山大學中國文學系，1995.6。

附錄一：清代詩話檢索書目

本書目依首字筆畫遞增排序。

1. 《一瓢詩話》，薛雪，《清詩話》本，台灣：木鐸出版社。
2. 《七言詩三昧舉隅》，翁方綱，《清詩話》本，台灣：木鐸出版社。
3. 《七言詩平仄舉隅》，翁方綱，《清詩話》本，台灣：木鐸出版社。
4. 《十二石山齋詩話》，梁九圖，《清詩話訪佚初編》本，台灣：新文豐出版公司。
5. 《十朝詩乘》，郭則沄，台灣：國家圖書館。
6. 《三家詩話》，尚鎔，《清詩話續編》本，台灣：藝文印書館。
7. 《小石帆亭著錄》，翁方鋼，《叢書集成初編》本，台灣：新文豐出版公司。
8. 《小倉山房續詩品》，袁枚，《清詩話》本，台灣：木鐸出版社。
9. 《小清華園詩談》，王壽昌，《清詩話續編》本，台灣：藝文印書館。
10. 《小瀓草堂雜論詩》，牟愿相，《清詩話續編》本，台灣：藝文印書館。
11. 《山靜居詩話》，方薰，《清詩話》本，台灣：木鐸出版社。
12. 《山薑詩話》，田雯，《清詩話續編》本，台灣：藝文印書館。
13. 《不敢居詩話》，撰人未詳，台灣：廣文書局。
14. 《五代詩話》，王士禎，台灣：廣文書局。
15. 《五言詩平仄舉隅》，翁方綱，《清詩話》本，台灣：木鐸出版社。
16. 《月山詩話》，恒仁，《叢書集成初編》本，台灣：新文豐出版公司
17. 《王文簡公古詩平仄論》，王士禎，《清詩話》本，台灣：木鐸出版社。

18. 《北江詩話》，洪亮吉，《清詩話》本，北京：人民文學出版社。

19. 《古今詩話探奇》，蔣鳴珂，台灣：廣文書局。

20. 《古今詩話選雋》，盧衍仁，台灣：國家圖書館。

21. 《古今詩塵》，方起英輯，張希杰增訂，台灣：廣文書局。

22. 《本事詩》，徐釚，《清詩話訪佚初編》本，台灣：新文豐出版公司。

23. 《本朝名家詩鈔小傳》，鄭方坤，《叢書集成續編》本，台灣：新文豐出版公司。

24. 《玉溪生詩說》，紀昀，《叢書集成續編》本，台灣：新文豐出版公司。

25. 《白石道人詩詞評論》，許增，《叢書集成初編》本，台灣：新文豐出版公司。

26. 《白華山人詩說》，厲志，《清詩話續編》本，台灣：藝文印書館。

27. 《石洲詩話》，翁方綱，《清詩話續編》本，台灣：藝文印書館。

28. 《石舫溪詩話》，吳嵩梁，《清詩話訪佚初編》本，台灣：新文豐出版公司。

29. 《石園詩話》，余成教，《清詩話續編》本，台灣：藝文印書館。

30. 《石遺室詩話》，陳衍，台灣：廣文書局。

31. 《全浙詩話》，陶元藻，台灣：廣文書局。

32. 《全浙詩話刊誤》，張道，《叢書集成續編》本，台灣：新文豐出版公司。

33. 《朱大令輯抄詩評》，朱育泉，台灣：國家圖書館。

34. 《江西詩社宗派圖錄》，張宗泰，《清詩話》本，台灣：木鐸出版社。

35. 《竹林答問》，陳儀，《清詩話續編》本，台灣：藝文印書館。

36. 《老生常談》，延君壽，《清詩話續編》本，台灣：藝文印書館。

37. 《而庵詩話》，徐增，《清詩話》本，台灣：木鐸出版社。

38. 《西江詩話》，裘君弘，台灣：廣文書局。

39. 《西河詩話》，毛奇齡，《叢書集成續編》本，台灣：新文豐出版公司。

40. 《西圃詩說》，田同之，《清詩話續編》本，台灣：藝文印書館。

41. 《西崑發微》，吳喬，台灣：廣文書局。

42. 《吳興詩話》，戴璐，《叢書集成續編》本，台灣：新文豐出版公司。

43. 《杜律詩話》，陳廷敬，《清詩話訪佚初編》本，台灣：新文豐出版公司。

44. 《杜詩雙聲疊韻譜括略》，周春，《叢書集成初編》本，台灣：新文豐出版公司。

45. 《兩當軒詩評》，黃景仁，《叢書集成續編》本，台灣：新文豐出版公司。

46. 《定香亭筆談》，阮元，《叢書集成初編》本，台灣：新文豐出版公司。

47. 《抱真堂詩話》，宋征璧，《清詩話續編》本，台灣：藝文印書館。

48. 《明人詩品》，杜蔭棠，《叢書集成續編》本，台灣：新文豐出版公司。

49. 《東泉詩話》，馬星翼，《清詩話訪佚初編》本，台灣：新文豐出版公司。

50. 《雨村詩話》，李調元，台灣：廣文書局。

51. 《青樓詩話》，雷瑨，台灣：廣文書局。

52. 《南浦詩話》，梁章鉅，台灣：廣文書局。

53. 《律詩四辨》，李光地，《榕村全書》本，台灣：力行書局。

54. 《律詩定體》，王士禎，《清詩話》本，台灣：木鐸出版社。

55. 《拜經樓詩話》，吳騫，《清詩話》本，台灣：木鐸出版社。

56. 《春秋詩話》，勞孝輿，台灣：廣文書局。

57. 《春草堂詩話》，謝堃，《清詩話訪佚初編》本，台灣：新文豐出版公司。

58. 《春酒堂詩話》，周容，《清詩話續編》本，台灣：藝文印書館。

59. 《春雪亭詩話》，徐熊飛，《叢書集成續編》本，台灣：新文豐出版公司。

60. 《昭昧詹言》，方東樹，台灣：廣文書局。

61. 《柳亭詩話》，宋長白，台灣：廣文書局。

62. 《眉韻樓詩話》，孫雄，《國學萃編》本，台灣：文海出版社。

63. 《秋星閣詩話》，李沂，《清詩話》本，台灣：木鐸出版社。

64. 《秋窗隨筆》，馬位，《清詩話》本，台灣：木鐸出版社。

65. 《貞一齋詩說》，李重華，《清詩話》本，台灣：木鐸出版社。

66. 《重訂全唐詩話》，尤袤輯，孫濤續輯，《清詩話》本，台灣：木鐸出版社。

67. 《修竹廬談詩問答》，徐熊飛，《詩問四種》本，齊魯書社。

68. 《原詩》，葉燮，《清詩話》本，台灣：木鐸出版社。

69. 《唐音審體》，錢良擇，《清詩話》本，台灣：木鐸出版社。

70. 《唐詩韻匯譜》，施端教，台灣：廣文書局。

71. 《射鷹樓詩話》，林昌彝，上海古籍出版社。

72. 《峴傭說詩》，施補華，《清詩話》本，台灣：木鐸出版社。

73. 《消寒詩話》，秦朝釪，《清詩話》本，台灣：木鐸出版社。

74. 《涇川詩話》，趙知希，《叢書集成初編》本，台灣：新文豐出版公司。

75. 《浴泉詩話》，于春霶，台灣：廣文書局。

76. 《眠雲舸詩話》，平歲青，《清詩話訪佚初編》本，台灣：新文豐出版公司。

77. 《茗香詩論》，宋大樽，《清詩話》本，台灣：木鐸出版社。

78. 《退庵隨筆》，梁章鉅，《清詩話續編》本，台灣：藝文印書館。

79. 《逃禪詩話》，吳喬，台灣：廣文書局。

80. 《酌雅詩話》，陳偉勛，《叢書集成續編》本，台灣：新文豐出版公司。

81. 《匏廬詩話》，沈濤，《清詩話訪佚初編》本，台灣：新文豐出版公司。

82. 《問花樓詩話》，陸鎣，《清詩話續編》本，台灣：藝文印書館。

83. 《國朝詩話》，楊際昌，《清詩話續編》本，台灣：藝文印書館。

84. 《帶經堂詩話》，王士禎撰，張宗，輯，台灣：廣文書局。

85. 《得樹樓雜鈔》，查慎行，《叢書集成續編》本，台灣：新文豐出版公司。

86. 《梧門詩話》，法式善，台灣：廣文書局。

87. 《梅村詩話》，吳偉業，《清詩話》本，台灣：木鐸出版社。

88. 《梅崖詩話》，郭兆麟，《叢書集成續編》本，台灣：新文豐出版公司。

89. 《瓶水齋詩話》，舒位，《清詩話訪佚初編》本，台灣：新文豐出版公司。

90. 《野鴻詩的》，黃子雲，《清詩話》本，台灣：木鐸出版社。

91. 《陰常侍詩話》，張樹，台灣：新文豐出版公司。

92. 《雪橋詩話》，楊鍾曦，《叢書集成續編》本，台灣：新文豐出版公司。

93. 《魚計軒詩話》，計發，《叢書集成續編》本，台灣：新文豐出版公

司。

94. 《圍爐詩話》，吳喬，《清詩話續編》本，台灣：藝文印書館。

95. 《寒廳詩話》，顧嗣立，《清詩話》本，台灣：木鐸出版社。

96. 《湘綺樓說詩》，王闓運，台灣：廣文出版社。

97. 《然脂餘韻》，王蘊章，《清詩話訪佚初編》本，台灣：新文豐出版公司。

98. 《然燈紀聞》，王士禎授，何世，述，《清詩話》本，台灣：木鐸出版社。

99. 《答万季野詩問》，吳喬，《清詩話》本，台灣：木鐸出版社。

100. 《答郎梅溪詩問》，王士禎，《清詩話》本，台灣：木鐸出版社。

101. 《答劉大勤詩問》，王士禎，《清詩話》本，台灣：木鐸出版社。

102. 《越縵堂詩話》，李慈銘，《清詩話訪佚初編》本，台灣：新文豐出版公司。

103. 《鈍吟雜錄》，馮班，《清詩話》本，台灣：木鐸出版社。

104. 《雁山詩話》，梁章鉅，《清詩話訪佚初編》本，台灣：新文豐出版公司。

105. 《媕雅堂詩話》，趙文哲，《叢書集成續編》本，台灣：新文豐出版公司。

106. 《榆溪詩話》，徐世溥，《叢書集成初編》本，台灣：新文豐出版公司。

107. 《試律叢話》，梁章鉅，台灣：廣文書局。

108. 《詩法入門》，游藝，台灣：廣文書局。

109. 《詩法易簡錄》，李瑛，台灣：蘭臺書局。

110. 《詩法萃編》，許印芳，《叢書集成續編》本，台灣：新文豐出版公司。

111. 《詩筏》，吳大受，《叢書集成續編》本，台灣：新文豐出版公司。

112. 《詩筏》，賀貽孫，《清詩話續編》本，台灣：藝文印書館。

113. 《詩概》，劉熙載，《清詩話續編》本，台灣：藝文印書館。

114. 《詩義固說》，龐塏，《清詩話續編》本，台灣：藝文印書館。

115. 《詩學指南》，顧龍振，台灣：廣文書局。

116. 《詩學源流考》，魯九皋，《清詩話續編》本，台灣：藝文印書館。

117. 《詩學纂聞》，汪師韓，《清詩話》本，台灣：木鐸出版社。

118. 《詩辨坻》，毛先舒，《清詩話續編》本，台灣：藝文印書館。

119. 《詩譜詳說》，許印芳，《叢書集成續編》本，台灣：新文豐出版公司。

120. 《載酒園詩話》，賀裳，《清詩話續編》本，台灣：藝文印書館。

121. 《達觀堂詩話》，張晉本，台灣：廣文書局。

122. 《筱園詩話》，朱庭珍，《清詩話續編》本，台灣：藝文印書館。

123. 《葚原詩說》，冒春榮，《清詩話續編》本，台灣：藝文印書館。

124. 《夢餘詩話》，沈鐘，台灣：國家圖書館。

125. 《夢曉樓隨筆》，宋顧樂，《叢書集成續編》本，台灣：新文豐出版公司。

126. 《榕城詩話》，杭世駿，台灣：廣文書局。

127. 《漢詩說》，沈用濟、費錫璜輯，《清詩話》本，台灣：木鐸出版社。

128. 《漫堂說詩》，宋犖，《清詩話》本，台灣：木鐸出版社。

129. 《漁洋山人詩問》，王士禎，《叢書集成續編》本，台灣：新文豐出版公司。

130. 《漁洋詩話》，王士禎，《清詩話》本，台灣：木鐸出版社。

131. 《綠天香雪簃詩話》，瞿園居士〔袁祖光〕，《國學萃編》本，台灣：文海出版社。

132. 《蒲褐山房詩話》，王昶，台灣：廣文書局。

133. 《說詩菅蒯》，吳雷發，《清詩話》本，台灣：木鐸出版社。

134. 《說詩晬語》，沈德潛，《清詩話》本，台灣：木鐸出版社。

135. 《閨秀詩話》，苕溪生編，台灣：廣文書局。

136. 《閩川閨秀詩話》，梁章鉅，《叢書集成續編》本，台灣：新文豐出版公司。

137. 《劍溪說詩》，喬億，《清詩話續編》本，台灣：藝文印書館。

138. 《履園談詩》，錢泳，《清詩話》本，台灣：木鐸出版社。

139. 《廣陵詩事》，阮元，台灣：廣文書局。

140. 《廣聲調譜》，李汝襄，《清詩話訪佚初編》本，台灣：新文豐出版公司。

141. 《樂府本意》，樵風吟客，台灣：國家圖書館。

142. 《蓮坡詩話》，查為仁，《清詩話》本，台灣：木鐸出版社。

143. 《陰椿書屋詩話》，師範，《叢書集成續編》本，台灣：新文豐出版公司。

144. 《談龍錄》，趙執信，《清詩話》本，台灣：木鐸出版社。

145. 《輟鍛錄》，方世泰，《清詩話續編》本，台灣：藝文印書館。

146. 《養一齋詩話》，潘德輿，《清詩話續編》本，台灣：藝文印書館。

147. 《甌北詩話》，趙翼，台灣：廣文書局。

148. 《諧聲別部》（一題作《分類詩話》），王士禎撰，喻端士編，台灣：
     廣文書局。

149. 《遼詩話》，周春，《清詩話》本，台灣：木鐸出版社。

150. 《隨園詩話》，袁枚，台灣：廣文書局。

151. 《靜志居詩話》，朱彝尊撰，姚祖恩編，台灣：國家圖書館。

152. 《靜居緒言》，未詳，《清詩話續編》本，台灣：藝文印書館。

153. 《龍性堂詩話初集》，葉矯然，《清詩話續編》本，台灣：藝文印書
     館。

154. 《龍性堂詩話續集》，葉矯然，台灣：廣文書局。

155. 《聲調譜》，趙執信，《清詩話》本，台灣：木鐸出版社。

156. 《聲調譜拾遺》，翟翬，《清詩話》本，台灣：木鐸出版社。

157. 《聲調譜圖說》（又名《聲調四譜》），董文煥，台灣：廣文書局。

158. 《聲調譜說》，吳紹澯，《清詩話訪佚初編》本，台灣：新文豐出版
     公司。

159. 《聲韻叢說》，毛先舒，台灣：廣文書局。

160. 《薑齋詩話》，王夫之，《清詩話》本，台灣：木鐸出版社。

161. 《藝苑名言》，蔣瀾輯，台灣：廣文書局。

162. 《藥欄詩話》，嚴挺中，《叢書集成續編》本，台灣：新文豐出版公
     司。

163. 《蠖齋詩話》，施閏章，《清詩話》本，台灣：木鐸出版社。

164. 《鶡亭詩話》，屠紳，《叢書集成續編》本，台灣：新文豐出版公司。

165. 《續詩人徵略》，吳仲，《國學萃編》本，台灣：文海出版社。

166. 《蘭叢詩話》，方世舉，《清詩話續編》本，台灣：藝文印書館。

167. 《蠡莊詩話》，袁潔，台灣·廣文書局。

168. 《讀雪山房唐詩凡例》，管世銘，《清詩話續編》本，台灣：藝文印
     書館。

169. 《靈芬館詩話》，郭麐，《清詩話訪佚初編》本，台灣：新文豐出版
     公司。

170. 《絸齋詩談》，張謙宜，《清詩話續編》本，台灣：藝文印書館。

附錄二：清代詩話中格律論資料選編

　　本附錄為本文檢索之清代詩話中有關格律之論述，依本文章節分為三部份：一為聲律部份，二為韻律部份，三為對仗部份。其體例說明如下：

◎　《一瓢詩話》（P.679 第 8 條）作詩家數不必畫一，但求合律，便可造進。譬如作樂，八音迭奏，原各就其所發以成之，聖人聞之，三月忘味，何也？知其所以然，始可與言詩矣。觀周樂一篇，是作詩指南。進學解一篇，是作文宗旨。學者當於此體會。

1. 每則前標注「◎」符號，以示條目。

2. 書名在前，其後括號內之「P.xxx」，以附錄一中各書版本為主，或有加注「第 x 條」者，亦同一版本，唯其書中特有注出條目，因附加之者。

　　本附錄所依據的清代詩話範圍，以附錄一中所列之清代詩話為主。所以並不代表清代詩話論格律的全部，而且，其中亦應有不少疏漏之處，故名之為「選編」，在此亦作一說明。

一、聲　律

◎　《一瓢詩話》（P.679 第 8 條）作詩家數不必畫一，但求合律，便可造進。譬如作樂，八音迭奏，原各就其所發以成之，聖人聞之，三

月忘味，何也？知其所以然，始可與言詩矣。觀周樂一篇，是作詩指南。進學解一篇，是作文宗旨。學者當於此體會。

◎ 《一瓢詩話》（P.681 第 23 條）格律聲調，字法句法，固不可不講，而詩卻在字句之外。故三百篇及漢、魏古詩，後章與前章略換幾句幾字，又是一種詠歎丰神，令人吟繹不厭。後世徒於字句求之，非不工也，特無詩耳。

◎ 《一瓢詩話》（P.693 第 75 條）排比聲韻，較量屬對以爲工；誇繁鬥縟，綴錦鋪花以爲麗；驚哄喝喊，叫嘯怒罵以爲豪；枯澹無神，索寞無味以爲幽。坐此惡疾，終身不愈，永不能立李、杜之門，安望其能見李、杜以前哉？

◎ 《一瓢詩話》（P.707 第 175 條）一韻幾押，重字疊出，意複辭犯，失黏借起，雖古人亦往往有之。恐是失檢點處，吾人且避之。

◎ 《一瓢詩話》（P.708 第 177 條）四平頭、四實四虛、前後輕重、蜂腰鶴膝，詩中之麤病，極易犯而極不宜犯。

◎ 《小清華園詩談》（P.1896）唐人有詩雖佳而不免有病，初學不可不知者，如王勃春日還郊之後四句，盧照鄰春晚山莊之前四句，陳子昂晚次樂鄉縣之前解，駱賓王秋雁之中四句，張九齡三月三日申王園亭宴集之中二聯之類，皆失黏。唐初詩律未嚴，是以諸家之作，時有出入，雖非病而亦不得不以爲病。若徐安貞聞鄰家理箏之中二聯，高適送李寀少府之前解、夜別韋司士之中二聯，宋之問嵩山石淙侍宴之前解、王維積雨輞川之前解、送方尊師歸嵩山之後解、岑參九日使君席之前解、暮春虢州東亭之中二聯，盧綸酬崔侍御之前半、得耿司法書之前半，錢起贈闕下裴舍人之前四句，韋應物自鞏洛舟行入黃河之前解，司空曙長安曉望之後解之類，皆失黏，斯則眞所謂病也。又劉夢得「暮霞千萬狀，賓鴻次第飛」，及「酒對青山月，琴韻白蘋風」，皆不論平仄。王昌齡之「江上巍巍萬歲樓」，篇中四用疊字。如此之倫，皆白璧之瑕，明珠之纇也。

◎ 《小清華園詩談》（P.1897）至有全不拘律者，如王勃之「隴阪長無極，蒼山望不窮。石徑縈疑斷，回流映似空。花開綠野霧，鶯囀紫巖風。春芳勿遽盡，留賞故人同」（入秦川界），杜審言之「今年遊寓獨遊秦」（春日京中有懷），王維之「酌酒與君君自寬，人情反覆

似波瀾。白首相知猶按劍，朱門先達笑彈冠。草色全經細雨濕，花枝欲動春風寒。世事浮雲何足問，不如高臥且加餐」(酌酒與裴迪)，岑參之「嬌歌急管雜青絲，銀燭金杯映翠眉。使君地主能相送，河尹天明坐莫辭。春城月出人皆醉，野戍花深馬去遲。寄聲報爾山翁道：今日河陽勝昔時」(夜送嚴河南)，李白之「宛溪霜夜聽猿愁，去國常如不繫舟，獨憐一雁飛南海，卻羨雙溪解北流。高人屢解陳蕃榻，過客難登謝朓樓。此處別離同落葉，朝朝分散敬亭秋」(寄崔侍御)，杜甫之「青蛾皓齒在樓船，橫笛短簫悲遠天。春風自信牙檣動，遲日徐看錦纜牽。魚吹細浪搖歌扇，燕蹴飛花落舞筵。不有小舟能盪槳，百壺那送酒如泉」(城西陂泛舟)，如此之類，不勝枚舉。此體在五言中，謂之齊、梁體。唐初七言中亦有此體，然只可偶一為之，不可援以為例也。

◎　《小瀯草堂雜論詩》(P.917) 詩一厄於嬴秦偶語者棄市，再厄於趙宋習詩賦者杖一百，至追貶前代詩人陶淵明、李白、杜甫等官，然總不若沈休文四聲八病蠹詩入微。近有趙執信又著聲調譜，言古詩中有律調，更氣死人。唐韓昌黎於平韻古詩改作聱牙詰曲之調，蘇東坡和之，我用我法耳，趙執信遂以律人耶？

◎　《古今詩話選雋》(卷上頁 15) 六言格　六言詩要字字著寔，聲調鏗鏘，雖平仄不整無礙。二四字粘不失者，如劉長卿「晴川永路何極，落日孤舟解攜。鳥向平蕪遠近，人隨流水東西。白雲千里萬里，明月前溪後溪。惆悵長沙謫去，江潭芳草萋萋。」其不拘平仄者，如王維「桃紅復含宿雨，柳綠更帶朝煙。花落家童未掃，鳥啼山客猶眠。」大都雜體失粘不妨，止要理透。(蔡氏雜抄)

按：六言，如康伯可題松風亭詩云：「天涯芳草盡綠，路旁柳絮爭飛。啼鳥一聲春晚，落花滿地人歸。」又楊誠齋醉歸云：「月在荔枝梢上，人行荳蔻花間。但覺胸吞碧海，不知身落南蠻。」可云突過前人。

◎　《玉谿生詩說》(P.270 補錄葉一) 何以不取銀河吹笙也？曰：題小家氣，若仿製此題以為韻致，則下劣詩魔矣。中二聯平頭。附錄：悵望銀河吹玉笙，樓寒院冷接平明。重衾幽夢他年斷，別樹羈雌昨夜鳴。月榭故香因雨發，風簾殘燭隔霜清。不須浪作縋山意，湘瑟

秦簫自有情。

◎ 《玉谿生詩說》（P.270 補錄葉二）何以不取花下醉也？曰情致有餘，格律未足。附錄：尋芳不覺醉流霞，倚樹沈眠日已斜。客散酒醒深夜後，更持紅燭賞殘花。

◎ 《玉谿生詩說》（P.323 卷下葉四十八）問：「卷簾飛燕還拂水，開戶暗蟲猶打窗」二句，聲調如何？曰：「此與『求之流輩豈易得，行矣關山方獨吟。撫躬道直誠感激，在野無賢心自驚。』聲調相同。意以第五字平聲救之也。憶中州集中，如此句法，亦有二處。古人必有原本，非落調也，然亦不必效為之之。」

◎ 《玉谿生詩說》（P.326 卷下葉五十三）問中憲二句聲調？曰：此亦如七言之拗第六字，以下句三字平聲救之也。

◎ 《玉谿生說說》（P.301 卷下葉四）問：樂遊原首二句聲調？曰：上句五仄，下句第三字必平。此唐人定例也。

◎ 《石洲詩話》（P.1365）詩有可以不必分古今體者，如劉生、驄馬、芳樹、上之回等題，後人即以平仄黏聯之體為之，豈應別作律詩乎？在初唐人，則平仄又未盡黏聯者，尤可以不必分也。

◎ 《石洲詩話》（P.1376）漁洋以五平、五仄體，近於遊戲，此特指有心為之者言。若杜之「凌晨過驪山、御榻在嶔崟」，「憂端齊終南，澒洞不可掇」，「前登寒山重，屢得飲馬窟」，「鴟梟鳴黃桑，野鼠拱亂穴」、「清暉回群鷗，暝色帶遠客」，至于「山形藏堂皇，壁色立積鐵」，于五平五仄之中，出以疊韻，並屬天成，非關遊戲也。

◎ 《石洲詩話》（P.1386）韓君平「鳴磬夕陽盡，捲簾秋色來」，已漸開晚唐之調。蓋律體奇妙，已無可以爭勝前人，故不得不於一二平仄間小為變調，而骨力漸靡，則不可強為也。

◎ 《石洲詩話》（P.1396）晚唐人七律，只于聲調求變，而又實無可變，故不得不轉出三、五拗用之調。此亦是熟極求生之理，但苦其詞太淺俚耳。然大約出句拗第幾字，則對句亦拗第幾字，阮亭先生已言之。至方干「每見北辰思故園」，則單句三、五自拗。此又一格，蓋必在結句而後可耳。

◎ 《石洲詩話》（P.1409）東坡集中陽關詞三首：一贈張繼愿，一答李公擇，一中秋月。詩詩總龜謂「坡作彭城守時，過齊州李公擇，中

秋席上作絕句。其後山谷在黔南，以小秦王歌之。」初白補注云：
「按玉局文及風月堂詩話云：東坡中秋詩，紹聖元年自題其後：『予
十八年前中秋與子由觀月彭城時作。』此詩以陽關歌之，此段正與
詩合。其在李公擇席上所賦，即前篇答李公擇者是也。詩話總龜混
兩詩爲一時事，訛也。」據此，則三詩不必其一時所作，特以其調
皆陽關之聲耳。陽關之聲，今無可考。第就此三詩繹之，與右丞渭
城之作，若合符節。今錄於此以記之：

「渭城朝雨浥輕塵，客舍青青柳色新。勸君更盡一杯酒，西出陽關
　　無故人。」

「受降城下紫髯郎，戲馬臺前古戰場。恨君不前契丹首，金甲牙旗
　　歸故鄉。」右贈張繼愿

「濟南春好雲初晴，行到龍山馬足輕。使君莫忘霅溪女，時作陽關
　　腸斷聲。」右答李公擇

「暮雲收盡溢清寒，銀漢無聲轉玉盤。此生此度不長好，明月明年
　　何處看？」右中秋月

　　其法以首句平起，次句仄起，三句又平起，四句又仄起，而第
三句與四句之第五字，各以平仄互換。又第二句之第五字，第三句
之第七字，皆用上聲，譬如填詞一般。漁洋先生謂「絕句乃唐樂府」，
信不誣也。

◎ 《石洲詩話》（P.1431）拗律如杜公「城尖逕仄」一種，歷落蒼茫，
然亦自有天然鬥筍處，非如七古專以三平爲正調也。曾文清幾遊張
公洞一首，第二句及四六八句皆以三平煞尾，此昔所未見也，得毋
執而不知變耶？

◎ 《石洲詩話》（P.1476）醉時歌：「『相如』二句應刪。結似律，不甚
健。」按此卻是漁洋評，而實謬誤。「相如」、「子雲」一聯，在「高
歌」一聯下，以伸其氣，乃覺「高歌」二句倍有力也。此猶之謝玄
暉新亭渚別范雲詩「廣平」、「茂陵」一聯，必借用古事，以見兩人
心事之實跡也。漁洋乃於玄暉詩亦欲刪去「廣平」一聯，以爲超逸，
正與評杜詩此二句之應刪，其謬同也。愚嘗謂空同、滄溟以格調論
詩，而漁洋變其說曰神韻，神韻者，格調之別名耳。漁洋意中，蓋
純以脫化超逸爲主，而不知古作者各有實際，豈容一概相量乎？至

此篇末「生前相遇且銜盃」一句，必如此乃健，而何以反云「似律不健」耶？且此句並不似律，試合上一句讀之，若上句第二字仄起，而此收句「生前」「前」字平聲，則似乎與律相近也。今上句「不須」「須」字亦是平聲，而此收句第二字又用平聲，則正與律不相似矣。何以云「似律」乎？況即使上句第二字用仄起，此收句第二字用平，亦必古詩內有音節逼到不得不然，而後以似律之句結之，亦必不可云「結似律」也。況又上下句第二字皆平耶？先生獨不讀杜公人日寄高常侍之七言古詩乎：「鼓瑟至今悲帝子，曳裾何處覓王門。文章曹植波瀾闊，服食劉安德業尊。長笛誰能亂愁思，昭州詞翰與招魂。」此結段一連六句，平仄粘連，竟與律詩無別，而更覺其古也。漁洋先生乃必篇篇結句皆以下三字純用平聲為正調乎？○此篇結六句，「先生早賦歸去來」一句，既以第六字用仄矣，「儒術於我何有哉」句，又於第六字用仄，所以此下相間以二句之下三字皆平也。此二句下三字皆平，所以不能即結住者，一連二句之平仄平，與一連二句之平平平，正相齊押住，則其勢必不可即作結句矣。而此下結句，若又用三平之調，則又是直縱不收之音節矣。所以必用二四六相諧之調作一句結，乃可以結住也。此乃音節正變相乘一定之理，而漁洋轉以為「似律」，此誠何說哉？

◎ 《石洲詩話》（P.1511）迪功五集內，未嘗無造詣處。今讀迪功集，自必以其師古者為正矣。然如朱竹垞錄其效何遜之作云：「簾櫳秋未晚，花霧夕偏佳。暗牖通新燭，虛堂聞落釵。淅淅鳥驚樹，明明月墮懷。相思不可見，蘭生故繞階。」第四句竹垞作「響落釵」，然原本是「聞」字也。「聞」字實不可易，以音節言，對上句「通」字，似乎可仄。然此處用仄，則上四句純乎諧調矣，下四句之「淅淅」奚為而變仄？「蘭生」奚為而變平耶？惟其上四句之諧調，至第四句第三字忽以「聞」字變平咽住，所以後四句移宮換羽，及天然節拍耳。以詩理論……。漁洋先生最善講音節，不知曾見竹垞所錄迪功詩之本誤作「響」否？故又附說於此。

◎ 《竹林答問》（P.2237）問：律詩有仄仄平平、平平仄仄相間之例，古詩似可不拘。
雖不宜拘，但亦須略相間。嘗見宋、元人詩，有十餘句全用平入者，

音節便覺平靡。此亦一病，不可不知。若轉韻詩，尤不相宜。

◎ 《竹林答問》（P.2238）問：三平三仄之說何如？

三平三仄專爲七古而設，而一韻到底者爲尤嚴。第六字尚可通用，第五字斷不可移易。若第五字應平而仄，則以第六字救之，此聲調中第一關鍵也。若轉韻詩，又當視其體製，以成變化耳。

◎ 《竹林答問》（P.2238）問：古詩多家，其聲調有可宗有不可宗，何也？

古詩聲調亡於晚唐，至宋歐、蘇復之，南渡以後微矣，至金、元而亡，再復於明弘治、嘉靖間，至袁、徐、鍾、譚而又亡，本朝諸大家振起之。故欲知聲調之法，杜、韓其宗也，盛唐諸家其輔也，宋則歐、蘇、黃、陸而已。自「一三五不論，二四六分明」之瞽說起，村學究奉爲金科玉律，將并律詩之聲調而亡之，是深可恨也。

◎ 《竹林答問》（P.2239）問：昔人謂律詩每句之間，必平仄均勻，讀之始音節諧暢，有指示者與？

律詩貴鏗鏘抗墜，一片宮商，故非獨單句住腳字須三聲互換，即句首第一字亦不可全平全仄。又七律每句第三字亦不宜全平，以防調啞。少陵移居白帝五律，第三五句住腳皆入聲，而「別」、「說」又同九屑韻。將赴成都寄鄭公第二首，八句句頭字一平七仄。長沙送李十一，句首字八仄。要是失檢處，不可以出於杜，遂援爲例也。

◎ 《竹林答問》（P.2239）問：盛唐人別有一種古律，其音節何如？

盛唐人古律有兩種：其一純乎律而通體不對者，如太白「牛渚西江夜」，孟浩然「挂席東南望」是也。其一爲變律調而通體有對有不對者，如崔國輔「松雨時復滴」，岑參「昨日山有信」是也。雖古詩仍歸律體。故以古詩爲律，惟太白能之，岑、王其輔車也；以古文爲詩，惟昌黎能之，少陵其先路也。

◎ 《竹林答問》（P.2239）問：變體律詩與古詩，聲調同異安在？

變律聲調與古詩異，與尋常拗句亦異，法度亦大不相同，試取杜詩細參之便知。前人有誤以老杜變律編入古詩者矣。

◎ 《律詩四辨》（P.11309 卷一頁 5）首聯仄起，唱句末字不押韻。

正粘

仄仄平平仄第一字可平　平平仄仄平第一字忌仄

變粘第一格

仄仄仄仄仄　平平平仄平
仄仄仄仄仄　仄平平仄平
仄仄仄仄仄　平平仄仄平

右一格，唱句五字皆仄，而對句凡三變。首變疊用四平者，以救唱
句，使不至畸勝也；次變第三字用平，則以救本句首字之仄，非關
唱句矣。以三變平仄自協衡之，唱句似可不救，然仄音既勝，須以
對句相濟，然後琴瑟不至專壹，故首變爲變之正。

◎　《律詩四辨》（P.11313 卷一頁 7）

變粘第二格

平仄仄仄仄　平平平仄平
平仄仄仄仄　仄平平仄平
平仄仄仄仄　平平仄仄平

右一格，對句三變，如前格。所異者，唱句首字用平耳，論見前。

◎　《律詩四辨》（P.11316 卷一頁 8）

變粘第三格

仄仄平仄仄　平平平仄平
仄仄平仄仄　仄平平仄平
仄仄平仄仄　仄平仄平平

右一格，唱句惟第三字用平，而對句仍三變。前二變與前二格同，
第三變卻將第三、第四字平仄對拗，又是一法。

◎　《律詩四辨》（P.11319 卷一頁 10）

變粘第四格

仄仄仄平仄　平平平仄平
仄仄仄平仄　仄平平仄平
仄仄仄平仄　平平仄仄平
仄仄仄平仄　仄平仄仄平

右一格，唱句惟第四字用平，而對句凡四變。其首變，即榕村說蜂
腰對法也。詳蜂腰條下。第四變，首字用仄，而第三字竟不救，又
是一法。

◎　《律詩四辨》（P.11323 卷一頁 12）

變粘第五格

平仄仄平仄　仄平平仄平

平仄仄平仄　平平仄仄平

平仄仄平仄　平平仄仄平

右一格，唱句第一、第三字平仄對換，而對句凡三變。首變與唱句皆以一、三平仄互換爲對，得變中之正；次變自粘，蓋唱句平仄雖顛倒而實停勻，可以不救也；三變疊用四平。

◎ 《律詩四辨》（P.11326 卷一頁 13）

變粘第六格

仄仄平平仄　仄平平仄平

仄仄平平仄　平平仄仄平

右一格，唱句正粘，而對句再變。初變三平，以救首字之仄，至唱句無所用其救也。再變疊四平。

◎ 《律詩四辨》（P.11329 卷一頁 15）

變粘第七格

平仄平平仄　平平平仄平

右一格，唱句較前格唱句第一字用平爲異，然皆得爲正粘也。蓋唱句仄起者，其第一字平仄，固所不論。

◎ 《律詩四辨》（P.11330 卷一頁 15）

變粘第八格

平仄平仄仄　平平平仄平

◎ 《律詩四辨》（P.11331 卷一頁 16）首聯仄起，唱句末字押韻。

正粘

仄仄仄平平第一字可平　平平仄仄平第一字忌仄

變粘第一格

仄仄平仄平　平平平仄平

仄仄平仄平　平平仄仄平

右一格，唱句第三、第四字平仄對換，而對句凡再變。

◎ 《律詩四辨》（P.11332 卷一頁 16）

變粘第二格

平仄仄仄平　平平仄仄平

右一格，唱句中三字疊仄。

◎ 《律詩四辨》（P.11333 卷一頁 17）

變粘第三格

仄仄仄平平　平平平仄平

仄仄仄平平　仄平平仄平

右一格，唱句自粘，而對句凡再變。次變第三字之平，所以救首字
之仄也。

◎ 《律詩四辨》（P.11335 卷一頁 18）

變粘第四格

平仄仄平平　平平平仄平

◎ 《律詩四辨》（P.11337 卷一頁 19）首聯平起，唱句末字不押韻。

正粘

平平平仄仄首字可仄　仄仄仄平平首字可平

變粘第一格

仄平仄平仄　平仄平平平

仄平仄平仄　仄仄平平平

仄平仄平仄　仄仄平仄平

仄平仄平仄　平仄平仄平

右一格，唱句第三、第四字平仄對換，而對句凡四變。唱句原可不
救，其第三變、四變亦各以其第三、第四字平仄互換爲對者也。

◎ 《律詩四辨》（P.11340 卷一頁 20）

變粘第二格

仄平仄仄仄　平仄仄平平

仄平仄仄仄　仄仄仄平平

右一格，唱句疊四仄，而對句自粘。

◎ 《律詩四辨》（P.11341 卷一頁 21）

變粘第三格

平平仄仄仄　平仄仄平平

平平仄仄仄　仄仄仄平平

右一格，唱句連三仄，而對句自粘。

◎ 《律詩四辨》（P.11343 卷一頁 22）

變粘第四格

仄平平仄仄　仄仄平平平

右一格，唱句自粘，而對句連三平。

◎　《律詩四辨》（P.11344 卷一頁 22）

變粘第五格

仄平平平仄　平仄仄仄平

右一格，句中三字平仄各連爲對，尤變中之變。

◎　《律詩四辨》（P.11347 卷一頁 24）首聯平起，唱句末字押韻。

正粘

平平仄仄平　仄仄仄平平

變粘第一格

平平平仄平　仄仄仄平平

平平平仄平　平仄仄平平

右一格，唱句疊四平，而對句自粘。

◎　《律詩四辨》（P.11349 卷一頁 25）

變粘第二格

仄平平仄平　仄仄仄平平

右一格，唱句第三字之平，乃以救首字之仄，故對句自粘。

◎　《律詩四辨》（P.11351 卷一頁 26）次聯仄起

正粘

仄仄平平仄第一字可平　平平仄仄平第一字忌仄

變粘第一格

仄仄仄仄仄　平平平仄平

仄仄仄仄仄　平平仄仄平

右一格，唱句五字皆仄，對句較首聯無仄平平仄平一變。

◎　《律詩四辨》（P.11353 卷一頁 27）

變粘第二格

平仄仄仄仄　平平平仄平

平仄仄仄仄　仄平平仄平

右一格，唱句惟首字平聲，對句較首聯無平平仄仄平粘法。

◎　《律詩四辨》（P.11354 卷一頁 27）

變粘第三格

仄仄平仄仄　平平平仄平

仄仄平仄仄　仄平平仄平

右一格，唱句惟第三字平聲，對句較首聯無仄平仄平平一變。

◎　《律詩四辨》（P.11356 卷一頁 28）

變粘第四格

仄仄仄平仄　平平平仄平

仄仄仄平仄　仄平平仄平

仄仄仄平仄　平平仄仄平

右一格，唱句惟第四字平聲，對句較首聯無仄平仄仄平一變。

◎　《律詩四辨》（P.11360 卷一頁 30）

變粘第五格

平仄仄平仄　仄平平仄平

平仄仄平仄　平平平仄平

右一格，唱句第一、第三字平仄對換，對句較首聯無平平仄仄平粘法。

◎　《律詩四辨》（P.11362 卷一頁 31）

變粘第六格

仄仄平平仄　仄平平仄平

仄仄平平仄　平平平仄平

右一格，唱句正粘，而對句再變，與首聯同。

◎　《律詩四辨》（P.11364 卷一頁 32）

變粘第七格

平仄平平仄　平平平仄平

右一格，唱句較前格唱句首字用平爲異，說具首聯。

◎　《律詩四辨》（P.11365 卷一頁 33）

變粘第八格

平仄平仄仄　平平平仄平

平仄平仄仄　仄平平仄平

平仄平仄仄　平平仄仄平

右一格，唱句第三、第四字平仄對換，而對句三變，較首聯爲備。

◎ 《律詩四辨》（P.11369 卷一頁 35）次聯平起

正粘

平平平仄仄首字可仄　仄仄仄平平首字可平

變粘第一格

仄平仄仄仄　平仄仄平平

仄平仄仄仄　仄仄仄平平

仄平仄仄仄　平仄平平平

右一格，唱句疊四仄，而對句凡三變。第三變即榕村說蜂腰對法，
首聯所未備。

◎ 《律詩四辨》（P.11371 卷一頁 36）

變粘第二格

平平仄仄仄　平仄仄平平

平平仄仄仄　仄仄仄平平

右一格，唱句連三仄，對句粘法與首聯同。

◎ 《律詩四辨》（P.11374 卷一頁 37）

變粘第三格

平平平仄仄　仄仄平平平

右一格，唱句自粘，對句連三平。

◎ 《律詩四辨》（P.11375 卷一頁 38）

變粘第四格

平平仄平仄　平仄平平平

平平仄平仄　平仄仄平平

右一格，唱句第三、第四字平仄對換，而對句再變。唱句原可不救，
故第二變自粘。

◎ 《律詩四辨》（P.11377 卷一頁 39）三聯仄起

正粘

仄仄平平仄首字可平　平平仄仄平首字忌仄

變粘第一格

仄仄仄仄仄　平平平仄平

仄仄仄仄仄　仄平平仄平

右一格，唱句五字皆仄，對句變法有首聯之仄平平仄平，卻無平平

仄仄平，與次聯異。

◎ 《律詩四辨》（P.11379 卷一頁 40）

變粘第二格

平仄仄仄仄　平平平仄平

平仄仄仄仄　仄平平仄平

平仄仄仄仄　平平仄仄平

右一格，唱句惟首字平聲，對句變法與首聯同。

◎ 《律詩四辨》（P.11381 卷一頁 41）

變粘第三格

仄仄平仄仄　平平平仄平

仄仄平仄仄　仄平平仄平

仄仄平仄仄　平平仄仄平

仄仄平仄仄　平平仄平平

右一格，唱句惟第三字平聲，而對句凡四變，其第一、第二變，則首聯次聯所同。

◎ 《律詩四辨》（P.11384 卷一頁 42）

變粘第四格

仄仄仄平仄　平平平仄平

仄仄仄平仄　仄平平仄平

仄仄仄平仄　平平仄仄平

右一格，唱句惟第四字平聲；對句三變與次聯同。

◎ 《律詩四辨》（P.11388 卷一頁 44）

變粘第五格

平仄仄平仄　仄平平仄平

平仄仄平仄　平平仄仄平

平仄仄平仄　平平平仄平

右一格，唱句第一、第三字平仄對換，對句三變與首聯同。

◎ 《律詩四辨》（P.11391 卷一頁 46）

變粘第六格

仄仄平平仄　仄平平仄平

仄仄平平仄　平平平仄平

右一格，唱句正粘，對句變法與首、次聯同。

◎ 《律詩四辨》（P.11393 卷一頁 47）

變粘第七格

平仄平平仄　平平平仄平

右一格，唱句首字較前格用平爲異，說具前。

◎ 《律詩四辨》（P.11394 卷一頁 47）

變粘第八格

平仄平仄仄　平平平仄平

平仄平仄仄　仄平平仄平

平仄平仄仄　平平仄仄平

右一格，唱句第三、第四字平仄對換，對句變法與次聯同。

◎ 《律詩四辨》（P.11397 卷一頁 49）三聯平起

正粘

平平平仄仄首字可仄　仄仄仄平平首字可平

變粘第一格

仄平仄平仄　仄仄平平平

仄平仄平仄　仄仄平仄平

右一格，唱句第三、第四字平仄對換，對句變法得首聯之半。

◎ 《律詩四辨》（P.11398 卷一頁 49）

變粘第二格

平平仄仄仄　平仄仄平平

平平仄仄仄　仄仄仄平平

右一格，唱句連三仄，對句粘法與首次聯同。

◎ 《律詩四辨》（P.11401 卷一頁 51）末聯仄起

正粘

仄仄平平仄第一字可平　平平仄仄平第一字忌仄

變粘第一格

平仄仄仄仄　平平平仄平

右一格，唱句首字平聲，而對句無他變。

◎ 《律詩四辨》（P.11402 卷一頁 51）

變粘第二格

仄仄平仄仄　平平平仄平

仄仄平仄仄　平平仄仄平

右一格，唱句第三字用平，而對句再變。

◎　《律詩四辨》（P.11403 卷一頁 52）

變粘第三格

仄仄仄平仄　平平平仄平

仄仄仄平仄　仄平平仄平

仄仄仄平仄　平平仄仄平

右一格，唱句惟第四字平聲，對句三變，與次聯、三聯同。惟首聯
多仄平仄仄平一變。

◎　《律詩四辨》（P.11406 卷一頁 53）

變粘第四格

平仄仄平仄　平平仄仄平

平仄仄平仄　平平平仄平

右一格，唱句第一、第三字平仄對換，對句較首聯無平平仄仄平粘
法。

◎　《律詩四辨》（P.11408 卷一頁 54）

變粘第五格

仄仄平平仄　仄平平仄平

仄仄平平仄　平平平仄平

右一格，唱句正粘，對句再變，諸聯均同。

◎　《律詩四辨》（P.11409 卷一頁 55）

變粘第六格

平仄平平仄　平平平仄平

右一格，唱句首字較前格用平爲異。

◎　《律詩四辨》（P.11411 卷一頁 56）末聯平起

正粘

平平平仄仄首字可仄　仄仄仄平平首字可平

變粘第一格

仄平仄仄仄　平仄仄平平

仄平仄仄仄　仄仄仄平平

右一格，唱句疊四仄，對句自粘，與首聯同。

◎ 《律詩四辨》（P.11412 卷一頁 56）

變粘第二格

平平仄仄仄　平仄仄平平

平平仄仄仄　平仄仄平平

右一格，唱句連三仄，對句粘法與首、次、三聯均同。

◎ 《律詩四辨》（P.11415 卷一頁 58）

變粘第三格

平平平平仄　仄仄仄平平

右一格，唱句直連四平，對句自粘不救。

◎ 《律詩四辨》（P.11416 卷一頁 58）

變粘第四格

平平仄平仄　平仄平平平

右一格，唱句三、四對換，此法唐人多用，雖應制不避。對句疊四平，可備一變，唱句不必救也。

◎ 《拜經樓詩話》（P.728 第 23 條）蔣山傭詩律蒙告云：律詩如岑嘉州「嬌歌急管雜清絲」，此是不拗，不可謂之拗。如子美云「去年登高郹縣北」，乃是拗也。拗非律之正體，中唐始有之。拗須拗到底。……

◎ 《秋窗隨筆》（P.826 第 19 條）文心雕龍云：「召南行露，始肇半章；孺子滄浪，亦有全曲。暇豫優歌，遠見春秋，邪徑童謠，近在成世，閱時取證，則五言久矣。」鍾嶸詩品云：「夏歌曰：『鬱陶乎予心。』楚謠曰：『名余曰正則。』雖詩體未全，然是五言之濫觴也。」以此而推，聲律雖起於沈約，而以前粗己具之；陸雲相謔之辭，所謂「日下荀鳴鶴」、「雲間陸士龍」，是五言律聯；江淹別賦：「春宮閟此青苔色，秋帳含茲明月光」，是七言律聯。此亦近體之發端乎？

◎ 《貞一齋詩說》（P.929 第 29 條）拗體律詩亦有古近之別。如杜老「玉山草堂」一派，黃山谷純用此體，竟是古體音節，但式樣仍是律耳。如義山「二月一日」等類，許丁卯最善此類，每首有一定章法，每句有一定字法，乃拗體中另自成律，不許凌亂下筆。余謂學詩與學書同揆，到得真行草法規矩一一精能，爾後任意下筆，縱使敧斜牽

掣，粗服亂頭，各有神妙；若臨習尚未成家，妄意造爲拙筆，未有
不見笑大方。

◎ 《貞一齋詩說》（P.934 第 69 條）律詩止論平仄，終身不得入門。既
講律調，同一仄聲，須細分上去入，應用上聲者，不得誤用去入，
反此亦然。就平聲中，又須審量陰陽清濁，仄聲亦復如是。至古體
雖不限平仄，逐句各有自然之音，成熟後自知。古、近二體，初學
者欲悟澈音節，他無巧妙，只須將古人名作，分別兩般吟法：吟古
詩如唱北曲；吟律詩如唱崑曲。蓋古體須頓挫瀏灕；近體須鏗鏘宛
轉，二者絕不相蒙，始能各盡其妙。余嘗論欲識詩篇工拙，先聽吟
詠合離，此最是捷徑法。今無論古、近，俱付一樣口角吟之，神理
全失，何由闖入門庭？

◎ 《貞一齋詩說》（P.935 第 77 條）音節一道，難以言傳，有略可淺爲
指示者，亦得因類悟入。如杜律「群山萬壑赴荊門」，使用「千山
萬壑」，便不入調，此輕重清濁法也。又如龍標絕句「不斬樓蘭更
不還」，俗本作「終不還」，便屬鈍句，此平仄一定法也。又如杜五
言「曲留明怨惜，夢盡失懽娛」，「怨惜」換作「怨恨」，不穩協，
此仄聲中分辨法也。

◎ 《唐音審體》（P.781）律詩五言論　律詩始於初唐，至沈、宋而其
格始備。律者，六律也，謂其聲之協律也；如用兵之紀律，用刑之
法律，嚴不可犯也。齊梁體二句一聯，四句一絕，律詩因之加以平
仄相愈，用韻必雙，不用單韻。唐人律詩，間有三韻、五韻、七韻、
九韻者，偶然變格，不過百之一耳。上下句相黏綴，以第二字爲準，
仄、平、平、仄爲正格，平、仄、仄、平爲偏格，自二韻以至百韻，
皆律詩也。二韻謂之絕句，六韻以上謂之長韻。馮班曰：「律詩多
是四韻。」古無明說。嘗推而論之，聯絕黏綴，至於八句，首尾腰
腹，俱已具足；如正格二聯，平平相黏也，中二聯仄仄相黏也，至
二轉而變有所窮，則已成篇矣。自高棅唐詩品彙出，人遂不知絕句
是律詩，又創排律之名，益爲不典。古人所謂排比聲律者，排偶櫛
比，聲和律整也。乃於四字中摘取二字，呼爲排律，於義何居？古
人初無此名，今人竟以爲定格而不知怪，可歎也！

◎ 《唐音審體》（P.782）律詩五言長律論　初唐諸家長律詩，對偶或

不甚整齊，第二字或不相黏綴。如胡、鍾正書，猶略帶八分體，至右軍而楷法大備，遂爲千古立極。詩家之少陵，猶書家之右軍也。少陵作而沈、宋諸家可祧矣。故五言長韻、七言四韻律詩，斷以少陵爲宗。

◎ 《唐音審體》（P.783）律詩五言絕句論　二韻律詩，謂之絕句，所謂四句一絕也。玉臺新詠有古絕句，古詩也。唐人絕句多是二韻律詩，亦不論用韻平仄，其辨在於聲韻，古今人語音訛變，遂不能了了。其第二字或用平、仄、平、仄，或用仄、平、仄、平，不相黏綴者，謂之折腰體。五言、七言皆然，宋人有謂絕句是截律詩之半者，非也。

◎ 《峴傭說詩》（P.976 第 22 條）拗體不可輕作，此是已成功夫，初學時須律協聲穩，不惟五律爲然也。

◎ 《峴傭說詩》（P.990 第 146 條）唐初七律有平仄一順者。至摩詰、少陵猶未改。如摩詰「酌酒與君」一首，第三聯「草色全經」平仄一順；少陵「天門日射」一首，第三聯「雲近蓬萊」平仄一順，此類甚多，要是當時初創此體，格調未嚴，今人不必學也。

◎ 《峴傭說詩》（P.990 第 147 條）七律有全首拗調如古詩者，少陵「主家陰洞」一首、「城尖徑仄」一首之類是也，初學不可輕效。

◎ 《師友詩傳錄》（P.135 第 12 條）問：「七言平韻、仄韻句法同否？」阮亭答：「七言古平仄相間換韻者，多用對仗，間以律句無妨。若平韻到底者，斷不可雜以律句。大抵通篇平韻，貴飛揚；通篇仄韻，貴矯健。皆要頓挫，切忌平衍。」

歷友答：「七古平韻，上句第五字，宜用仄字，以抑之也；下句第五字，宜用平字，以揚之也。仄韻，上句第五字，宜用平字，以揚之也；下句第五字，宜用仄字，以抑之也。七言古，大約以第五字爲關捩；猶五言古，大約以第三字爲關捩。彼俗所云一三五不論，不惟不可以言近體，而亦不可以言古體也。安得謂古詩不拘平仄而可任意用字乎？故愚謂古詩尤不可一字輕下也。」

蕭亭答：「詩須篇中鍊句，句中鍊字，此所謂句法也。以氣韻清高深渺者絕，以格力雅健雄豪者勝。故寧律不諧，而不得使句弱；寧用字不工，而不可使語俗。七言第五字要響。所謂響者，致力處也。

愚竊以爲字字當活，活則字字皆響，又何分平仄哉？」

◎ 《師友詩傳續錄》（P.151 第 11 條）問：「沈休文所列八病，必應忌否？」

答：「蜂腰、鶴膝、八聲、疊韻之類，一時記不能全，須檢書乃可條答。」

◎ 《師友詩傳續錄》（P.152 第 17 條）問：「又曰：『每句之間，亦必平仄均勻，讀之始響亮。』古詩既異於律，其用平仄之法，於無定式之中，亦有定式否？」

答：「毋論古、律、正體、拗體，皆有天然音節，所謂天籟也。唐、宋、元、明諸大家，無一字不諧。明何、李、邊、徐、王、李輩亦然。袁中郎之流，便不了了矣。」

◎ 《師友詩傳續錄》（P.159 第 55 條）問：「詩有平仄字一句純用，而音節自諧者。如『桃花梨花參差開』，『有客有客字子美』，此遵何法？」

答：「五平、五仄體，自昔有之，頗近遊戲。」

◎ 《退庵隨筆》（P.1965）古詩純乎天籟，雖不拘平仄，而音節未有不諧者。至律詩則不能不講平仄矣。乃不知何時何人，創爲一三五不論之說，以疑誤後學；村師里儒，靡然從之。律詩且如此，則更何論古詩乎？不知律詩平仄固嚴，即古詩不拘平仄，而實別有一定之平仄，不可移易。即拗體之律詩，而其中亦有必應拗之字及必應相救之字。唐、宋大家之詩具在，覆按自得，皆非可以意爲之者也。自明以來，雖詞壇老宿，間有不盡合者。不知此即自然之天籟，自有詩學以來，不約而同，若稍歧出，即爲落調，雖詞華極美，格意極高，終不得謂之合作。吾閩人尤多不講此者，執裾而談，尙疑信參半，毋怪其不能旗鼓中原也。

◎ 《退庵隨筆》（P.1965）禮記王制「同律」，鄭注云：「同陰律也。」疏云：「所以先言陰律者，以同爲平聲，平爲發語之本，今古悉然。」夫古無四聲，而孔疏已於王制發之。然則作古詩者，其可不講平仄乎？古詩平仄，古無專著爲書，今欲講求其理，則不可不看王漁洋古詩平仄論及趙秋谷聲調譜。相傳秋谷問古詩聲調於漁洋，漁洋祕不以告，秋谷乃就唐人諸集，排比勾稽，自得其法，因筆之於書，

以發漁洋之覆。其實從前及同時諸名家，皆知之而不屑言，其不知者不能言，又不屑同，遂終身墮五里霧中。自漁洋、秋谷之書行，此說幾於家喻戶曉矣。乃近人作古體詩，仍有不講聲調者，其不屑言乎？抑不能言乎？此余所以不能默然無言也。惟聲調譜後列李賀十二月樂府，所標平仄，不甚可解，故置之可矣。

◎ 《退庵隨筆》（P.1966）七古以平韻到底者爲正格，不可雜以律句。其要在出句第五字多用仄，落句第五字必用平，出句之第五字既用仄，則第二字必用平，落句之第五字必用平，則第四字必用仄。出句如平平仄仄仄平仄，或平平平平仄平仄，或仄平仄仄平平仄，間有不如是者，亦須與律句有別。落句如平平仄仄平平平，或仄仄仄仄平平平，或平平仄仄平平平，間有不如是者，亦須以律句有別。大抵出句聲律尙寬，落句則以三平押韻爲正調。其有四平切腳者，如少陵之「何爲見羈虞羅中」，義山之「詠神聖功書之碑」，則爲落調，唐大家中所僅見，不必效之。若五平切腳，則直是不入調，唐、宋、元、明諸大家所無。前明何、李、邊、徐、王、李輩，尙不犯此病，袁中郎之流，多不能了了矣。（一句一韻之柏梁體，不在此限。）

◎ 《退庵隨筆》（P.1968）七古以第五字爲關捩，五古以第三字爲關捩，其理一也。五古出句，聲律稍寬。對句則亦以三平爲正調，如仄仄平平平也，或亦用平平平仄平，或仄仄平仄平，間有不如是者，但不入律即可。或謂六朝以前，五古皆不避律句。此似是而非之說也。古詩之興，在律詩之前，豈能預知後世有律句而避之？若後來律體既行，則自命爲作古詩者，又豈可不講避忌之法？此如古時未有韻學之名，出口成詩，罔非天籟。若後世韻書既行，則自應有犯韻出韻之禁，又豈得藉口古人之天籟，而盡棄韻書不觀乎？朱子贈人詩：「知君亦念我，相望兩咨嗟。」（自注云：「望、平聲。」）夫「望」字作去聲讀自可，而必注平聲者，豈非力避律句乎？

◎ 《退庵隨筆》（P.1969）宋、元詩人，於古體平仄，多有未諧，近體平仄，尙無走作。明人則不能，大抵皆爲一三五不論之俗說所誤耳。一三五不論，並不可施於古體，何況近體？其依附此說者，皆由不知有單拗、雙拗之法也。近體詩以本句平仄相救爲單拗，出句如少

陵之「清新庾開府」，對句如右丞之「暮禽相與還」是也。兩句平仄相救為雙拗，如許渾之「溪雲初起日沉閣，山雨欲來風滿樓」是也。聲調譜所講此例頗精，其餘變例，皆本此而推之，而一三五不論之謬，不攻自破矣！

◎ 《退庵隨筆》（P.1970）七律有全首不入律者，謂之吳體，與拗體詩不同。方虛谷瀛奎律髓合之拗字類中，非也。如杜少陵之題省中院壁、愁、畫夢、暮歸諸詩皆是。其訣在每對句第五字以平聲救轉，故雖拗而音節仍諧。宋人黃山谷以下，多效為之。

◎ 《圍爐詩話》（P.480）……又曰：「子美詩云：『晚節漸于詩律細』，律為音律，拗句詩不必學。」

◎ 《圍爐詩話》（P.482）古人作詩，不惟不拘韻，并不拘四聲，宜平則仄讀為平，宜仄則平讀為仄，觀「望」、「忘」二字可見。三百至晉、宋皆然，故不言聲病。休文作四聲韻，而聲病之說起焉。可知聲病雖王元長等所立，而實因乎沈氏之四聲矣。梁武帝不許四聲，詩中高見。

◎ 《圍爐詩話》（P.489）沈括筆談以次聯不對者為蜂腰。引賈島下第詩為證云：「下第惟空囊，如何住帝鄉？杏園啼百舌。誰醉在花旁？淚落故山遠，病來春草長。知音逢豈易，孤棹負三湘。」

◎ 《圍爐詩話》（P.492）又云：「沈約、謝朓、王融創為聲病，于時文體不可增減，謂之齊、梁體，異乎漢、魏、晉、宋之古體也。雖略變雙聲疊韻，然文不粘綴，取韻不論雙隻，首不破題，平仄亦不相儷。沈、宋因之，變為律詩，自二韻至百韻，率以四句一絕，不用五韻、七韻、九韻、十一十三韻。唐人或不拘此說，見李贊皇窮愁志。首聯先破題目，謂之破題。第二字相粘，平仄仄平為偏格，仄平平仄為正格。見沈存中筆談。平仄宮商，體勢穩協，視齊、梁體為優矣。近體多是四韻，古無明說。嘗推而論之，似亦得其理也。聯絕粘綴至于八句，雖百韻止如此也。如正格二聯平平相粘也，中二聯仄仄相粘也。音韻輕重，一絕四句，自然悉異。至于二轉，變有所窮，于文之首尾胸腹已具足，得成篇矣。律賦亦八句，文苑注中已備記之，茲不具述。」

◎ 《圍爐詩話》（P.494）又云：「阮逸注文中子不解八病，可見宋時聲

韻之學已微。有一惡書名曰：金針詩格，託名梅堯臣，言八病絕可笑，王弇州厄言不知其謬也。沈休文謝靈運傳贊，劉彥和文心雕龍，統論梗概，不得詳說，而諸書所言，時有可徵。郭忠恕佩觽云：『雕弓之爲敦弓，依乎旁組。』按字母徵音四字，端透定泥，『敦』字屬元韻端母，『雕』字屬蕭韻端母，則知旁組者，雙聲字也。九經字樣云：『紐以四聲』是正組者，四聲相紐，東、董、凍、篤是也。劉知幾史通言梁武云：『得既自我，失亦自我』爲犯上尾，兩『我』字爲相犯也。平頭未詳。蜂腰、鶴膝見宋人詩話，乃雙聲之變也。上下兩字俱清，中一字濁，爲鶴膝；上下兩字俱濁，中一字清，爲蜂腰。大韻、小韻似論取韻之病，大小之義所未詳也。沈隱侯云：『一篇之內，音韻盡殊；兩句之中，輕重各異。』詳此則八病俱去，亦不在曲折分其名目也。」

◎ 《圍爐詩話》（P.495）又云：「今本玉篇前有紐韻之圖，列旁紐、正紐甚詳。序引聲譜，恐是沈隱侯四聲譜。聞世間尙有是書，應是論八病事，恨求之不得耳。今人律詩但作對偶，于此處全不知，何以稱律？」

◎ 《圍爐詩話》（P.520）六朝尙有本非詩人偶然出語絕佳者。如劉悟云：「城上草，植根非不高，所恨風霜早。」十三字說身境心事如見，以六朝詩法寬故也。唐詩韻狹，有平仄，黏須對偶，故非老手不佳。

◎ 《圍爐詩話》（P.538）詩史謂首句第二字仄聲者爲正格，平聲者爲偏格，而引「鳳曆軒轅紀」、「四更山吐月」以例之。當時論五律五排不及七律，五言偏格讀之不亮，七律不然，故也。凡雄勁臺閣詩，必當用正格；幽閒沈寂詩，卻是偏格有別致。

◎ 《圍爐詩話》（P.547）嚴滄浪云：「八病敝法不必拘。」馮定遠云「八病出于沈隱侯，古人已有非之者。然齊、梁體正在聲病，律詩則益嚴矣。滄浪既云『有近體，有律詩』而又云『不必拘』，不知律詩之『律』字作何解？」

◎ 《圍爐詩話》（P.547）嚴滄浪云：「有絕句折腰者，有八句折腰者。」馮定遠云：「律詩之有粘，不知所始，河嶽英靈集敘云：『雖不粘綴』，是也。又韓致堯有聯綴體，夢溪筆談有偏格正格之論，是其說也。

嚴言折腰而不詳其故。蓋絕句第二字之平仄平仄及仄平仄平，不用粘者也。」

◎ 《圍爐詩話》（P.556）唐人詩有平頭之病，如竇叔向之「遠書珍重」、「舊事淒涼」，「去日兒童」、「昔年親友」，唐彥謙之「淚隨紅蠟」、「腸比朱絃」，「梅向好風」、「柳因微雨」，亦當慎之。

◎ 《然鐙記聞》（P.119 第 4 條）古詩要辨音節。音節須響，萬不可入律句，且不可說盡，像書札語。

◎ 《然鐙記聞》（P.120 第 12 條）律句只要辨一三五。俗云一三五不論，怪誕之極，決其終身必無通理。

◎ 《詩概》（P.2436）五言第二字與第四字，第三字與第五字，七言第二字與第四字，第四字與第六字，第五字與第七字，平仄相同則音拗，異則音諧。講古詩聲謂者，類多避諧而取拗。然其間蓋有天籟，不當止以能拗爲古。

◎ 《筱園詩話》（P.2350）古詩音節，須從神骨片段間，體會其抑揚輕重，伸縮緩急，開闔頓挫之妙，得其自然合拍。五音相間，無定而有定之音調節奏，乃能鏗鏘協律，可被管絃。雖穿雲裂石，聲高壯而清揚，然往而復迴，餘音繞梁，言盡而聲不盡，篇終猶有遠韻。以人聲合天籟，故曰詩爲天地元音也。此中妙旨，自非講求平仄所可盡，第不從平仄講求，初學何由致力，漸悟古人不傳之祕哉！王阮亭平仄定體、趙秋谷聲調譜，初學宜遵之。始從平仄，講求音節，及工夫純熟之候，自能悟詩中天然之音之節，縱筆爲之，無不協調矣。

◎ 《筱園詩話》（P.2352）隨園詩話持論多無稽臆說，所謂佞口也。如謂律詩如圍棋，古詩如象棋。作古體，不過兩日，可得佳搆；作律體，反十日不成一首，是視律難於古也。渠意謂古詩無平仄對偶，法度甚寬，故以律詩爲難，而不知古詩有平仄，有對偶，其法倍嚴，特非袁、趙輩所可夢見耳。……又覽聲調譜而失笑，謂詩爲天地元音，不必拘調，少陵、右丞七古，有平仄協諧如律者，韓文公有七字俱平俱仄者，阮亭不能以四仄三平之例繩之也。不知聲調譜所論平仄，即天地元音，唐、宋大家無一不合，唐、宋詩人無一不知，非自然元音，豈能兩朝之人皆暗合耶？迨元、明詩人，始有知有不

知者，其傳未顯。阮亭得之於錢牧齋尚書，而秋谷則聞於阮亭，又聞於海虞馮氏者也。其中各大家名家詩俱備，無不合符，故天下遵以為式，非王、趙之私論也。凡轉韻七古，不戒律句，高、岑、王、李、元、白之七古協律者，轉韻詩也。押仄韻七古，亦不忌律句，工部七古協律者，押仄韻及轉韻詩也。惟押平韻一韻到底七古，始不可攙入律句，下句以四仄三平為式，如「五嶽祭秩皆三公，四方環鎮嵩當中」之類是也。上句落尾仄字，須參用上去入三音，亦指平韻七古言之。至七平七仄句法，原非所忌，時可攙用，以見變化。如義山韓碑句：「帝得聖相相曰度」，七仄也；「封狼生貙貙生羆」，七平也。譜中方援引以為例，子才豈未之見，何反以之為譏耶？大抵子才心粗氣浮，譜中所云，尚多不解，惟耳食四仄三平一言，惡其例嚴，不便於己，遂輕詆訾，亦不知其專為平韻七古立法也。學者付之一笑，勿為所惑可矣。

◎ 《筱園詩話》（P.2399）阮亭先生所講聲調音節，最為入細，作七古不可不知。所謂「以音節為抑揚，以筆力為操縱」二語，真七古妙諦也。凡字以輕清為陽，以重濁為陰。用陽字為揚，用陰字為抑。平聲為揚，仄聲為抑。而揚中之陰，陰中之陽，與夫字雖陽而音啞，字雖陰而聲圓者，箇中又各有區別，用時必須逐字推敲，難以言盡。作平韻一韻到底七古，不惟上句落腳之字，宜上去入三聲間雜用之，不可犯複，即下句四仄三平，亦須酌其音而用之。總須鏗鏘金石，一片宮商，無啞字、啞韻、雌聲、重聲梗滯其間，自然協調。至押仄韻七古，上句落腳平字，須調於上下平輕重之間；落腳仄字，須避下句押韻本聲。如押入韻，則用上去二聲，不可再用入聲字，以犯下句韻腳之聲。押去、上韻亦然。攙雜互用，音節乃妙。至轉韻七古，或六句一轉，或四句一轉，八句一轉，不可多寡過於懸殊，致畸輕畸重，總須勻稱。所押之韻，亦要平仄相間。至中間忽夾一段句句押韻者，須一滾而出，如濤翻雲湧；又須急其節拍，為繁音變調，若風馳雨驟之交至，即古騷賦中亂詞之遺也。斟酌平仄陰陽響啞，而選擇用之，參差錯雜，相間成音，此即五聲迭奏之意，人籟上合天籟矣。若夫用筆之道，貴操縱自然，不可恃才馳騁。當筆陣縱橫，一掃千軍之際，而力為駕馭，莫令一往不返。使縱中有擒，

伸中有縮，以開闔頓挫爲收放抑揚。此七古用筆之妙訣，先生其先得我心乎？

◎ 《甚原詩說》（P.1593）律用平仄，固有定體，時亦有變體。如杜甫詠懷古蹟「搖落深知宋玉悲，風流儒雅亦吾師，悵望千秋一洒淚」，又贈嚴武詩「漫向江頭把釣竿，懶眠沙草愛風湍，莫倚善題鸚鵡賦」，此是第三句用失占格。又韋應物「夾水蒼山路向東，東南山豁大河通，寒樹依微遠天外」，亦是此格。又杜甫喜嚴武見過詩「竹裏行廚」一首，第四句失占格。又杜審言春日京中有懷：「今年遊寓獨遊秦，愁思看春不當春。上林苑裏花徒發，細柳營前葉漫新。公子南橋應盡興，將軍西第幾留賓。寄語洛城風日道，明年春色倍還人。」第三句及結聯失占格。又蘇瑰興慶池應制云：「金闕平明宿霧收，瑤池式宴俯清流。瑞鳳飛來隨帝輦，祥魚出戲躍王舟。帷齊綠樹當筵密，蓋轉緗荷接岸浮。如臨竊比微臣懼，若濟叨陪聖主遊。」李白鳳凰臺云：「鳳凰臺上鳳凰遊，鳳去臺空江自流。吳宮花草埋幽徑，晉代衣冠成古丘。三山半落青天外，二水中分白鷺洲。總爲浮雲能蔽日，長安不見使人愁。」如此數首，七言律之變也。

◎ 《甚原詩說》（P.1572）有平起，有仄起，有引句即用韻起。仄起者，其聲峭急；平起者，其聲和緩；仄起而用韻者，其響更切；平起而用韻者，其聲稍浮。下筆自得消息。如杜審言「獨有宦游人，偏驚物候新」，岑參「詔出未央宮，登壇拜總戎」，李白「犬吠水聲中，桃花帶雨濃」，王維「柳暗百花明，春深五鳳城」，杜甫「落日在簾鈎，溪邊春事幽」，顧況「何地避春愁，終年憶舊遊」，此皆仄起用韻者也。如董思恭「琵琶馬上彈，行路曲中難」，劉希夷「佳人眠洞房，回首見垂楊」，高適「諸生日萬盈，四十乃知名」，杜甫「宮衣亦有名，端午被恩榮」，嚴維「蘇耽佐郡時，近出白雲司」，韓翃「春城乞食還，高論此中開」，喻鳬「空爲梁父吟，誰竟是知音」，此皆平起用韻者也。至郎士元之「暮蟬不可聽，落葉豈堪聞」，高仲武謂「工於發端」。試問「不可聽」、「豈堪聞」有兩意矣？此起句之最率者。

◎ 《甚原詩說》（P.1584）五律句中，於平仄仄平用占之外，一三字雖不拘，然必須音韻合調，使呼應愜順。若於不拘平仄字，隨筆填湊

成句，句雖無病，調則有病。宜平而仄，宜仄而平，誦之自不合調矣。

◎ 《甚原詩說》（P.1600）五言排律以聲調爲上，先求平仄無訛。如起句以仄平平仄仄，對以平仄仄平平，下即接仄仄平平仄、平平仄仄平。總以句中第二句爲紐，首句平，次句仄，三句次字用仄，四句次字又用平，五句次字又以平接。如此類推，可無失黏之慮。

◎ 《說詩晬語》（P.537 第 94 條）或問：「何者古詩中律句？」曰：「不露文章世已驚，未辭剪伐誰能送？」「何者別於律句？」曰：「五岳祭秩皆三公，四方環鎮嵩當中。」

◎ 《說詩晬語》（P.537 第 95 條）七字每平仄相間，而義山韓碑一篇中，「封狼生貙貙生羆」，七字平也。「帝得聖相相曰度」，七字仄也。氣盛則言之短長與聲之高下皆宜。

◎ 《劍谿說詩》（P.1098）音節不但四聲，必兼喉舌顎齒唇，方爲盡善。

◎ 《劍谿說詩》（P.1098）音節難言也，近體在字句輕重清濁，古體在氣調舒疾低昂。

◎ 《劍谿說詩》（P.1132）益都趙清止觀察論詩云：「格律嚴則境地狹，擬議盛則性情薄。」余謂格律嚴，能境地不狹，惟老杜；若夫擬議盛，則性情未有不薄者，陸機、江淹且然，又況其下乎？

◎ 《劍谿說詩》（P.1132）趙飴山贊善所撰聲調譜，列唐、宋人詩數十篇，篇中拗字拗句，分區平仄，注明其下。用此施之近體，可裨於初學，古詩則難口授，何況筆譚？乃幷李、杜歌行，如扶風豪士、夢遊天姥、渼陂行、丹青引，亦字字準以律調譜之，是以伶工節拍按鈞天廣樂也。竊見詩人佇興，變動無方，音節亦從之，正昌黎所謂「聲之高下皆宜」。飴山乃桎梏名篇，桁楊聲律，使人盡效尤，皆詩囚矣。風竹流泉，候蟲時鳥，莫不含宮咀商，音響自然，豈亦嘗赴節與？○詩道本大，飴山自小之，此謂雕蟲，此謂傳奇伎倆也。

◎ 《履園譚詩》（P.871 第 4 條）余嘗論詩無格律，視古人詩即爲格，詩之中節者即爲律。詩言志也，志人人殊，詩亦人人殊，各有天分，各有出筆，如雲之行、水之流，未可以格律拘也。故韓、杜不能強其作王、孟，溫、李不能強其作韋、柳。如松柏之性，傲雪凌霜；桃李之姿，開華結實。豈能強松柏之開花；逼桃李之傲雪哉？尚書

曰:「聲依永,律和聲。」即謂之格律可也。

◎ 《養一齋詩話》(P.2104)同里丁儉卿,考證宏富,偶以秋谷聲調譜平仄之一定者爲疑。作書以答之曰:按譜中所註古詩字音平仄一定者,如于鵠「年年山下人」句,趙氏注曰:「下句是律,上句第五字必平。」愚按不獨平韻五古,即仄韻五古亦然。如襄陽「天邊樹若薺,江畔洲如月」,「薺」字必用仄聲者,以下句是律也。蓋不如此,恐與律詩混耳,此無可疑者也。「靜聞水淙淙」句,趙氏注「聞」字曰:「此字不平則爲律。」蓋亦恐與律詩混耳,亦無可疑者也。東坡「扁舟渡江適吳越」句,趙氏注「越」字曰:「此字不可輕用平聲。」蓋仄韻七古上句尾可仄,平韻七古上句尾若用平聲則不諧,杜公「昔隨劉氏定長安」,「問之不肯道姓名」,究竟變格非法,亦無可疑者也。李賀「衰蕙愁空園」句,趙氏注曰:「第三字不平,則律句矣。」蓋李賀此詩參用齊、梁,不盡合調,惟此句得法,故趙氏特注此句以明之,亦無可疑者也。太白「悅驚起而長嗟,失向來之煙霞」句,趙氏注曰:「此四句皆六言,若非下句用三平則失調。」蓋不惟恐與賦類,仍爲音節較響耳,亦無可疑者也。杜詩「屢貌尋常行路人」,趙氏注「行」字云:「平最要緊。」蓋七古第七字平,第五字必平,乃爲正調,而「屢貌」句又必得「行」字平聲,乃非律句,故云「最要緊」也,亦無可疑者也。李義山「相與烜赫流淳熙」句,趙氏注「赫」字曰:「此字必仄。」蓋下面三平,此處亦平,則音不諧。如「封狼生貙貙生羆」七字平聲,轉覺其諧,而一「赫」字易平聲則不諧者,以字之平仄相雜故也。韓詩「快劍斫斷生蛟鼉」,「杲杲寒日生於東」,皆用此義,不可枚舉。獨陸渾山火詩:「風怒不休何軒軒」、「命黑螭偵焚其元」、「溺厥邑囚之崑崙」不然,故趙氏謂止可用於柏梁體,尋常七古斷不可用。蓋柏梁句句用韻,自相諧應,他詩不爾,慮不諧矣,亦無可疑者也。趙氏謂「平平平平仄平平句,於轉韻中不宜。」蓋轉韻最喜流美,此等非古非律之句,殊覺聲牙,故不合用,亦無可疑者也。以上八則,趙氏所謂古詩一定之平仄,義例皆確不可易。瞽疏其意如此,亦未知當否也。若其不必一定者,趙氏既未特下重筆,此在後人之變通,以合天然之節奏爾。然趙氏亦有可疑者,如東坡「四方水陸無不便」

句，趙氏注云：「第五字平，第六字仄，便非律句。」愚按此句「不」字，必易平聲方諧，若「不」字不改，則「陸」字必易平聲方諧。趙氏止以非律句注之，未盡音節之妙也。「紫金百餅費萬錢」，愚按此句誠非律矣，究不如「水腳一線爭誰先」、「一半已入薑鹽煎」爲不轉韻七古之正調。趙氏注云：「即六字仄，獨令末一字平亦可。」是其啞更甚於坡句，彌不入調也。若謂七古專用正調，恐不能變化參錯，相生相應，得「四方水陸」、「紫金百餅」等一二句間之，更見挺動。即如此說，趙氏亦當注明，不得如所注云云也。右丞「我心素已閒」，襄陽「北山白雲裏」，趙氏注云：「皆天然古句。」愚按「北山白雲裏」，誠天然入古；「我心素已閒」，不律則有之，若謂其爲天然之古，則必「我素心已閒」而後可也。此皆僕之所疑於趙氏者也。近歙人吳蘇泉紹澯聲調譜說，較趙氏爲益詳，其言一定之平仄，亦均不誤。惟注老杜「征衣颯飄颻」，「颯」字下云：「此字用仄妙。」愚按上句「連笮動嫋娜」已四仄矣，此處即易「颯」字爲平聲，亦未見其不妙也。又注「高通荊門路」，「荊」字云：「必平。」愚按「荊」字即易仄聲，亦是古句，今云「必平」，是必宜用四平聲也。五古得四平三平句誠佳，然亦何其滯也！總之此事不可不嚴，不可太滯。吳氏謂「不屑章句者，奸聲詖律，盡裂閑檢，墨守者又形模肖而生氣少」，眞管論也。僕嘗謂漁洋不肯以此譜示人，不如秋谷之有遠見。秋谷云：「不知此者，固未爲能詩；僅無失調而已，謂之能詩可乎？故輒以語人無隱。」此三四語，較之吳氏尤曲而盡也。然漁洋答劉大勤云：「無論古律正體拗體，皆有天然音節。唐、宋、元諸大家，無字不諧，明何、李、邊、徐、王、李亦然，袁中郎之流，便不了了矣。」又云：「七言古凡一韻到底者，其法度悉同。惟仄韻詩單句末一字，可平仄相間同，平韻詩單句末一字，忌用平聲，若換韻者則當別論。」是漁洋亦未嘗不以聲調示人也，特不如趙氏之備耳。凡趙氏所致譏於漁洋者甚多，其詞氣憤懣，非盡由論詩之相失，恐自以蹉跌不振，由漁洋門下所擠故耶？抑以婦舅之親，不能出氣力相拔故耶？要之聲調一譜，則趙氏之功爲大，殆歷劫不敝者也。

◎ 《養一齋詩話》（P.2121）趙甌北謂元遺山自創一種拗體七律，拗在

五六字。如「來時珥筆誇健訟，去日攀車餘淚痕」、「市聲浩浩如欲沸，世路悠悠殊未涯」、「東門太傅多祖道，北闕詩人休上書」之類，不一而足。予按此體亦不始於遺山，蘇詩「扁舟去後花絮亂，五馬來時賓從非」，南宋初，四明劉良佐應時詩「青山空解供眼界，濁酒不能澆別愁」是也，特不能如遺山之多耳。……

◎ 《甌北詩話》（P.1167）自沈、宋創為律詩後，詩格已無不備。至昌黎又斬新開闢，務為前人所未有。如南山詩內鋪列春夏秋冬四時之景，月蝕詩內鋪列東西南北四方之神，譴瘧鬼詩內歷數醫師、炙師、詛師、符師是也。又如南山詩連用數十「或」字，雙鳥詩連用「不停兩鳥鳴」四句，雜詩四首內一首連用五「鳴」字，贈別元十八詩連用四「何」字，皆有意出奇，另增一格。答張徹五律一首，自起至結，句句對偶，又全用拗體，轉覺生峭。此則創體之最佳者。

◎ 《甌北詩話》（P.1268）拗體七律，如「鄭縣亭子澗之濱」、「獨立縹緲之飛樓」之類；杜少陵集最多，乃專用古體，不諧平仄。中唐以後，則李商隱、趙嘏之輩，創為一種以第三、第五字平仄互易，如「溪雲初起日沉閣，山雨欲來風滿樓」、「殘星幾點雁橫塞，長笛一聲人倚樓」之類，別有擊撞波折之致。至元遺山，又創一種拗在第五六字，如「來時珥筆誇健訟，去日攀車餘淚痕」、「太行秀發眉宇見，老阮亡來樽俎開」、「雞豚鄉社相勞苦，花木禪房時往還」、「肺腸未潰猶可活，灰土已寒寧復燃」、「市聲浩浩如欲沸，世路悠悠殊未涯」、「冷猿挂夢山月暝，老雁叫群江渚深」、「春波淡淡沙鳥沒，野色荒荒煙樹平」、「清江兩岸多古木，平地數峰如畫屏」、「長虹下飲海欲竭，老雁叫群秋更哀」、「東門太傅多祖道，北闕詩人休上書」之類，集中不可枚舉，然後人習用者少。

◎ 《甌北詩話》（P.1343）梅聖俞詩有全平全仄者，如「月出斷岸口」是也。趙秉文亦彷之：「末伏暑尚在，雨點落未落。夢覺起視夜，缺月掛屋角。」、「殘星橫斜河，晨雞號天風。幽人窗中眠，紗廚明秋空。」麻知幾有疊語詩：「縕縕蠢蠢何等民，矯矯亢亢內守貞。昂昂藏藏獨異俗，落落莫莫不厭貧。歸歟歸歟且餬口，鳳兮鳳兮德衰久。樂云樂云無弦琴，命乎命乎一杯酒。匪鱣匪鮪故為藏，避言避世必也狂。至大至剛秣吾馬，爰清爰淨修我堂。用之捨之時所係，

晉如摧如寧復計！暖然淒然任春秋，優哉游哉聊卒歲。」

◎ 《甌北詩話》（P.1345）詩有一首中用重韻者。任彥昇哭范僕射一詩三押「情」字，沈雲卿「天長地闊」一詩三押「何」字，王維「暮雲空磧」一首兩押「馬」字。「一從歸白社，不復到青門。青菰臨水映，白鳥向山翻。」「青」、「白」二字，一首重出。九成宮避暑三四「衣上」、「鏡中」，五六「林下」、「巖間」，句法亦重出。岑嘉州「雲隨馬」、「雨洗兵」、「花迎蓋」、「柳拂旌」，一首中句法亦重。張謂別韋郎中詩，八句中五地名。盧象雜詩，八句中四地名。王昌齡送朱越一絕，四句中四地名。孟浩然宴榮山人池亭律詩，七句中用八人姓名。……王世懋、都穆、田藝衡皆以爲今人詩若此，必厭其重複，在古人正不若是拘也。然究是詩中之病。……

◎ 《靜志居詩話》（卓人月）珂月才情橫溢，所撰續千文，穩帖而奇肆，詩亦不爲格律所拘。贈女鬟紅衣云「石家醋醋喜穿緋，裏手擎觴率意飛，坐上恨無姜石帚，長歌一曲惜紅衣。」

◎ 《靜志居詩話》（謝肇淛）在杭格不聳高而詩律極細，其持論亦平，如于鱗、元美、敬美，子與伯玉皆所傾心。漫與詩云：「徐陳里閈久相親，鍾李湖湘非吾鄰。丸泥久已卦函谷，怕見江東一片塵。」徐指孝廉維和，山人興公，陳謂文學汝大，孝廉幼孺，山人振狂。是時，景陵派已盛行，而在杭能距文，又云：「石倉衣鉢自韋陶，吳越從風赤幟高，若問老天成底事，雪山銀海瀉秋濤。」此則在杭自任匪淺矣。

◎ 《靜志居詩話》（嚴煒）子尹詩律頗細，如詠雪云「竹上有聲如雨夜，庭中無月亦明時。」令永嘉四靈見之，定把臂入林也。長相思云「長相思，在夢中，自君之出羅幃空。窗前漸漸來朔風，滿天霜雪鳴孤鴻。楓林青兮關塞黑，終然萬里魂難通。長相思，何時終。」初夏偕顧、魏二子游西關云：「散步西郊任所之，雨餘新綠倍濃時，同遊此日還同散，明日分飛各不知。」

◎ 《龍性堂詩話續集》（P.1031）孫豹人漑堂詩話云：「七言律用平仄，舊說一三五不論，二四六要分明，不知一三五更須斟酌。至於五言古篇中第二句第三句宜平，七言古篇中第二句第五字宜平，亦當加意，若純用仄，亦一疵也。蓋此法在唐以前尚不大拘，至唐人始密，

讀者多忽之。今略舉一二：五言杜工部苦雨奉寄隴西公一首，凡二十四句，只『信』字『碎』字用仄聲；七言古如昌黎謝鄭群贈簟一首，通篇第五字無一仄聲。」此最細心處，亦可爲學者準繩也。附錄之。

◎ 《薑齋詩話》（P.12 第 20 條）樂記云：「凡音之起，從人心生也。」固當以穆耳協心爲音律之準。「一三五不論，二四六分明」之說，不可恃爲典要。「昔聞洞庭水」，「聞」、「庭」二字俱平，正爾振起。若「今上岳陽樓」易第三字爲平聲，云「今上巴陵樓」，則語塞而戾於聽矣。「八月湖水平」，「月」、「水」二字皆仄，自可；若「涵虛混太清」易作「混虛涵太清」，爲泥磬土鼓而已。又如「太清上初日」，音律自可；若云「太清初上日」，以求合於粘，則情文索然，不復能成佳句。又如楊用修警句云：「誰起東山謝安石，爲君談笑淨烽煙？」若謂「安」字失黏，更云「誰起東山謝太傅」，拖沓便不成響。足見凡言法者，皆非法也。釋氏有言：「法尚應捨，何況非法？」藝文家如此，思過半矣。

◎ 《蘭叢詩話》（P.772）古體皆有平仄，但非律體一定，無譜可言，惟熟讀深思，乃自得之。趙秋谷宮坊笑人古詩不諧，不諧則讀不便串，古有此謇澀無宮商之古詩乎？一篇之中，又當間用對句，李天生太史言之。對乃健舉，如古詩十九首中「胡馬嘶北風，越鳥巢南枝」是也。余推而求之，七古亦多，歌行尤甚。至若杜、韓二家，有通篇對待者，益見力量。

◎ 《硯齋詩談》（P.805）平仄勾帶爲正格，前錯後合爲拗格，相間到底爲流水格。字調全拗爲仄體，唐止有此四派。論仄體王不如杜之健，然少陵粗處，王卻能淘汰。

◎ 《硯齋詩談》（P.837）望岳，此拗格第一。「西岳崚嶒竦處尋，諸峰羅列似兒孫」，筆勢自上壓下。「安得仙人九節杖，挂到玉女洗頭盆」，自下騰上，才敵得住，不對所以有力。若移五六在此，便軟。○此是格拗，不是句拗，唐人多有之。○望岱、華、衡，筆勢皆與之配，此是他氣魄大，非才華學力所能到，不推爲獨步得乎？

◎ 《硯齋詩談》（P.837）題省中院壁，拗體音節最難調，宜師此。

◎ 《硯齋詩談》（P.843）扶南曲（扶南，外國名，樂工仿其聲調爲曲。），

卻是律詩格，但截去二句耳。摩詰曉音樂，此曲必是按譜填成，想亦是柔慢靡麗之聲。

二、韻　律

◎ 《一瓢詩話》（P.695 第 90 條）排律止可六韻至十二韻足矣；多至幾十韻以及百韻，即是長詩也，不可爲訓。

◎ 《一瓢詩話》（P.697 第 103 條）古人收韻有極不妥處，如「落霞更在今陽西」之類，宋人最多。因其句子單薄，淺人認爲清拔，忘其韻之與本句相戾也。

◎ 《一瓢詩話》（P.704 第 151 條）長篇定有解數，古詩亦然，故有一韻重押或三押者不礙，學者不可不知。

◎ 《北江詩話》（卷二第 52 條）王新城尙書作聲調譜，然尙書生平所作七言歌行，實受聲調之累。唐宋名家大家，均不若此。

◎ 《北江詩話》（卷二第 67 條）應制、應試，皆例用八韻詩。八韻詩於諸體中，又若別成一格。有作家而不能作八韻詩者，有八韻詩工而實非作家者。如項郎中家達，貴主事徵，雖不以詩名家，而八韻則極工。項壬子年考差，題爲王道如龍首得龍字，五六云：「詎必全身見，能令眾體從。」貴己酉年朝考，題爲草色遙看近卻無得無字，五六云：「綠歸行馬外，青入濯龍無。」可云工矣。吳祭酒錫麒諸作外，復工此體，然庚戌考差，題爲林表明霽色得寒字，吳頸聯下句云：「照破萬家寒」，時閱者爲大學士伯和珅，忽大驚曰：「此卷有破家字，斷不可取！」吳卷由此斥落。足見場屋中詩文，即字句亦須檢點。

◎ 《石洲詩話》（P.1415）換韻之中，略以平調句子，使之伸縮舒和，亦猶夫末句之有可放平者也。尤以平韻與仄韻相參錯，乃見其勢，卻須以三平正調擾和之。

◎ 《石洲詩話》（P.1419）七古平韻到底者，單句末一字忌用平聲，固已，然亦有文勢自然，遂成音節者。以蘇詩論之，即如「問今太守爲誰歟？雪眉老人朝扣門」，「潮陽太守南遷歸，山耶雪耶遠莫知」，「畫山何必山中人，汝應奴隸蔡少霞」之類，皆行乎其所得不然者也。若「欲從持樨川隱羅浮，故人日夜望我歸」，乃於一篇中有

二句，要之非出自然，則固不可耳。

◎ 《石洲詩話》（P.1420）東坡和蔡景繁海州石室詩、阮亭不取入七言詩選，蓋以爲音節非正調也。然此間呼吸消納，自不得不略通其變，其于正調之理一也。○詩二十韻，單句以仄押句尾者凡十一句，單句第五字用仄者凡十七句，此則所以與對句第五字相爲吐翕，而可以不須皆用仄矣。蘇詩似此者尚多，可以類推。古夫于亭問答所載：「張蕭亭論單句住腳字，如以入爲韻，則第三句或用平，第五或用上，第七或用去，必錯綜用之，方有音節。」其言雖是，然猶未盡其竅卻也。

◎ 《石洲詩話》（P.1437）誠齋屢用轆轤進退格，實是可厭。至云：「尤蕭范陸四詩翁，此後誰當第一功？新拜南湖爲上將，更牽白石作先鋒。」叫囂傖儷之聲，令人掩耳不欲聞。

◎ 《石洲詩話》（P.1448）顧俠君謂元人用韻，頗有淆訛，而入聲尤甚。或以北方土語，混入古音；或以閩、越方言，謬稱通用。如庚、青、蒸與眞、文韻同押，再如魚、虞與支、齊同押，此豈非變而太過者，然其來已久矣。若劉靜修桃源行：「漁舟載入人間世，卻悔桃花露蹤跡。」此則竟是北方土音之偶相似者，未及檢審耳。然竊疑遺山虞阪行「孫陽騏驥不並世」句亦是如此，雖上已有韻，而以文勢論之，此句似疊一韻者耳。

◎ 《石洲詩話》（P.1469）七古仄韻，一韻到底，苦難撐架得住。每於出句煞尾一字，以上去入三聲配轉，與平聲相間用之，到撐不住時，必爲仄字硬撐也。

◎ 《竹林答問》（P.2230）問：每句用韻，三句一換韻，如岑嘉州走馬川行，豈其創格，抑有所本邪？
此體及兩句一換韻詩，昔人謂之促句換韻體，實本於毛詩九罭篇兩句一換之格。古辭東飛伯勞歌，崔顥盧姬篇，皆是本於匏有苦葉篇。此格三百篇中最多，詳見予所作詩誦中。大抵後人詩體，無不源於毛詩。如子建贈白馬王詩體，本文王、下武、既醉諸篇。昌黎南山詩，「或」字一段本北山，疊字一段本碩人末章及斯干五章。學者自幼將三百篇滑口讀過，從不於此等處體會，安得復有悟入？

◎ 《竹林答問》（P.2232）問：如前數詩，皆前後兩韻，老杜平韻轉仄，

東坡前後皆平，有異法否？

此隨興所至，並無異法。天廚禁臠強造為平頭、換韻之名，直是無理取鬧。

◎ 《竹林答問》（P.2232）問：促句換韻體有五句一轉韻者，如老杜短歌行贈王郎司直一篇，第三句不用韻，此其定法歟？

每句用韻，要是正格。東坡太白贊七句一轉韻，亦每句用韻。其長篇則如老杜大食刀歌，前韻十七句，後韻十五句，法度盡同，特長短有異耳。大食刀歌前韻末「芮公」兩句，承上轉下處，另作一關鍵，則前後仍各是十五韻也。

◎ 《竹林答問》（P.2233）問：七古每句用韻，今人謂之柏梁體。叔父以為不然，何邪？

每句用韻，體本於毛詩，後人自昧其源耳。柏梁體，聯句所始。必於古詩中求之，則魏文燕歌行，其可考者也。

◎ 《竹林答問》（P.2235）問：氣以運意，轉韻詩當何以運意？

轉韻以意為主，意轉則韻轉，有意轉而不換韻，未有韻換而意不轉者。故多寡緩急，皆意之所為，不可勉強。

◎ 《竹林答問》（P.2235）問：然則古詩當以一韻到底為正格矣？

此卻不然。論其源，則三百篇詩無不轉韻者，即其中有一韻相承至十二句以上，未有不換韻，蓋作詩之定式也。豈得謂三百篇非正格乎？

◎ 《竹林答問》（P.2235）問：漢、魏、六朝五古甚少有轉韻者，唐人五古尚然，而七古則大抵轉韻者多，何也？

七古行之以氣，句字既冗，長篇難於振屬。轉韻長古較易於一韻到底者，以韻轉則氣隨之翕張，不至一往而竭故也。唐初盛諸家，獨韻長古絕少。惟昌黎之氣最盛，特好為之，而少變化亦坐此。然必氣盛，方可言變化。初學七言，仍當以一韻到底入手，所以充其氣也。若五古字少，又以神韻為主，神韻不可促，故轉韻特難。古詩十九首惟「行行重行行」與「冉冉孤生竹」二首換韻，其音節轉捩處，便近樂府。五言長古濫觴於齊、梁，汪洋於杜、韓、元、白，終非正格。

◎ 《竹林答問》（P.2236）問：七古轉韻似當以一平一仄相間，抑可不

拘否？

未嘗盡拘。但長古轉韻，平仄自須約略相間，方極高下鏗鏘之致。惟仄韻有三而平韻祇一聲，此中亦自有變化。宋人詩已有不甚了了者矣。

◎ 《竹林答問》（P.2236）問：七言古詩換韻之句必用韻，何故？

轉韻七古，凡換韻之句必有韻，與五古轉韻異，與歌行雜言亦異。蓋五古原本三百篇，雜言句法伸縮，其換韻自有御風出虛之妙。七言則句法嘽緩，轉韻處必用促節醒拍，而後脈絡緊遒，音調圓轉。古今作者，皆無異軌。惟少陵醉時歌「先生有道出羲皇」，哀江頭「憶昔霓旌下南苑」，劍器行「先帝侍女八千人」，三換頭皆無韻。細玩之，乃各有法外法，使後人傲之，則立蹶矣。

◎ 《竹林答問》（P.2236）問：然則轉韻之長短緩急無定法乎？

此中亦實有規矩，難以言傳。其法莫備於杜詩，有每段八句四句法律森嚴者，有間以促韻者，有變化不可端倪者，大抵前紆徐而後急促，所謂亂也。熟玩之自能心領神會。予所著詩誦一書，論三百篇轉韻之法甚備，可以溯源。

◎ 《竹林答問》（P.2237）問：仄韻古詩凡單句有全用平聲住腳者，或無妨與？

此必不可。但取古人詩細按之自知，而近時人每犯之，不思之過也。

◎ 《竹林答問》（P.2237）問：古詩聲韻當何從？

作古詩，聲調須堅守杜、韓、蘇三家法律。至用韻，當以杜、韓為宗主。韓詩間溢入協韻，蘇詩則偶有紊界處，不可為典要也。

◎ 《竹林答問》（P.2237）問：平韻五古單句末一字似可用平聲，古人亦嘗如此。

平韻五古單句住腳可用平聲，與七古異。然三聯中連用平聲尚可，四聯連用，則八句住腳字皆平聲，音節盡痺靡矣。若犯同韻字，如第一句末用「支」字，第三句末用「微」字，第五句末用「齊」字，尤為大忌。

◎ 《竹林答問》（P.2237）問：音韻或協或通，其用之之道有分別否？

協韻只可用之樂府，若施之古詩，終嫌聱牙。蓋古詩主於讀，樂府主於歌，古人分通協二法，名義固自釐然。

◎ 《老生常談》（P.1793）古體詩要讀得爛熟，如讀墨卷法，方能得其音節氣味，於不論平仄中，卻有一自然之平仄。若七古詩泥定一韻到底，必該三平押腳，工部、昌黎即有不然處。聲調譜等書，可看可不看，不必執死法以繩活詩。惟平韻一韻到底，律句當避，不可不知。

◎ 《老生常談》（P.1817）贈崔立一首，工於展拓，妙於收束。其鋪敘處用轉折以取勢，轉折處用警句以整頓，遂不嫌拖沓，無懈可擊。至全用仄韻到底、工部已有之，盛於作者，極於東坡，歌行之能事備矣。鄙意以為作仄韻頗易於見長，學者當先從轉韻入手，再作平韻，終作仄韻，功夫方有層次。

◎ 《兩當軒詩話》（P.382）梁茞林章鉅《浪跡叢談》曰：「凡作詩，次前人名作之韻最難，然亦視其人之才力何如耳。」在京師時，嘗與吳蘭雪談詩。蘭雪謂黃仲則黃鶴樓詩，必次崔顥韻，為膽大氣粗，且悠韻如何押得妥。雖以仲則之才，吾斷其必不能佳耳。適架上有兩當軒詩鈔，余因檢示之，蘭雪讀至「坐來雲我共悠悠」乃拍案叫絕曰：「不料雲字下，但添一我字，便壓倒此韻。信乎天才不可及矣。」

◎ 《拜經樓詩話》（P.741 第 11 條）何無忌與人論詩云：「欲作佳詩，必先尋佳韻，未有佳詩而無佳韻者也。韻有宜於甲而不直於乙，宜於乙而不宜於甲者。題韻適宜，若合函蓋，惟在構思之初，善巧揀擇而已。若七言歌行，抑揚轉換，用韻頓挫處，尤宜喫緊。理會此處，最能見人平日學力淺深，工夫疏密。乃至排律長選，亦宜斟酌，韻腳穩妥，庶無牽強搭湊之失。」可見工詩者未有不留意於韻。今八衝口吟哦，但求協韻，甚則次韻疊韻，連篇累牘，徒使唇焦腕脫，今人生厭。……

◎ 《原詩》（P.608）七古終篇一韻，唐初絕少，盛唐間有之，杜則十有二三，韓則十居八九。逮於宋，七古不轉韻者益多。初唐四句一轉韻轉，必蟬聯雙承而下，此猶是古樂府體；何景明稱其音節可歌，此言得之而實非。七古即景即物，正格也。盛唐七古，始能變化錯綜。蓋七古直敘，則無生動波瀾，如平蕪一望；縱橫則錯亂無條貫，如一屋散錢；有意作起伏照應，仍失之板；無意信手出之，又苦無

章法矣。此七古之難，難尤在轉韻也。若終篇一韻，全在筆力能舉之，藏直敘於縱橫中，既不患錯亂，又不覺其平蕪，似較轉韻差易。韓之才無所不可，而爲此者，避虛而走實，任力而不任巧，實啓其易也。至如杜之哀王孫，終篇一韻，變化波瀾，層層掉換，竟似逐段換韻者，七古能事，至斯已極，非學者所易步趨耳。

◎ 《原詩》（P.608）五古，漢魏無轉韻者，至晉以後漸多，唐時五古長篇，大都轉韻矣。惟杜甫五古，終集無轉韻者。畢竟以不轉韻者爲得。……五言樂府，或數句一轉韻，或四句一轉韻，此又不可泥。樂府被管絃，自有音節，於轉韻見宛轉相生層次之妙。若寫懷投贈之作，自宜一韻，方見首尾聯屬。宋人五古不轉韻者多，爲得之。

◎ 《唐音審體》（P.784）律詩七言絕句論　絕句之體，五言七言略同，唐人謂之小律詩。……所稍異者，五言用韻不拘平仄，七言則以平韻爲正，然仄韻亦非不可用也。

◎ 《師友詩傳錄》（P.136 第 13 條）問：「七古換韻法？」

阮亭答：「此法起於陳、隋，初唐四傑輩沿之，盛唐王右丞、高常侍、李東川尚然，李、杜始大變其格。大約首尾腰腹，須銖兩勻稱，勿頭重腳輕，腳重頭輕，乃善。」

歷友答：「初唐或用八句一換韻，或用四句一換韻，然四句換韻其正也。此自從三百篇來，亦非始於唐人。若一韻到底，則盛唐以後駸多矣。四句換韻，更以四平、四仄相間爲正。平韻換平，仄韻換仄，必不協也。」

蕭亭答：「或八句一韻，或四句一韻，或兩句一韻，必多寡勻停，平仄原用，方爲得體。亦有平仍換平，仄仍換仄者，古人實不盡拘。亦有通篇一韻，末二句獨換一韻者，雖是古法，宋人尤多。」

◎ 《師友詩傳錄》（P.136 第 14 條）問：「五古亦可換韻否？如可換韻，其法何如？」

阮亭答：「五言古亦可換韻，如古西洲曲之類。唐李太白頗有之。」

歷友答：「五古換韻，十九首中已有。然四句一換韻者，當以西洲曲爲宗。此曲係梁祖蕭衍所作，而詩歸誤入晉無名氏，不如何據也。」

蕭亭答：「十九首「行行重行行」、「冉冉生孤竹」、「生年不滿百」皆換韻。魏文帝雜詩：「棄置勿復陳，客子常畏人」、曹子健「去去

勿復道、沈憂令人老」，皆末二句換韻，不勝屈指。一韻氣雖矯健，換韻意方委曲。有轉句即換者，有承句方換者，水到渠成，無定法也。要之，用過韻不宜重用，嫌韻不宜聯用也。」

◎ 《師友詩傳續錄》（P.149 第 3 條）問：「嘗見批袁宣四先生詩，謂古詩一韻到底者，第五字須平，此定例耶？抑不盡然耶？」

答：「一韻到底，第五字須平聲者，恐句弱似律句耳。大抵七古句法字法，皆須撐得住，拓得開，熟看杜、韓、蘇三家自得之。」

◎ 《師友詩傳續錄》（P.152 第 16 條）問：「蕭亭先生曰：『所云以音節為頓挫者，此為第三第五等句而言耳。蓋字有抑有揚，如平聲為揚，入聲為抑，去聲為揚，上聲為抑。凡單句住腳字，必錯綜用之，方有音節。如以入聲為韻，第三句或用平聲，第五句或用上聲，第七句或用去聲。大約用平聲者多；然亦不可泥，須相其音節變換用之。但不可於入聲韻單句中，再用入聲字住腳耳。』此說足盡音節頓挫之旨否？」

答：「此說是也。然其義不盡於此，此亦其一端耳。且此語專為七言古詩而發，當取唐杜、岑、韓三家，宋歐、蘇、黃、陸四家七古諸大篇，日吟諷之，自得其解。」

◎ 《師友詩傳續錄》（P.156 第 37 條）問：「七言古用仄韻用平韻。其法度不同，何如？」

答：「七言古凡一韻到底者，其法度悉同。惟仄韻詩，單句末一字可平仄間用，平韻詩，單句末一句忌用平。若換韻者，則當別論。」

◎ 《師友詩傳續錄》（P.156 第 38 條）問：「古詩換韻之法，應何如？」

答：「五言換韻，如「折梅下西洲」一篇，可以為法。李太白最長於此。七古則初唐王、楊、盧、駱是一體，杜子美又是一體。若仿「初唐體」，則用排偶律句不妨也。」

◎ 《師友詩傳續錄》（P.156 第 39 條）問：「古詩忌頭重腳輕之病，其詳何如？」

答：「此似為換韻者立說。或四句一換，或六句一換，須首尾腰腹勻稱，無他祕也。」

◎ 《退庵隨筆》（P.1966）七古有仄韻到底者，則不妨以律句參錯其間，以用仄韻，已別於近體，故間用律句，不至落調。如昌黎寒食日出

遊詩凡二十韻，而律句十四見，東坡石鼓詩凡三十韻，而律句十五見。其篇中換韻者，亦可用律句，如少陵之丹青引，東坡之往富陽新城皆是。而王右丞之桃源行凡三十二句，律句至二十三見。此皆唐宋大家可據為典要者。

◎ 《退庵隨筆》（P.1967）五古出句住腳，亦當平仄間用，與七古同；惟平韻之出句住腳，不忌用平聲，則與七古異。漢、魏以至於唐、宋諸大家詩，可覆按也。至近體之出句住腳，人惟知唐賢有忌用一紐之說，不知杜詩中凡一三五七句住腳字，上去入三聲，亦必隔別用之，莫有疊出者。昔朱竹垞寄查德尹書，謂富平李天生之論如此，以為少陵自詡「晚節漸於詩律細」，此可徵其細處，為他家所不能。予初聞是言，尚未深信，退而考之，惟八首與天生所言不符。其一鄭駙馬宅宴洞中云：「春酒杯濃琥珀薄」，又云「誤疑茅堂過江麓」，又云「自是秦樓壓鄭谷」，疊用三入聲字。……既而以宋、元舊雕本暨文苑英華證之，則「江麓」作「江底」，……合之天生所云，八詩無一犯者。由是推之，「七月六日苦炎熱」下第三句不應用「蠍」字，作「苦炎蒸」是也；「謝安不倦登臨賞」下第七字不應用「府」字，作「登臨費」者是也。循此說以勘，雖長律百韻，諸本字義之異，可審擇而正之。此義蓋前人所未發也。

◎ 《退庵隨筆》（P.1967）仄韻到底之七古，出句住腳，必須平仄間用，且必須上去入相間用之。如以入聲為韻，第三句或用平聲，第五句或用上聲，第七句或用去聲。大約多用平聲，而以仄聲錯綜之，但不可於入聲韻出句之住腳，再用入聲字耳。若平韻到底之七古，則出句住腳，但須上去入相間，而忌用平聲。王漁洋已詳言之。今人於仄韻之出句，往往不知間用平仄，而於平韻之出句住腳，反多用平聲，殊不可解。殆以古人詩中間有不拘者，如韓公石鼓歌之「孔子西行不到秦」及「憶昔初蒙博士徵」，坡公游徑山之「雪眉老人朝扣門」，歐陽公啼鳥之「獨有花上提壺盧」。然合唐、宋兩朝數大家之詩，其出句用平者，不過此數處，則非後人所可藉口也。

◎ 《退庵隨筆》（P.1969）作古詩但用通韻，不必用轉韻、協韻則尤不必。古人有之，今人又何必悉效之。往往見人於詩賦句末，旁注協字，而讀之實不能協，豈非徒勞而罔功乎？

◎ 《退庵隨筆》（P.1969）作近體詩，自有佩文齋詩韻可以遵守。若古
體詩，則宜參用古韻，且依邵青門古今韻略用之。蘇齋師嘗云：「邵
青門所著書，惟韻略可取。其論古詩用韻，恪遵杜、韓，可法。」
今坊本韻書，所注古韻相通之處，當分別觀之。平韻尚無大出入，
仄韻則多不可據。如四質與十三職、十二錫、十四緝斷不可通，十
二錫與十四緝亦不可通。在昔蘇、黃及近人吳梅村皆如此混用，我
輩則斷不可耳。

◎ 《退庵隨筆》（P.1970）古體詩用韻之寬，莫如昌黎。如此日足可惜
一首，通用東、冬、江、陽、庚、青、六韻；元和聖德詩，通用語、
麌、馬、有、哿五韻，則後學似不宜效之。六一詩話謂其「得韻寬，
則泛入旁韻，乍還乍離，出入回合，不可拘以常格，如此日足可惜
之類。得韻窄，則不復旁出，而因難見巧，愈險愈奇，如病中贈張
十八之類。此譬如善馭馬者，通衢廣陌，縱橫馳騁，惟意所之；至
於蟻封水曲，又疾徐中節，不少蹉跌。此天下之至工也。」然韓集
中窄韻古詩，亦不止病中贈張十八一首。如陪侍御遊湘西兩寺一
首，又會合聯句三十韻，洪容齋謂除「蠓」、「蛹」二字韻略未收，
餘皆不出二腫之內。今按「蠓」、「蛹」二字，唐韻本收在二腫，則
皆本韻也。

◎ 《退庵隨筆》（P.1984）又曰：「律詩亦有通韻，自唐已然，惟東、
冬、魚、虞爲多。如明皇餞王晙巡邊長律乃魚韻而用『符』字、『敷』
字，蘇頲出塞五律乃微韻而用『麾』字，杜詩寄賈嚴兩閣老乃先韻
而用『騫』字，又崔氏玉山草堂乃眞韻而用『芹』字，劉長卿登思
禪寺五律乃東韻而用『松』字，戴叔倫江鄉故人集客舍五律乃冬韻
而用『蟲』字，閭丘曉夜渡淮五律乃覃韻而用『帆』字，魏兼恕送
張兵曹五律乃東韻而用『農』字，宋若昭麟德殿長律乃東韻而用『農』
字、『宗』字，耿湋紫芝觀五律乃冬韻而用『風』字，釋澹交望樊
川五律乃冬韻而用『中』字。至於李賀追賦畫江潭苑五律，雜用
『紅』、『龍』、『空』、『鐘』四字，此則開後人『轆轤』、『進退』之
格，詩中另爲一體矣。其東韻之有『宗』字，魚韻之有『胥』字，
或唐韻原是如此。如耿湋詣順公問道五律之末聯，王維和晉公扈從
溫湯長律之第八聯，楊巨源聖壽無疆詞長律之第八首末聯，司空曙

-173-

和常舍人集賢殿長律之第三聯，皆以東韻而用『宗』字。李白鸚鵡洲乃庚韻而用『青』字；此詩唐文粹編入七古，後人又編入七律，其體亦可古可今，要皆出韻也。元以後，律詩尤多通韻，如元遺山、虞伯生、薩天錫、楊廉夫諸名家集中皆有之，非可概論。唐律第一句多用通韻字，蓋此句原不在四韻之數，謂之『孤雁入群』，然不可通者，亦不用也。『進退格』乃是兩韻相間而成，亦必韻本相通，非可任意也。」凡此皆於古有據，讀者不可不知，作者正不必遽效之。

◎ 《退庵隨筆》（P.1984）汪韓門曰：「七言古詩轉韻，漢張平子思玄賦系詞，其肇端矣。轉韻之首句，古無不用韻者，惟江總持詩，有『雲聚懷清四望臺』（宛轉歌），『來時向月別姮娥』（新入姬人應令）二句無韻，此在唐以前者。唐七古以少陵為宗，少陵集中，惟『先生有道出羲皇』（醉時歌），『或從十五北防河』（兵車行），『君不見東吳顧文學』（醉歌行），『先帝待女八千人』（舞劍器行），『杖兮杖兮，爾之生也甚正直』（桃竹杖引），『憶昔霓旌下南苑』（哀江頭），此六處轉句無韻。其他名人集中，偶一有之。如太白之『匈奴以殺戮為耕作』（戰城南），喬知之之『南山羃羃兔絲花』（古意和李侍郎），東坡之『不羨白衣作三公』（賀朱壽昌蜀中得母），虞伯生之『丹丘越人不到蜀』（題墨竹）、『圖中風景偶相似』（柯博士畫）等是也。然一篇中只偶一句耳。今人有至連轉皆不用韻者，竟與四言五言一例，音節乖舛甚矣。」

◎ 《退庵隨筆》（P.1985）袁簡齋曰：「顧亭林言：『三百篇無不轉韻者，唐詩亦然，惟韓昌黎七古，始一韻到底。』余按文心雕龍云：『賈誼、枚乘，四韻輒易，劉歆、桓譚，百韻不遷，亦各從其志也。』則不轉韻詩，漢代已然矣。」

◎ 《得樹樓雜鈔》（P.191）蕭、豪與尤、侯通韻，始於三百篇，不獨平聲，上去二聲亦爾。歷考古詩及唐宋諸家銘詞無一不合者。

◎ 《野鴻詩的》（P.855第36條）協韻毋論險易，貴推擠不動。易者尚新，險者尚穩。

◎ 《野鴻詩的》（P.858第52條）韻有通轉，何也？音相同者謂之通；音不同者謂之轉。如一東通「冬」轉「江」是也。

◎ 《圍爐詩話》（P.482）……詩入歌喉，故須有韻，韻乃其末務也。……休文四聲韻小學家言，本不爲詩，詩人亦不遵用。……

◎ 《圍爐詩話》（P.483）青箱雜記載鄭谷，齊己、黃損等定今體詩格云：「用韻有數格，曰葫蘆、曰轆轤、曰進退。葫蘆韻者，先二後四；轆轤韻者，雙出雙入；進退韻者，一進一退。」引李師中送唐介詩云：「孤忠自許眾不與，獨立敢言人所難。去國一身輕似葉，高名千古重如山。並遊英俊顏何厚？未死奸諛骨己寒。天爲吾皇扶社稷，肯教夫子不生還？」八句詩一「難」三「寒」同部，二「山」四「還」又一部，爲進退格之證。而葫蘆、轆轤未有引證。別本詩話引太白「我攜一尊酒」爲葫蘆韻之例，引「漢帝寵阿嬌」爲轆轤韻之例，乃古詩也。

◎ 《圍爐詩話》（P.483）唐韻視今之平水韻「多」分「鐘」，「支」分「脂」，似乎狹矣，而有葫蘆韻用法，轆轤韻用法，進退韻用法，有嫌韻，有兼韻，有通用，有轉用，有協用，作者猶得輾轉言情。平水韻似寬，而葫蘆等諸法俱廢，則實狹矣。

◎ 《圍爐詩話》（P.483）問曰：「二美大呵出韻詩，是否如何？」答曰：「出韻必是起句，起句可用仄聲字，出韻何妨。蓋律詩止言四韻，絕句止言二韻，王子安滕王閣詩八句六韻，而序曰：『四韻俱成』，以『渚』與『悠』，不在韻數中也。出韻詩雖是晚唐變體，然非晚不及盛之關係處。如元美兄弟之說，但不出韻，即是盛唐耶？」首句出韻，不影響其用韻。

◎ 《圍爐詩話》（P.483）詩本樂歌，定當有韻，猶今曲之有韻也。今之曲韻，「庚」、「青」、「眞」、「文」等合用，初無礙乎歌喉。詩已不歌，而韻部反狹，奉平水韻如聖經國律，而置性情之道如弁髦，事之顧奴失主，莫甚于此！

◎ 《圍爐詩話》（P.484）唐人有嫌韻、兼韻之法。嫌韻即出韻也。兼韻亦名干韻，謂兼取通用韻中一二字也。嫌韻與兼韻可通用，不可轉用。寒與刪，先得相兼，以其通用故也。而轉用之眞、文、元則不可。

◎ 《圍爐詩話》（P.484）唐人排律有兼韻者，東兼多，庚兼青是也，即協也。不用如字之聲者謂之轉，轉一二字而不全部通轉者謂之

協。通用乃劉淵并韻已前之法，今世所刻平水韻猶仍其名。呵呵！

◎ 《圍爐詩話》（P.484）問曰：「用韻以可者為準則？」答曰：「韻書自曹魏李登、梁沈約以來，其故甚繁，此難具述。唐之官韻今不可得，北宋禮部韻，余曾見二本，皆一東、二冬、三鐘者也。名廣韻者，因唐韻而廣之者也，即此可以知唐韻矣。今世通行之一東、二冬、三江、四支之韻，乃宋理宗時平水劉淵，并舊韻之二百六部，以為一百七部而成之者也。舊韻一東獨用，二冬三鐘通用，淵則竟并通用者為一部。古韻通轉者，東、冬、江、陽、庚、青、蒸七部為一部，支、微、齊、佳、灰、魚、虞、歌、麻、尤十韻為一部，眞、文、元、寒、刪、先六韻為一部，侵、覃、鹽、咸四韻為一部。韻之通轉，又分兩界，有入聲者十七部為一界，無入聲者十三部為一界，兩界不相通轉。通轉有部，有類，有界，平上去各自通轉為部，東董送，眞軫震通轉為類，有入聲，無入聲通轉為界。非此則謂之協，協乃通轉之窮也。自平水韻行，而北宋之禮部詩家名公俱未經目，界部通轉協之法俱不講，唐人葫蘆、轆轤、進退之法，何所考哉！」

◎ 《圍爐詩話》（P.485）……夫和詩之體非一，意如問答而韻不同部者，謂之和詩；同其部而不其字者，謂之和韻；同其字而次第不同者，謂之用韻；次第皆同，謂之步韻。

◎ 《圍爐詩話》（P.485）子美飲中八仙歌押二「船」字、二「眠」字、二「天」字，三「前」字。說者謂此篇是八段，不妨重押。學林新編云：「觀詩題，是一歌也。通篇在「船」字中押，不移別韻，則非分八段。」蓋子美詩重韻者不少，因歷舉諸篇以及十九首、曹子建、謝康樂、陸士衡、阮嗣宗、江文通，王仲宣重韻之句，以見古有此體，子美因之。其言甚辨。余謂古人重詩而輕韻，故十九首以下多有重韻之詩；後人重韻而輕詩，見重押者駭為異物耳。施愚山謂步韻者是做韻，非做詩。余謂自唐以來，以意湊韻，重韻輕詩者，皆是做韻。

◎ 《圍爐詩話》（P.485）古人作詩，不以辭害志，不以韻害辭。今人奉韻以害辭，泥辭以害志。十二侵乃舌押上顎成聲，非閉口也，閉口則無聲矣。韻家別為立部，非也。縱使侵等果是閉口字，亦為小

學審聲中事，與詩道何涉？此又詩人奉行之過也。

◎ 《圍爐詩話》（P.485）嚴滄浪云：「任昉哭范雲詩，重韻兩『生』字，三『情』字。天廚禁臠乃謂平韻可重押，或平或仄韻不可者。彼就子美飲中八仙歌立說，陋矣！」焦仲鄉妻作重二十許韻。

◎ 《圍爐詩話》（P.486）古人視詩甚高，視韻甚輕，隨意轉協而已，以詩乃吾之心聲，韻以諧人口吻故也。唐人局于韻而詩自好，今人押韻不落即是詩。故古人有詩無韻，唐人有韻有詩，今人惟有韻無詩。得一題，詩思不知發何處，而先押一韻，何異置榻以待電光。

◎ 《圍爐詩話》（P.486）……。古詩不對偶，無平仄，韻得協用，唐詩悉反之，已是難事，若又步韻，李、杜無以見長。

◎ 《然鐙記聞》（P.119 第 5 條）韻有陰陽。陽起者陰接，陰起者陽接，不可純陰純陽，令字句不亮。

◎ 《答萬季埜詩問》（P.25 第 1 條）昨東海諸英俊問：「出韻詩，唐人多有之，而王麟洲極以爲非，何也？」答曰：「出韻必是起句，起句可用仄聲字，出韻何傷？蓋起句不在韻數中，故一絕止言二韻，一律止言四韻。如滕王閣詩，本是六韻，而序云：『四韻俱成。』以『渚』、『悠』不在韻數中故也。」

◎ 《答萬季埜詩問》（P.25 第 2 條）又問：「和詩必步韻乎？」答曰：「和詩之體不一，意如答問而不同韻者，謂之和詩；同其韻而不同其字者，謂之和韻；用其韻而次第不同者，謂之用韻；依其次第者，謂之步韻。……」

◎ 《答萬季埜詩問》（P.32 第 18 條）又問：「施愚山所謂今人祇解作韻者若何？」答曰：「每得一題，守住五字，於韻府群玉，五車韻瑞上，覓得現成韻腳子，以句輳韻，以意輳句，扭捻一上，自心自身，俱不照管，非做韻而何？陷溺之甚者，遂至本是倡作，亦覓古人詩之韻而步之，烏得不爲愚山所鄙哉？古詩不對偶，不論黏，不拘長短，韻法又寬。唐律悉反之，已是束縛事。若又步韻，陶、謝、李、杜，無以措手。」

◎ 《婉雅堂詩話》（P.454）韓昌黎善學工部，而妥帖排　，遂開有宋蘇、陸之先聲。其音節不但與初唐四子及盛唐之王、李大異，即嘉州、太白亦有不同。其中不乏轉韻之作，而當以平韻到底者爲大凡，

總以異於律句為主。而著意尤在上句之第五字用仄，下句之第五字用平。（間有用仄者，因上四字多平、多仄，已非律句也。）以此求之，十得七八矣。李義山（商隱）韓碑一篇，格律俱妙，可為程式。

◎ 《詩筏》（P.165）前輩有禁人用啞韻者，謂押韻要官樣，勿用啞韻，如四支與十四鹽皆啞韻，不可用也。而不知詩家妙處，全在押韻，押韻妙處，決不在官樣。果禁啞韻，則孔子訂詩，當預作四韻刪正，「燕婉」「戚施」之句，必不列於風，而「昭假遲遲」，「式於九圍」，不列於頌矣。可為噴飯。

◎ 《詩概》（P.2442）問韻之相通與不相通，以何為憑？曰：憑古。古通者，吾亦通之。毛詩，楚辭，漢、魏、六朝詩，杜、韓諸大家詩，以及他古書中有韻之文，皆其準驗也。

◎ 《詩概》（P.2442）辨得平聲韻之相通與不相通，斯上聲去聲之通不通因之而定。東、冬、江通，則董、腫、講通矣，送、宋、絳亦通矣。推之：支、微、齊、佳、灰通，則紙、尾、薺、蟹、賄通，寘、未、霽、泰、卦、隊通。魚、虞通，則語、麌通，御、遇通。真、文、元、寒、刪、先通，則軫、吻、阮、旱、潸、銑通，震、問、願、翰、諫、霰通。蕭、肴、豪通，則篠、巧、皓通，嘯、效、號通。歌、麻通，則哿、馬通，箇、禡通。庚、青、蒸通，則梗、迥通，敬、徑通。侵、覃、鹽、咸通，則寢、感、儉、豏通，沁，勘、豔、陷通。陽無通，則養亦無通，漾亦無通。尤無通，則有亦無通，宥亦無通。

◎ 《詩概》（P.2443）入聲韻之通不通，亦於平聲定之。東、冬、江通，則屋、沃、覺通。真、文、元、寒、刪、先通，則質、物、月、曷、黠、屑通。庚、青、蒸通，則陌、錫、職通。侵、覃、鹽、咸通，則緝、合、葉、洽通。陽無通，則藥亦無通。

◎ 《詩學纂聞》（P.449）律詩不出韻，古詩可用通韻，一定之理也。近乃有上江詩人作詩話，謂五古可通，七古不可通。其說尊杜，謂杜詩七古通韻者僅數處，必是傳寫之訛。以余考之，殊不其然。杜詩七古如〈王宰畫山水圖歌〉，中段用東韻，而中有「雲氣隨飛龍」句；又〈君不見簡蘇徯〉用東韻，而有「一斛舊水藏蛟龍」句；〈歲

暮行〉亦東韻，而云「今年米賤大傷農」，又云「割慈忍愛還租庸」，龍、農、庸三字皆多韻也。〈醉爲馬墜〉一篇及〈暮秋枉裴道州手札〉之前半，又〈久雨期王將軍不至〉之前半，俱屋、沃通用。……

◎ 《詩學纂聞》（P.451）七言古詩轉韻，漢張平子思元賦系詞，其肇端矣。轉韻之首句，古無不同韻者，惟江總持詩，有「雲聚懷清四望臺」（宛轉臺）、「來時向月別姮娥」（新入姬人應令）二句無韻，此在唐以前者。唐七古以少陵爲宗，少陵集中惟「先生有道出羲皇」（醉時歌）、「或從十五北防河」（兵車行）、「君不見東吳顧文學」（醉歌行）、「先帝侍女八千人」（舞劍器行）、「杖兮杖兮，爾之生也甚正直」（桃竹杖行）、「憶昔霓旌下南苑」（哀江頭），此六篇轉句無韻。其他名人集中，偶一有之。如太白之「匈奴以殺戮爲耕作」（戰城南），喬知之之「南山冪冪兔絲花」（古意和李侍郎），東坡之「不羨白衣作三公」（賀朱壽昌蜀中得母），虞伯生之「丹邱越人不到蜀」（題墨竹）、「圖中風景偶相似」（柯博士畫）等是也。然一篇中只偶一句耳。今人有至連轉皆出韻者，竟與四言五言一例，音節乖舛甚矣。

◎ 《詩學纂聞》（P.451）鮑明遠梅花落一篇，前云：「中庭雜樹多，偏爲梅咨嗟。問君何獨然？念其霜中能作花。」以上麻韻也；後云：「露中能作實，搖蕩春花媚春日。念爾零落逐寒風，徒有霜花無霜質。」以上質韻也。霜中露中，一氣轉韻，求之前人，若漢鐃歌戰城南一章云：「梁築室，何以南？何以北？禾黍不種君何食？願爲忠臣，忠臣安可得？思子良臣，良臣誠可思。朝行出攻，暮不夜歸。」以「得」字協上北、食，而「思」字卻從轉韻。後則太白扶風高士歌云：「脫吾帽，向君笑。飲君酒，爲君吟。張良未逐赤松去，橋邊黃石知我心」亦其體也。

◎ 《詩學纂聞》（P.452）律詩亦有通韻，自唐已然，而在東、冬、魚、虞爲尤多。如明皇〈餞王晙巡邊〉長律乃魚韻，次聯用「符」字，十聯用「敷」字，符、敷皆虞韻也。蘇頲〈出塞〉五律乃微韻，次聯用「麾」字，則支韻也。杜陵〈寄賈嚴兩閣老〉五十韻乃先韻，末句用「騫」字，則元韻也；又〈崔氏玉山草堂〉七律乃眞韻，三聯用「芹」字，則文韻也。劉長卿〈登思禪寺〉五律乃東韻，三聯

用「松」字，則多韻也。戴叔倫〈江鄉故人集客舍〉五律乃多韻，三聯用「蟲」字，則東韻也。閭邱曉〈夜渡淮〉五律乃覃韻，次聯用「帆」字，則咸韻也。魏兼恕〈送張兵曹〉五律乃東韻，首聯用「農」字，則多韻也。宋若昭〈麟德殿〉長律乃東韻，四聯用「濃」字，五聯用「宗」字，濃、宗皆多韻也。耿湋〈紫芝觀〉五律乃多韻，首聯用「風」字，則東韻也。釋澹交〈望樊川〉五律乃多韻，首聯用「中」字，則東韻也。至如李賀〈追賦畫江潭苑〉五律，雜用紅、龍、空、鐘四字，此則開後人「轆轤」、「進退」之格，詩中另爲一體矣。其東韻之有「宗」字，魚韻之有「胥」字，必是唐韻原是如此，非屬通韻。如耿湋〈詣順公問道〉五律之末聯，王維〈和晉公扈從溫湯〉長律之第八聯，楊巨源〈聖壽無疆詞〉長律其八之末聯，司空曙〈和常舍人集賢殿〉長律之第三聯，俱用東韻，而有「宗」字。李白〈鸚鵡洲〉一章，乃庚韻而押「青」字；此詩唐文粹編入七古，後人編入七律，其體亦可古可今，要皆出韻也。元人律詩通韻尤多，名家之集，如元遺山〈望王李歸程〉乃虞韻，中聯用「徐」字；〈寄楊飛卿〉乃多韻，中聯用「蟲」字；〈華不注山〉乃刪韻，末聯用「寒」字。虞伯生〈還鄉〉乃支韻，末聯用「如」字。薩天錫五言如〈寄石民瞻〉之用庚、青；七言如〈酌桂芳庭〉之用青、蒸，皆是「進退格」。至五言〈寄王御史〉乃眞韻，而首聯用「垠」字；七言〈病中夜坐〉乃文韻，而末聯用「喧」字。又如楊廉夫〈益府白兔〉用寒、刪；〈出都〉其二用支、微；〈喬夫人鼓琴〉用庚、青，亦皆「進退格」。至如〈嬉春體〉「楊子休官」一章，前四句用刪韻「還」「山」二字，後四句用寒韻「彈」「殘」二字，直是轉韻律詩矣。是則通體通韻者，唐以後人尤多，或是古韻，或是誤記，或另一體，非可概論也。唐律第一句多用通韻字，蓋此句原不在四韻之數，謂之「孤雁入群」；然不可通者，亦不用也。「進退格」乃是兩韻相間而成，亦必韻本相通，非可任意也。

◎《詩辯坻》(P.16)「人有土田」章，四「之」字爲語詞，當以「有」、「收」相協，「奪」、「說」相協，迺是隔句韻也。

◎《詩辯坻》(P.20) 病婦行「探懷中錢持授」句韻，「見孤啼索其母抱」句韻，「棄置勿復道」句韻。「授」協「抱」、「道」，古韻也。

孤兒行「腸月中愴欲悲」，「月」與「肉」同，古字也。

◎ 《詩辯坻》（P.32）柴虎臣云：「張載登成都白菟樓詩，猶本「日出東南隅」篇，用韻「魚」、「虞」、「尤」三韻相協。楊方合歡亦然。當是此三韻相通，晉、宋以前俱同之。」

◎ 《詩辯坻》（P.37）十三覃韻古詩少見，梁吳孜春閨怨用之。觀毛詩「節彼南山」首章，又「亂之初生，僭始既涵；亂之又生，君子信讒」，又「泰山巖巖，魯邦所詹」，知覃、鹽、咸三韻古蓋通用矣。

◎ 《詩辯坻》（P.45）岑棘陽慈恩浮圖詩，便「東」、「冬」通用。「四角」二語，拙不入古，酷為鈍語。至「秋色從西來，蒼然滿關中。五陵北原上，萬古青濛濛」，詞意奇工，陳、隋以上人所不為，亦復不辦，此處乃見李唐古詩真色。

◎ 《詩辯坻》（P.65）詩必相題，猥瑣、尖新、淫褻等題，可無作也。詩必相韻，故拈險俗生澀之韻及限韻步韻，可無作也。

◎ 《詩辯坻》（P.74）詩作七古，宜從唐人詩韻，乃為無弊。五古須論體裁風雅，宜用先秦韻，漢、魏稍密，晉、宋漸近于唐韻矣。倘于韻學未能精，只以唐韻行之為妥。如古詩關雎首章，皇皇者華第五章，天保九如兩章，漢詩「今日良宴會」、「攜手上河梁」、「骨肉緣枝葉」等篇，亦符唐韻。下此益復可知，無所譏駁。倘不知古韻離合而妄通之，必為識者所笑。

◎ 《詩辯坻》（P.76）古歌行押韻，初唐有方，至盛唐便無方。然無方而有方者也，亦須推按，勿得縱筆以擾亂行陣，為李將軍之廢刁斗也。古人有變韻不變意，變意不變韻之法。如子美「內府殷紅瑪瑙盤，婕好傳詔才人索。盤賜將軍拜舞歸，輕紈細綺相追飛」，四句一事，卻故將二句屬上文韻，變二句屬下文韻，此變韻不變意。「貴戚權門得筆跡，始覺屏障生光輝」，與上「盤賜」二句意不相屬，卻聯為同韻，此變意不變韻。讀之使人惚恍，尋之絲跡宛然，此亦行文之一奇也。

◎ 《詩辯坻》（P.77）步韻非古也，斷勿可為。七律一題勿作數首，若杜秋興，似無題耳，諸將亦敘數事，非復一題。律中重一二字、自不礙法。若長律重押韻，古間有之，似不可為法。擬古樂府一事，翻似為戲，無庸多作。

◎ 《甚原詩說》（P.1584）緗素雜記云：「凡詩用韻有數格，一曰葫蘆，二曰轆轤，三曰進退。葫蘆韻者，先二後三；轆轤韻者，雙出雙入；進退韻者，一進一退。」韓子蒼有進退格詩曰：「盜賊猶如此，蒼生困未蘇。今年起安石，不用笑包胥。子去朝行在，人應問老夫。髭鬚衰白盡，瘦地日攜鋤。」蓋「蘇」、「夫」二韻皆在七虞，「胥」、「鋤」在六魚也。

◎ 《甚原詩說》（P.1585）五律起句多用仄韻，亦有起句即用平韻者。宋人又入別韻，謂之「孤雁入群格」。然亦必於通韻中借入，如多韻詩起句入東，支韻詩起句入微，豪韻詩起句入蕭、肴是也。雜亂則不可為訓。至李笠翁於結句又創為「孤雁出群」，近人五律亦用之，尤謬之甚者也。

◎ 《甚原詩說》（P.1600）試帖例用六韻，首句以仄起為是，或押韻起亦可，此不在六韻之數。二句或對或不對，隨時置局。次聯承起意而暢足之。三聯須旁敲遠應，推宕擊題。四聯、五聯聚精會神，正在於此使題無剩義，筆有餘情。結句多用頌揚，或寓請託，然亦當與題合拍，不徒泛言。作者能另出精意，補前所未及，則氣足神旺，而為後勁矣。

◎ 《甚原詩說》（P.1620）轉韻初無定式，或二語一轉，或四語一轉，或連轉幾韻，或一韻疊下幾語，大約前則舒徐，後則一滾而出，欲急其節拍以為亂也。此亦天機自到，人工不能勉強。

◎ 《說詩晬語》（P.536 第 86 條）轉韻初無定式，或二語一轉，或四語一轉，或連轉幾韻，或一韻疊下幾語。大約前則舒徐，後則一滾而出，欲急其節拍以為亂也。此亦天機自到，人工不能逸強。

◎ 《說詩晬語》（P.537 第 92 條）三句一轉，秦皇嶧山碑文法也，元次山中興頌用之，岑嘉州走馬川行亦用之，而三句一轉中，又句句用韻，與嶧山碑又別。

◎ 《說詩晬語》（P.537 第 93 條）歌行轉韻者，可以雜入律句，借轉韻以運動之，純綿裹針，軟中自有力也。一韻到底者，必鏗金鏘石，一片宮商，稍混律句，便成弱調也。不轉韻者，李、杜十之一二，韓昌黎十之八九。後歐、蘇諸公，皆以韓為宗。

◎ 《說詩晬語》（P.552 第 57 條）律詩起句，可不用韻，故宋人以來，

有入別韻者。然必於通韻中借入，如冬韻詩起句入東，支韻詩起句入微，豪韻詩起句入蕭、肴是也。若庚、青韻詩，起句入眞、文、寒、刪；先韻詩，起句入覃、鹽、咸，亂雜不可爲訓。

◎ 《說詩晬語》（P.553 第 60 條）古人同作一詩，不必同韻，即同韻亦在一韻中，不必句次韻也。自元、白創始，而皮、陸倡和，又加甚焉。以韻爲主，而以意相從，中有欲言，不能通達矣。近代專以此見長，名曰和韻，實則趨韻，宜血脈橫亙，句聯意斷也。有志之士，當不囿於俗。

◎ 《說詩晬語》（P.553 第 61 條）毛樨黃云：「詩必相題，猥瑣尖新淫褻等題，可無作也；詩必相韻，故拈險俗生澀之韻，可無作也。」昏昏長夜，得此豁然。

◎ 《劍谿說詩》（P.1092）轉韻無定句，或意轉、氣轉、調轉，而韻轉亦隨之。

◎ 《養一齋詩話》（P.2062）西涯謂「五七言古詩仄韻者，上句末字類用平聲。惟杜子美多用仄，其音調起伏頓挫，獨爲遒健，回視純用平字者，便覺萎靡無生氣。」此即趙秋谷聲調譜耳。詩原不可廢此，而豈詩之本耶？然西涯詩如「童子無語對人閒」，實古詩之不合調者。「芳草晴煙已滿城」，一句中三用上聲字，又於聲調合耶？唐人張喬詩「起讀前秋轉海書」，亦一句三上聲，皆不合調。

◎ 《甌北詩話》（P.1166）昌黎古詩用韻，有通用數韻者，有專用一韻者。六一詩話謂「其得韻寬，則泛入旁韻，乍還乍離，出入回合，不可拘以常格，如此日足可惜之類。得韻窄，則不復旁出，而因難見巧，愈險愈奇，如病中贈張十八之類。譬如善馭馬者，通衢廣陌，縱橫馳騁，惟意之所至；於蟻封水曲，又疾徐中節，不少蹉跌。此天下之至工也。」今按此日足可惜一首，通用東、冬、江、陽、庚、青六韻，此外如元和聖德詩，通用語、麌、馬、有、哿五韻；孟東野失子詩，通用先、寒、刪、眞、文、元六韻，餘可類推。其用窄韻，亦不止病中贈張十八一首。如陪杜侍御遊湘西兩寺一首，又會合聯句三十四韻，洪容齋謂除「蠓」、「蛹」二字，韻略未收，餘皆不出二腫之內。今按「蠓」、「蛹」二字，唐韻本收在二腫，則皆本韻也。

◎ 《甌北詩話》（P.1175）大凡才人好名，必創前古所未有，而後可以
傳世。古來但有和詩，無和韻。唐人有和韻，尙無次韻；次韻實自
元、白始。依次押韻，前後不差，此古所未有也。而且長篇累幅，
多至白韻，少亦數十韻，爭能鬥巧，層出不窮，此又古所未有也。
他人和韻，不過一二首，元、白則多至十六卷，凡一千餘篇，此又
古所未有也。以此另成一格，推倒一世，自不能不傳。蓋元、白覰
此一體，爲歷代所無，可從此出奇，自量才力，又爲之而有餘，故
一往一來，彼此角勝，遂以之擅場。微之上令狐相公書，謂「同門
生白居易，愛驅駕文字，窮極聲韻，或千言，或五百言。小生自揣，
不能有以過之，往往戲排舊韻，別創新詞，名爲次韻，蓋欲以難相
挑耳。」白與元書，亦謂「敵則氣作，急則計生。以足下來章，惟
求相困，故老僕報語，不覺太誇。」觀此可以見二公才力之大矣。
今兩家次韻詩具在，五言律詩，實屬工力悉敵，不分勝負；惟古詩
往往和不及唱。蓋唱先有意而有詞，和者或不能別有新意，則不免
稍形支絀也。然二人創此體後，次韻者固習以爲常，而篇幅之長且
多，終莫有及之者，至今猶推獨步也。又如聯句一種，韓、孟多用
古體，惟香山與裴度、李絳、李紳、楊嗣復、劉禹錫、王起、張籍
皆用五言排律，此亦創體。

◎ 《靜志居詩話》（王嘉謨）伯俞五言頗熟選理，第北人用韻，恒以入
聲雜上去讀，故不多存。述懷云：「脈脈泉初生，鄰鄰冰始泮，嘯
歌念古人，俯仰成愁歎，貴賤本無方，乘時若有判，草木滿中唐，
旨鷯巢其坏，本欲慕崇高，迺爲耳目翫。」

◎ 《龍性堂詩話續集》（P.1032）凡古韻協音甚夥，姑舉東韻一字言之。
如「朋」協「篷」，楊用修深詆沈約入蒸韻之謬，而引棠棣：「每有
良朋，蒸也無戎。」逸詩：「翹翹東乘，招我以弓。豈不欲往，畏
我友朋。」又太玄：「一與六爲宗，二與七爲朋。」又劉楨魯都賦：
「和族綏宗，肅戒友朋。」爲協東之據。陳季立（第）古音攷謂「朋」
有兩音，與「東」協者，以用修之引爲然。與「蒸」協者，則有椒
聊：「蕃衍盈升」，「碩大無朋」。菁莪：「在彼中陵」，「錫我百朋」。
魯頌：「三壽作朋，如岡如陵」爲然。楊去奢（時偉）又謂「升」
亦音宗，「陵」亦音隆，引儀禮「八十縷爲一宗」，宗，古升字。小

雅；「與爾臨衝」，韓詩作「隆衝」。劉熙釋名：「陵，隆也。」易坎
卦：「維心亨，乃以剛中。天險不可升，地險山川丘陵。」歷歷援
據。三公所言皆是。見前輩攷訂核詳處，一東爲然，他協可類推矣。」

◎《薑齋詩話》（P.10 第 10 條）古詩及歌行換韻者，必須韻意不雙轉。
自三百篇以至庚、鮑七言，皆不待鉤鎖，自然蟬連不絕。此法可通
於時文，使股法相承，股中換氣。……

◎《薑齋詩話》（P.9 第 9 條）古詩無定體，似可任筆爲之，不知自有
天然不可越之渠矱。故李于鱗謂：唐無五古詩，言亦近是；無即不
無，但百不得一二而已。所謂渠矱者，意不枝，詞不蕩，曲折而無
痕，戍削而不競之謂。……

◎《蠖齋詩話》（P.381）往見何大復昔遊篇五百五十五字，凡十轉，
皆平。近時龔中丞孝升老蕩子行四百七十字，凡八轉，皆仄。古今
相望，各自一體。然宋禮部員外裴悅寄邊衣詩二十句，凡五換，皆
仄韻，情致淒緊。此體不自大復始矣。

◎《蠖齋詩話》（P.387）有謂排律無單韻，如老杜集中止有十韻、十
二、十四、二十、二十四、三十、四十、五十韻之類，並無十一、
十三、十五韻者。考之杜集，良然。按此體唐人以沈、宋爲宗，及
考盛唐諸家，沈佺期諸君用五韻、七韻者頗多；駱丞「樓觀滄海日，
門對浙江潮」亦七韻，不害爲名作。其餘九韻、十一、十三韻、二
十五韻各有之，具摘于後。大抵以對仗精嚴、聲格流麗爲長，未嘗
數韻限字，勒定雙韻。

◎《蠖齋詩話》（P.388）五韻：宋之問〈始安秋日〉，楊炯〈途中〉，
盧照鄰〈至望喜矚目〉，駱賓王〈過張平子墓〉、〈海曲書情〉、〈和
李明府〉，王維〈沈拾遺新竹〉、〈山中示弟〉、〈青龍寺送熊九〉。七
韻：沈佺期〈登瀛州南樓〉，宋之問〈酬李丹徒〉，盧照鄰〈宿晉安
寺〉、〈贈左丞〉、〈哭韋郎中〉、〈春晚從李長史〉、〈冬日野望〉、〈夏
夜憶張二〉、〈靈隱寺〉、〈寒夜獨坐〉，王維〈田家〉、〈過盧員外〉。
九韻：駱賓王〈四月八日題七級〉，王維〈贈焦鍊師〉。十一韻：沈
佺期〈扈從出長安〉，宋之問〈雲門寺〉、〈早入清遠峽〉，盧照鄰〈結
客少年場〉，駱賓王〈詠懷〉。十三韻：宋之問〈入瀧洲江〉。二十
五韻：楊炯〈和劉長史〉。

◎ 《續詩品》（P.1031）擇韻 醫百二甕，帝豈盡甘？韻八千字，人可亂探。次韻自繫，疊韻無味。鬥險貪多，偶然遊戲。勿瓦缶撞，而銅山鳴。食雞取跖，烹魚去丁。

◎ 《蘭叢詩話》（P.772）協韻必不可用。不得其脣吻喉舌清濁高下，而惟韻書之附見者是從，徒見窘迫。於本韻中不得已而掃搙以便棘手，曾何合於自然之古音乎？李間有之，杜則絕無，昌黎惟用之於四言。四言宜也，是仿三百篇。若他體用之，則龜茲王驪非驪，馬非馬矣。

◎ 《蘭叢詩話》（P.772）換韻，老杜甚少，往往一韻到底。太白則多，句數必勻，勻則不緩不迫，讀之流利。元、白歌行，或一韻即換，未免氣促，今讀熟不覺耳。吾輩終當布置均平。

◎ 《蘭叢詩話》（P.773）昌黎五古通韻有汎濫常格之外者，歐陽子不求其故而臆說之，不可為讀書法也。余考得史記龜筴傳「乃刑白雉，及與驪羊」一段，凡二十六韻，雜用東、江、陽、庚、青、元、寒、先、真諸部，此韓之所本也。詳在韓箋，不復具。

◎ 《蘭叢詩話》（P.773）通祗五古耳，七古不通。昔在京言之，館閣諸君問所依據，余舉杜以例其餘。遍尋杜集，果然惟憶昔七古二首中通一二字，或偶誤耳。七古之通自東坡始，人利其寬而託鉅公以自便耳。

◎ 《蘭叢詩話》（P.773）通韻亦不可依。今韻注者，如一東通二冬，祗冬之半耳，鍾字以下則不通。廣韻依古另為三鍾，後每部一一分署；今上下平各十五部，乃後人所并耳。作古詩當以廣韻為主。

◎ 《蘭叢詩話》（P.776）押韻未有不取易者，如東韻之「中」、支韻之「時」，灰韻之「來」，庚韻之「情」，皆似易而實難，往往如柳絮漂池，風又引去，須當如春人下杵，腳腳著實。宜田嘗舉杜「江從灌口來」，晚唐人「巴蜀雪消春水來」，以一「來」字見萬里險急排蕩之勢。太白「落日故人情」，老杜「因見古人情」，以實字寫虛神，有點睛欲飛之妙。又如義山「卻話巴山夜雨時」，東坡「春在先生杖履中」，「時」字、「中」字皆有力。引證甚當，足解人頤。

◎ 《絸齋詩談》（P.803）句句下韻，太陡不得，太漫不得，陡則暴，漫則弱。

◎ 《硯齋詩談》（P.803）換韻不接韻，自唐人以來多有之，畢竟先接一句是。○換韻處須令陡健。

◎ 《硯齋詩談》（P.803）換韻不頂韻，古多有、氣味卻要灌注，界劃尤須分明。

◎ 《硯齋詩談》（P.804）凡起句領韻，須令寬裕流行，下意可接。

◎ 《硯齋詩談》（P.805）和韻之法，須用自己意思管領，首尾一氣，勿帶應酬俗套。押韻貴渾成妥確，開闔點綴務與本章機扣相通，又要與和人之情暗暗關會。非熟後不能，非由絢爛歸於平淡者不知。

◎ 《硯齋詩談》（P.818）三百篇用韻，不與騷賦漢、魏同。蓋古人順口成詩，如今里唱俗謳，落腳字易於上口便罷，原不能盡合後人法。又彼時念字，必不同於今，如「荷」之入「麻」，「頭」之入「魚」是也。執沈約韻求協三百篇，不穿鑿，必支離，文人枉費心思。

◎ 《硯齋詩談》（P.818）凡拈韻，不可以口頭熟字略與領韻聲近，便道定是一部，按本字真看得是，方可下筆，勿因興發直寫下去。名人往往有此失。況北人音與俗諧者，多不合韻。如「立」字多作去聲，似與「利」同部，其實「立」是入聲，即古詩亦不相通。至律詩，如東、冬、庚、青、元、寒、刪、先等，尤不可大意。若已刻，所失尤多。戒之戒之！

◎ 《硯齋詩談》（P.819）少陵北征篇韻腳七十，以柴氏古韻通繩之，通法不錯。質、物、屑正通月、曷，黠通屑，屑通質，此旁通也。幼時以土音讀之，字多不諧，心疑古人亦有不檢，今始信其謹嚴，此柴氏古韻通所以可從。北征凡七百字，重二「日」二「折」，皆不能換之字；兩「卒」字音義各別，非重例，古人五七言不避重字，況長篇耶？

◎ 《硯齋詩談》（P.826）遊龍門奉先寺，此齊、梁人古詩略帶駢語者，以為仄韻律者，非也。

三、對　仗

◎ 《一瓢詩話》（P.681 第 24 條）對仗之法，古人讀書多，用法備，常有不似對而實對者。淺言之，如「尋常」對「七十」之類。又有兩字對一字者頗多，不可不自理會，動云刊誤。惟杜浣花「問知人客

姓，誦得老夫詩」之句，疑「來」字與「人」字流傳易訛，恐是「問
知來客姓」，苦無善本爲証。

◎ 《一瓢詩話》（P.708 第 178 條）發端斷不可草率，對仗切不可齊整。
要知草率發端，下無聲勢；齊整對仗，定少氣魄。

◎ 《石洲詩話》（P.1397）韓致堯寒食日重遊李氏園亭一篇，以七律作
扇對格，此前人所少也。

◎ 《石洲詩話》（P.1410）答任師中家漢公五古長篇，中間句法，於不
整齊中，幻出整齊。如「豈比陶淵明」一聯，以上「閒隨李丞相」
一聯，錯落作對，此猶在人意想之中。至其下「蒼鷹十斤重」一聯，
「我今四十二」一聯，與上「百頃稻」、「十年儲」一聯，乃錯落遙
映，亦似作對，則筆勢之豪縱不羈，與其部伍之整閒不亂，相輔而
行。蘇詩最得屬對之妙，而此尤奇特，試尋其上下音節，當知此說
非妄也。

◎ 《石洲詩話》《P.1417》　東坡歸自嶺外再和許朝奉詩「邂逅陪車馬」
四句，用扇對格。胡元任謂本杜詩「得罪台州去」云云，是也。但
此詩「邂逅」一聯乃第四韻，下「淒涼望鄉國」一聯乃第五韻，如
此錯綜用之，則更變耳。

◎ 《石園詩話》（P.1776）劉夢得詩云：「午橋群吏散，亥市老人迎。」
張祜詩云：「野橋經亥市，山路過申州。」陸詩云：「閒教辨藥僮名
甲，靜識窺巢鶴姓丁。」皮詩云：「共守庚申夜，同看乙巳占。」
李洞詩云：「一谷劈開午，孤峰聳起丁。」開後人以干支相對法門。

◎ 《竹林答問》（P.2230）問：昔人言「覯閔既多，受侮不少」，爲對
偶之始。然康衢「鑿井而飲，耕田而食」，商頌「赫赫厥聲，濯濯
厥靈」似更在前矣。此言是也。大凡天地間有聲必有韻，有物必有
偶，故音韻對偶之學，非強而成也。所異者，古人無心，今人有意
耳。必欲返律爲古，琢雕而樸，是謂中國之聲文，不如夷貊侏離之
語也。其可乎？

◎ 《竹林答問》（P.2241）問：律詩中二聯，既名爲聯，自當以平對爲
正格？是固然。但譬如兩扇板門，要能開闔方好，否則用釘釘殺，
有何趣味？若兩聯皆實，豈不成關門閉戶掩柴扉乎？

◎ 《杜詩雙聲疊韻譜括略》（P.431 葉五）雙聲正格凡雙聲對及出句雙

聲者入此兩字同母，謂之雙聲。若依等韻字母三十有六，取同紐者用之，絲毫不爽，此雙聲正格也。

◎ 《杜詩雙聲疊韻譜括略》（P.431 葉五）雙聲、疊韻，分而言之，三百篇所早有，沿及兩漢、魏、晉，莫不皆然。但爾時音韻之學未興，並無所謂雙聲、疊韻名目，故散見而不必屬對也。自沈約創四聲切韻，有前浮聲、後切響之說，於是始尚對者，或各相對，或互相對，調高律諧，最稱精細。唐初律體盛行，而其法愈密，惟少陵尤熟於此，神明變化，遂為用雙聲疊韻之極則。迨宋初而漸微，北宋如宛陵、山谷，南宋如石湖、劍南諸家，皆不復留意，而舊法殆盡。然我觀齊、梁以上，祕奧未開，宋、元以來，幾成絕學。考其篇章，往往亦多闇合，此殆關乎天籟，非人力可強者矣。

◎ 《杜詩雙聲疊韻譜括略》（P.431 葉六）律詩中聯，自宜相對。即律詩起結及絕句用對體者，便須用此法。但起結及絕句可對可不對，非若中聯之嚴也。古詩之作對體者亦然，而古詩尤寬，大抵不單用耳。

◎ 《杜詩雙聲疊韻譜括略》（P.433 葉二四）疊韻正格凡疊韻對及出句疊韻者入此兩字同韻，謂之疊韻。若就廣韻二百六部，或獨用，或通用，如今之平水本，此為疊韻正格。倘字音逼近，則雖律詩不通，而古詩可通之韻，亦合疊韻之正也。

◎ 《杜詩雙聲疊韻譜括略》（P.436 葉四五）雙聲同音通同格　隔標雙聲，其通用不待言矣隔標不甚逼近亦間有不對者。外此，如疑、孃、澄、床、知、照、徹、穿、禪、日之類，雖屬各母，而音實逼近，亦可通用。然須取最逼近者用之，倘神理稍遠，仍不得通也。　凡脣音字，核其細則易混，舉其粗則易辨，一讀而即知其音之屬脣矣。故輕重各自相通，非他母可比，其偶有不對者，因不甚逼近故也。凡輕重各相通者，歸此格；輕重互相通者，歸廣通格。

◎ 《杜詩雙聲疊韻譜括略》（P.436 葉五二）疊韻平上去三聲通用格　平上去三聲可通用為疊韻，以其字音逼近，上口便諧，雖欲不謂之疊韻，不得也；至入聲，則不可通矣。雙聲字多而疊韻字少，故疊韻之途視雙聲較寬。

◎ 《杜詩雙聲疊韻譜括略》（P.438 葉六三）雙聲借用格　字可兩讀，

即行借用，疊韻倣此。

◎ 《杜詩雙聲疊韻譜括略》（P.439 葉七三）雙聲廣通格　截然分六大部，而取其最近者，廣通之。遇難於屬對時，因難見巧，參用此法。至其不甚逼近者，可不拘用對也。

◎ 《杜詩雙聲疊韻譜括略》（P.440 葉八五）疊韻廣通格　凡古韻可通者，如支、微、齊、佳、灰、眞、文、元、寒、刪、先之類廣通，皆爲疊韻。更推廣之，即通及於通用之三聲亦可，但字音亦須逼近，方爲疊韻耳。

◎ 《杜詩雙聲疊韻譜括略》（P.441 葉九五）雙聲對變格凡第一用雙聲者入此不用正對，皆變格也。所謂變者，或二句中，或四句中，差參多寡，其變不一，讀者當細求之，疊韻倣此。

◎ 《杜詩雙聲疊韻譜括略》（P.445 葉一二三）散句不單用格　起結之顯屬對偶者，已散見各門內，若非對偶，則散句元在所不拘，而有時筆到天隨，亦復自然湊泊。良由少陵於此法，最爲精熟。初非有意出之，而往往相合，或一句中並見，或兩句中相應，總不令其單用，所以求調之高亮，律之和諧。運用既靈，下筆遂無一字疏懈處，茲特拈出，以見少陵之無所不有，是以推詩壇集大成之聖，而非其餘大家、名家所可及也。至於古詩，散句亦合此法，尤可徵熟極生巧矣。

◎ 《杜詩雙聲疊韻譜括略》（P.447 葉一四六）古詩四句內照應格古詩雙聲疊韻，於四句內照應，或兩見，或三四見，總不單用。其對亦有正與參差之別，此是一法。杜古詩起結處單用者，轉少於律，蓋因用此格故也。

◎ 《貞一齋詩話》（P.932 第 55 條）凡對屬運用，或史對經，或子對史，不得大段懸絕。此亦銖兩輕重法，舉隅可以類推。

◎ 《峴傭說詩》（P.974 第 10 條）五言律有中二語不對者，如「倚仗柴門外，臨風聽暮蟬」是也；有全首不對者，如「掛席幾千里」「牛渚西江夜」是也。須一氣揮灑，妙極自然。初學人當講究對仗，不能臻此化境。

◎ 《峴傭說詩》（P.977 第 32 條）五言古詩，不廢排比對偶。然如陸士衡傷氣，如顏延之則窒機，蓋整密中不可無疏宕也。

◎ 《退庵隨筆》（P.1951）三百篇中，對偶之句，層見疊出，已開後代律體之端。如「觏閔既多，受侮不少」、「發彼小豝，殪此大兕」、「升彼大阜，從其群醜」「念子懆懆、視我邁邁」「誨爾諄諄，聽我藐藐」。又有扇對，如「昔我往矣」四句。有當句對，如「螓首娥眉」，「檜楫松舟」，「有聞無聲」「唱予和汝」「匪莪伊蒿」「彼疏斯稗」。有以對句起者，「喓喓草蟲，趯趯阜螽」，「青青子衿，悠悠我心」有以對局結者，「厭厭良人，秩秩德音」「允矣君子，展也大成」。

◎ 《得樹樓雜鈔》（P.193 卷六葉十一）陸放翁律詩工於用事，屬對天然，前人已艷稱之。偶記其一聯云：「酒寧賒欠尋常債，劍不虛施細碎仇。」上句用杜，世所共之；對句用劉義語，人未必盡知也。義贈姚秀才劍絕句云：「一條古時水，向我心中流，臨行解贈君，勿報細碎仇。」拈出以見古人屬對不苟處。

◎ 《梅崖詩話》（P153 葉五）五七言間有起結用對偶者，更須不見痕跡。起如「風急天高猿嘯哀，渚青沙白鳥飛迴」，衝口而出，音節自佳，全無堆垛之態。結如「一臥滄江驚歲晚，幾回青瑣點朝班」，又「關塞極天惟鳥道，江湖滿地一漁翁」，以頓挫出之，殊不覺其字字屬對。又有起結全用對偶者，其法亦準此，今不悉載。

◎ 《圍爐詩話》（P.488）詩史曰：「……自後浮巧之語，體製漸多，如旁犯、蹉對、假對、雙聲、疊韻之類。又有正格、偏格，類例極多。故有三十四格，十九圖，四聲，八病之類。旁犯者，如徐陵文一篇中兩用『長樂』，其義不同是也。蹉對者，如九歌之『蕙肴蒸兮蘭藉，奠桂酒兮椒漿』，以『蕙肴蒸』對『奠桂酒』是也。假對者；如『自朱耶之狼狽，致赤子之流離』，『朱』對『赤』，『耶』對『子』，『狼狽』獸名對『流離』鳥名。又如『庖人具雞黍，稚子摘楊梅』以『雞』對『楊』是也。如『幾家村草裏，吹喝隔江聞』，『幾家』『村草』為雙聲。如『月影侵簪冷，江光逼屐清』，『侵簪』，『江光』為疊韻。首句第二字仄聲，謂之正格，如『風曆軒轅紀』是也；平聲，謂之偏格，如『四更山吐月』是也。唐時名輩多用正格。謝莊謂『互讓為雙聲，磝碻為疊韻』。余不謂然，以重翻為雙聲，重切為疊韻。

◎ 《圍爐詩話》（P.489）律詩有所謂偷春格，首聯對，次聯不對也。

扇對格者，首句與第三句爲對，次句與第四句爲對也。

◎ 《圍爐詩話》（P.495）又云：「唐人律詩有八句全不對者，亦有用仄韻者。」

◎ 《圍爐詩話》（P.503）義山馬嵬詩曰：「此日六軍同駐馬，當時七夕笑牽牛。」敘天下大事而「六」「七」，「馬」「牛」爲對，恰似兒戲，扛鼎之筆也。高棅謂義山詩對偶精切。呵呵！人欲開口，先須開眼，開口則易，開眼則難。

◎ 《圍爐詩話》（P.536）五言律詩，若略其形跡而以神理聲調而論之，則對偶而五聯六聯者，如楊炯之送劉校書從軍，不對偶而八句者，如沈約之別范安成，柳惲之江南曲，皆律詩也。

◎ 《詩筏》（P.144）詩律對偶；圓如連珠，渾如合璧。連珠互映、自然走盤、合璧雙闕，一色無痕。八句一氣而氣逾老，一句三折而句逾遒。逾老逾沉，逾遒逾宕。首貴聳拔，意已趨下；結須流連，旨則收上。七言固爾，五字亦然。神而化之，存乎其人，非筆舌所能言也。

◎ 《詩概》（P.2437）律詩主句或在起，或在結，或在中，而以在中爲較難。蓋限於對偶，非高手爲之，必至物而不化矣。

◎ 《詩概》（P.2438）律體中對句用開合、流水、倒挽三法，不如用遮表法爲最多。或前遮後表，或前表後遮。表謂如此，遮謂不如彼，二字本出禪家。昔人詩中有用「是」、「非」、「有」、「無」等字作對者，「是」、「有」即表，「非」、「無」即遮。惟有其法而無其名，故爲拈出。

◎ 《詩學纂聞》（P.453）七言律有散體：唐人五言四韻之律多不對者，七言無之。乃有七言長律而不對者，如李義山七月二十八日夜與王鄭二秀才聽雨夢後作（初夢龍宮寶燄然，瑞霞明麗滿晴天。旋成醉倚蓬萊樹，有箇仙人拍我扇。少頃遠聞吹細管，聞聲不見隔飛煙。逡巡又過瀟湘雨，雨打靈鼓五十絃。瞥見馮夷殊悵望，鮫綃休賣海爲田。亦逢毛女無慘極，龍伯擎將華嶽蓮。恍惚無倪明又暗低迷不已斷還連。覺來正是平階雨，獨背寒燈枕手眠。此詩調諧響協，若編入古體，則凡筆力孱弱者皆得援以藉口矣，故斷其爲長律而無疑也。至馮鈍吟謂義山有轉韻律詩，此乃指偶成轉韻一篇，特古詩之

謂平而似律者耳。

◎ 《詩辯坻》（P.74）作詩對仗須精整，不定以青對白，以冬對夏，以北對南爲也，要審死活，虛實，平側。借如「登山臨水」、「高山流水」，「登」「臨」爲活，「高」「流」爲死，不得易位相對仗也，或有假借作變對耳。又如「高山流水」，「吳山越水」，「高」「流」爲虛，「吳」「越」爲實，亦不得易位爲對仗也，或假借斯有之。又如「山水」二字，平可對「雲霞」。若「江水」，乃說江中之水，二字側不可對「雲霞」，但可以「山雲」對之。……

◎ 《甚原詩說》（P.1574）「玉窗朝日映，羅帳春風吹。拭淚攀楊柳，長條踠地垂。」（沈佺期），「言從石菌閣，新下穆陵關。獨句池陽去，白雲留故山。」（王維），「無家對寒，食有淚如金波。斫卻月中柱，清光應更多。」（杜甫），「遺榮期入道，辭老竟抽簪。豈不惜賢達，其如高尚心。」（唐玄宗），「清晨入古寺，初日照高林。曲徑通幽處，禪房花木深。」（常建），此換柱對格也。「昔年秋露下，璟旅逐東征。今歲春光動，崎嶇別上京。」（韓愈），「幾思聞靜活，夜雨對禪床。未得重相見，秋橙照影堂。」（鄭谷），「昨夜越溪難，含悲赴上蘭。今朝踰嶺易，抱笑入長安。」（失名），此開門對格也。

◎ 《甚原詩說》（P.1574）律詩以對仗工穩爲正格。有前二聯不相屬對者，有起聯對而次聯用流水句者，謂之換柱對；有以第三句對首句，第四句對次句者，謂之開門對。爲類頗多。故略舉之。有全首俱對者，老杜多此體；有全首俱不對者，太白多此體，皆屬變格，或間出而用之。

◎ 《甚原詩說》（P.1575）有本句中自相對偶者，謂之四柱對。如「赭圻將赤岸，擊汰復揚舲」（王維），「四年三月半，新筍晚花時」（元稹），「遠山芳草外，流水落花中」（司空曙）是也。

◎ 《甚原詩說》（P.1575）有兩句中字法參差相對者，謂之犄角對。如「眾水會涪萬，瞿唐爭一門」（杜甫），「眾水」此「一門」對，「涪萬」此「瞿唐」對。「舳艫爭利涉，來往任風潮」（孟浩然）；「舳艫」與「風潮」對，「利涉」與「來往」對，是也。

◎ 《甚原詩說》（P.1575）有借字音相對者，謂之假對。如「枸杞因吾

有，雞栖奈爾何」（杜甫），「廚人具雞黍，稚子摘楊梅」（孟浩然），
一借「枸」作「狗」，一借「楊」作「羊」。「根非生下土，葉不隨
秋風」，「五峰高不下，萬木幾經秋」，俱借「下」作「夏」。「因遊
樵子徑，得到葛洪家」，「捲簾黃葉落，　印子規蹄」，「殘春江藥在，
終日子規啼」，以「紅」、「黃」對「子」，皆假色也。「白首爲遷客，
青山繞萬重」，「閒聽一夜雨，更對柏巖僧」，以「遷」對「萬」，以
「柏」對「一」，皆假數也。

◎ 《甚原詩說》（P.1575）有雙聲對者，如「留連千里賓，獨待一年春」，
此頭雙聲也。「我出崎嶇嶺，君行磽　山」，此腹雙聲也。「野外風
蕭索，雲裏月朦朧」，此尾雙聲也。又有疊韻對者，如「徘徊四顧
望，悵快獨心愁。」「平明披　帳，窈窕步花庭」，此頭疊韻也。「疏
雲雨滴瀝，薄霧樹朦朧」，「磴危攀薜荔，石滑踐莓苔」，此尾疊韻
也。

◎ 《甚原詩說》（P.1576）對句宜工，亦不宜太切，如清風、明月、綠
水、青山、黃鶯、紫燕、桃江、柳綠，便是蒙館對法。（1577）對
法不可合掌，如一動必一靜，一高必一下，一縱必一橫，一多必一
少，此類可以遞推。如耿湋「冒寒人語少，乘月燭來稀」，「稀」、「少」
合掌。李宗嗣「普天皆滅焰，匝地盡藏煙」，「皆」、「盡」合掌。賈
島「流星透疏木，走月逆行雲」，「流」「走」合掌。曹松「汲水疑
山動，揚帆覺岸行」，「行」、「動」合掌。顏在鎔「犬爲孤村吠，猿
因冷木號」，「號」、「吠」並聲。崔顥「川從陝路去，河繞華陰流」，
「川」、「河」並水。此皆詩之病也。

◎ 《甚原詩說》（P.1576）有次聯不對至第三聯方對者，謂蜂腰對，言
已斷而復續也。如賈島詩「下第惟空囊，如何在帝鄉？杏園啼百舌，
誰醉在花傍？淚落故山遠。病來春草長。知音逢豈易，孤棹負三湘」
是也。有對而不對，不對而對者，如李頎「春風灞水上，飲馬杏花
時」，雖不對而聲勢自相應。若杜甫「江漢思歸客，乾坤一腐儒」，
則上句「思歸」是聯字，下句「腐儒」是聯字，合讀若對，字實不
對，亦不可不知其疵也。

◎ 《甚原詩說》（P.1604）絕句字句雖少；含蘊倍深。其體或對起，或
對收，或兩對，或兩不對，格句既殊，法度亦變。對起者，其意必

盡後二句。對收者，其意必作流水呼應。不然則是不完之律。亦有不作流水者，必前二句已盡題意，此特涵泳以足之。兩對者，後二句亦有流水，或前暗對而押韻，使人不覺。亦有板對四句者，此多是漫興寫景而已。兩不對者，大抵以一句為主，餘三句盡顧此句，或在第一，或在第二，或在第三四。亦有以兩句為主者，又有兩呼兩應者，或分應，或各應，或錯綜應。又有前兩截者，有一意直敘者，有前二句開說，後二句綰合者，有以倒敘為章法者，有以錯敘為章法者。惟此體最多變局，在人善用之。

◎ 《說詩菅蒯》（P.898 第 6 條）詩之屬對，固在工確。然間有自然成對處，雖字句稍借，正不害其為佳。今人於一二字輒多嗤點，縱非忌刻，亦是識見不廣。試觀老杜句，如「晚涼看洗馬，森木亂鳴蟬」、「紫鱗衝岸躍，蒼隼護巢歸」、「且食雙魚美，誰看異味重」、「華館春風起，高城煙霧開」、「漢使徒空到，神農竟不知」、「霧樹行相引，蓮峰望或開」、「城郭終何事，風塵豈駐顏」、「天上多鴻鴈，人間足鯉魚」、「蛟龍得雲雨，鵰鶚在秋天」、「已知出郭少塵事，更有澄江銷客愁」、「慣看賓客兒童喜，得食階除鳥雀馴」、……以今人論之，必以為欠工確矣。然於老杜則忽之，於後人則必求。如謂老杜則可，後人則不可，將厚責後人耶？是薄待老杜矣；抑姑置老杜耶？是薄待後人矣。第在作詩者，不可藉口以自恕耳。

◎ 《說詩晬語》（P.536 第 88 條）高、岑、王、李（頎）四家，每段頓挫處，略作對偶，於局勢散漫中求整飭也。李、杜風雨分飛，魚龍百變，讀者又爽然自失。

◎ 《說詩晬語》（P.538 第 103 條）中聯以虛實對，流水對為上。即徵實一聯，亦宜各換意境。略無變換，古人所輕。即如「蟬噪林逾靜，鳥鳴山更幽。」何賞不是佳句，然王元美以其寫景一例少之。至「園荷浮小葉，細麥落輕花」，宋人己議之矣。

◎ 《說詩晬語》（P.552 第 56 條）對仗固須工整，而亦有一聯中本句自為對偶者。五言如王摩詰「赭圻將赤岸，擊汰復揚舲」，七言如杜必簡「伐鼓撞鐘驚海上，新妝袨服照江東」，杜子美「桃花細逐楊花落，黃鳥時兼白鳥飛」之類，方板中求活，時或用之。

◎ 《養一齋詩話》（P.2051）對偶上下相稱最難。戴石屏以「塵世夢中

夢」，對「夕陽山外山」固不佳，即「春水渡旁渡」猶未盡致也。然此等終不需費力求之，雖得一名聯，又何足以盡詩妙哉！「五月天山雪，無花只有寒，笛中聞折柳，春色未曾看。」、「正月今欲半，陸渾花未開。出關見青草，春色正東來」、「帶甲滿天地，胡爲君遠行？親朋盡一哭，鞍馬去孤城」、「萬壑樹參天，千山響杜鵑。山中一夜雨，樹杪百重泉」。此數公之於律體，如大匠運斤成風，如駿馬直下千丈，何曾似石屏等之瑣瑣刻畫哉！此詩體高下大小之判，入門者不可不審。

◎ 《甌北詩話》（P.1348）……王荊公詩「名譽子眞矜谷口，事功新息困壺頭」，「谷口」、「壺頭」，自以爲屬對工巧。昨歲畢秋帆總督湖廣，值流賊椒擾，發兵剿捕，未奏凱而歿，余輓詩云：「羊祜惠猶留峴首，馬援功未竟壺頭。」不特「峴首」、「壺頭」成聯，而「羊祜」「馬援」姓名，亦屬佳對；且切合時事，開闔俯仰，情餘於文，以視先得句而後安題者，亦似過之……。

◎ 《甌北詩話》（P.1222）放翁以律詩見長，名章俊句，層見疊出，令人應接不暇。使事必切，屬對必工；無意不搜，而不落纖巧；無語不新，而不事塗澤，實古來詩家所未見也。……

◎ 《薑齋詩話》（P.14 第 28 則）對偶有極巧者，亦是偶然湊手，如「金吾」、「玉漏」、「尋常」、「七十」之類，初不以此礙於理趣，求巧則適足取笑而已。賈島詩：「高人燒藥罷，下馬此林間」以「下馬」對「高人」，噫！是何言與！

◎ 《藥欄詩話》（P.60 乙集葉八）五七律有通首不對者，「牛渚西江夜」是也；有通首對者，「風急天高猿嘯哀」是也；有首二句對，三四不對者，「清晨八古寺」是也；有隔位對者，「裙拖六幅湘江水，鬢繞巫山一段雲」是也。

◎ 《蘭叢詩話》（P.781）長排隔句對者多，杜有隔兩句者尤趣，局易板，聯宜變也。又有起對而承接轉不對者更活，然祇有杜，杜亦惟末年有之，總是功夫熟而後可。

◎ 《峴齋詩談》（P.848）與諸子登峴山：「人事有代謝，往來成古今。江山留勝跡，我輩復登臨。」流水對法，一氣滾出，遂爲最上乘。意到氣足，自然渾成，逐句摹擬不得。

◎ 《峴齋詩談》（P.849）裴司士見尋：「廚人具雞黍，稚子摘楊梅」「雞黍」「楊梅」是假借對法。

◎ 《峴齋詩談》（P.853）杏花「上國昔相值，亭亭如欲言。異鄉今暫賞，脈脈豈無恩」隔對法，流動之極。

◎ 《峴齋詩談》（P.868）為子微題鸕鴣圖：「對啼江岸霜初歇，獨聽扁舟草正芳。」離對法，得之杜家。

◎ 《峴齋詩談》（P.875）洛陽道：「池臨修竹密，春逐落花流。」兩句合讀，方見對法之妙。

◎ 《峴齋詩談》（P.879）寄懷膠西談禹臣三四云：「人如陶靖節，酒對菊花枝」側注而下，故不必對。

◎ 《峴齋詩談》（P.882）過東莞與友人談花之寺：「佳名獨愛花之寺，（在沂州西。隱地誰尋石者居？」胸詞人傅國作石者居於黃雲山中。「花之寺」「石者居」天然工對。

◎ 《峴齋詩談》（P.890）至鐵園：「蠻部衣裳椒瘴濕，馬蹄燈火竹籬清。」此離對法之微妙者。

◎ 《峴齋詩談》（P.894）青駝寺：「地荒惟白草，寺廢有青駝。」以襯作對法。